魅丽文化　花火工作室

花凉 —— 著

Ten years
of
commitment

十年一诺

毫无保留地去爱
是天赐的福祉

吉林文史出版社
JILINWENSHICHUBANSHE

图书在版编目（CIP）数据

十年一诺 / 花凉著. —— 长春：吉林文史出版社，
2016.11

ISBN 978-7-5472-3630-7

Ⅰ.①十… Ⅱ.①花… Ⅲ.①长篇小说 – 中国 – 当代
Ⅳ.①I247.5

中国版本图书馆CIP数据核字(2016)第276858号

十年一诺
SHINIANYINUO

总 策 划	孙建军
策 　 划	龚 亮 刘 蓓
著 　 者	花 凉
责任编辑	吴 枫 孙佳琪
封面设计	装帧设计粉粉猫
出版发行	吉林文史出版社
地 　 址	长春市人民大街4646号
网 　 址	www.jlws.com.cn
开 　 本	880mm×1230mm 1/32
印 　 张	9
字 　 数	216千
印 　 刷	湖南新华精品印务有限公司
版 　 次	2016年12月第1版 2016年12月第1次印刷
书 　 号	ISBN 978-7-5472-3630-7
定 　 价	28.00元

目　录
Contents

目录

Contents

楔子

是生是死，我都只会爱你。
这一生，不会再爱上别人。

设计所的招聘工作，司徒南原本是不参与的。

房间门被推开，本以为是秘书把咖啡送了过来，他抬起头一看，进来的人，却是岳明朗。

"司徒，"他大步流星地走过去，径直到司徒南的桌前，伸出手来，将他面前的笔记本合上，"候选人在办公室，你去看一下。"

司徒南没有理他，伸出手来又把电脑打开，找到刚才的设计图，继续点着鼠标做一些细微的调整。

岳明朗知道司徒南的脾气，将西装外套脱下往沙发上一搭，索性坐下拿起茶几上的建筑杂志翻了起来。过了十几分钟，司徒南大抵是处理好了手头的设计图，这才抬起头来看向岳明朗："什么候选人？"

"所里不是要招人吗？今天面试。"

"招人的事情，"司徒南转动一下手中的笔，"不是你负责的吗？怎么需要我过去？"

"让你过去你就过去。"岳明朗站起身来拉起了司徒南的胳膊，"你不过去我做不了主。"

"不就是招个翻译吗？有什么做不了主的……"

"对啊，"房门又被推开，一个清脆的女声将司徒南的话打断，"老岳你有什么做不了主的？一见到我就跟撞鬼一样，还要专门来请示司徒南。"

岳明朗拉扯的动作停了下来，司徒南转笔的手顿了顿，笔差点掉在了地上。

唐诺。

尽管和五年前相比，她有着不小的变化，可司徒南还是一下子就认出了她。

唐诺笑了笑，踩着高跟鞋走过去，将手中的简历放到司徒南面前的桌子上："简历。"

秘书这才推开门来，把方才司徒南要的咖啡端上来。似乎没想到一向冷清的司徒南的办公室今天会这么热闹，她又赶紧去加了两杯咖啡。

岳明朗甩甩手："不用给我了，我还有事忙，司徒，面试的事情就交给你了。"

岳明朗挤了挤眼睛，示意秘书跟着自己离开。秘书可能是看出氛围有些不对，赶紧跟在岳明朗身后往外走，刚一走出来就忍不住八卦："谁啊谁啊？"

岳明朗笑笑："司徒南的头号粉丝。"

房间里，唐诺在司徒南对面的椅子上坐着，司徒南一时间不知道如何开口，只好端起咖啡低下头来做喝咖啡的样子。谁料唐诺根本不给他假装的机会，伸出手去就将他的咖啡杯拿下，直接把简历摊开在他面前："司徒，其实我觉得你根本不需要看，我在国外的时候已经和你们设计所人事部门有过几封邮件联系，Offer 已经给了我，这次过来也只是走个程序罢了，学历、实习、经历、能力我都有，我已经决定要在这家设计所上班，我志在必得。"

房间里的窗帘没有拉严实，有几缕阳光直直地照了进来，正好打在唐诺和司徒南的中间，看得见浮动的微尘。

"志在必得"四个字从唐诺的嘴里说出来的时候，司徒南的眼前一下子闪过的，是唐诺十七岁时的样子。

那时她第一次向他表白，马尾辫甩来甩去，也是这样清脆的声音："你拒绝我也没有关系，司徒南，我有的是时间，我对你志在必得。"

她骨子里的这股骄傲，真是一点没变。

司徒南低下头去翻了翻唐诺的简历，的确是相当出彩，她五年的澳洲求学生涯，看起来没有白费。

唐诺去澳洲的前两年，每周都会给他发邮件。

每周两封，封封都似情书，都似滚烫的心，司徒南匆匆瞄上几眼就赶紧关掉页面，不敢细看，也从不回复。

后来邮件不再那么频繁，渐渐少了些，但也不忘记在结尾写上几句"很想念你"之类的句子，而司徒南依旧不知道如何回应。

再后来唐诺的邮件里，不谈过往，也不谈感情，随意地说着一些生活中的琐事，像"清早起来拉开窗帘，外面落了厚厚一层雪，特别想吃火锅""邻居爷爷家养了七年的秋田犬死了，举行了一个小小的葬礼，我也跟着落了几滴泪"，或是"学校举办露天舞会，忽然下起了雨，我们不愿意走，就在大雨中跳桑巴，真快活"。

再后来，司徒南的邮箱里堆着各种各样的邮件，唐诺的名字，鲜少在里面出现。很久很久会来一封，发来的是一些她科研项目中的想法和问题，有时候看到有错误在里面，司徒南忍不住会回封邮件指出来。

他的邮件极其简洁，多余的话，一字不谈。

断断续续的五年。

司徒南努力回想着唐诺的上一封邮件，说的是她所在的一个组刚拿到的一个项目，没有提及任何回国的事情。

他都以为他与她的余生里，大抵不会再有任何交集了。

司徒南合上简历，伸出手去拿起座机，拨通了电话："你进来一下。"

方才的那个年轻秘书敲门进来，司徒南指了指唐诺："新员工，你带她熟悉一下环境。"

唐诺的嘴角微微荡起一丝笑意，起身向司徒南告辞，走到门口的时候忽然又回过头来看了他一眼，波浪长发随意地一摆动，眉眼间全是情意，着实明媚动人。

司徒南心中一怔，忽然有些后悔方才的决定。

唐诺后来渐渐与他断了联系，只谈工作不谈感情，他原本以为她已经从那场情事中走了出来。但她这一眼，便让司徒南知道，没有，完全没有。眼前的唐诺，还是十七岁那年咬定牙铁了心要和自己在一起的唐诺，披荆斩棘、不顾狂风暴雨要和自己在一起的唐诺，遇神杀神，遇魔杀魔要和自己在一起的唐诺。

有情皆孽，无人不苦。

司徒南轻轻叹息了一声。

他照例忙到很晚，从这栋大楼走出去的时候，外面已经是万家灯火。

往公交站牌的方向走，有白色的保时捷在身旁停下来，缓缓摇下车窗，是唐诺的那张脸，她冲他笑了笑："知道你这辈子都没有时间考驾照了，别挤公交了，上来吧。"

司徒南有些犹豫，站在那里答应也不是，拒绝也不是。唐诺叹了口气，索性熄了火推门下来，二话不说扯住司徒南的衣袖，把他拉到了副驾驶座上。

一路上两人都没有说话，唐诺却是一副对一切了然于心的样子，一句话都不用问，上高架，下高架，转弯，竟就把车开到了司徒南住的那个小区。

"你怎么……"

"岳明朗告诉我的，"没等司徒南说完，唐诺就打断了他的话，坐在驾驶座上转过头来看向他，"你上去吧。"

是后来踏进电梯之后，他才意识到似乎应该邀请唐诺上来坐一坐的，转念一想，没邀请，也有没邀请的好处。

半小时之后门铃响了起来，司徒南有些吃惊，他对社交生活向来兴趣寡然，除了岳明朗，这个时候本不可能有前来拜访的朋友。

他走过去开门，站在门口的，却是唐诺。

她的身后还有一个偌大的玫红色的行李箱，手里提着超市的购物袋，靠在门边做出一副楚楚可怜的样子："司徒，我接到设计所的电话就回国了，车子也是刚提的，没有找住所。"

没等司徒南反应过来，唐诺已经自顾自地走了进来，将行李箱往墙角一放，从书房溜到厨房，又从厨房溜到阳台，最后在主卧的那张大床上一躺："这个床好舒服，我要睡在这里，你去客卧睡。"

虽说是客卧，但从来没有人留宿过，所以连枕头都没有，主卧的大床上有两个枕头，唐诺笑嘻嘻地抓起一个丢到司徒南的怀里。

这套房子的装修，用岳明朗的话说就是"典型的司徒南风格"，除了黑白灰，没有别的色调，司徒南觉得是简洁大方，而在岳明朗看来是变态压抑。

而那日的唐诺，穿的是一身明黄色的套装，明晃晃的，笑着丢枕头的时候，好像让整个房间都亮了起来。

司徒南竟找不到理由拒绝，抱着枕头将它放到了客卧的那张小床上。

唐诺从主卧走到客厅，将茶几上的袋子提到厨房里，打开之后，司徒南才看出来她买了很多菜。

"没吃饭吧。"唐诺甩掉高跟鞋，换上司徒南的一双大棉拖，而后袖子一挽，便开始在厨房里忙碌起来，洗菜，切菜，杀鱼，动作熟练得让司徒南有些吃惊。

她回过头来对他笑笑，低下头去继续摆弄着手中的食材："我在澳洲的时候，特别想……特别想故乡的时候，就学着做饭烧菜，别说，这五年，什么中餐西餐都学会了，以后你想吃什么就和我说，再也不用下馆子了。"

司徒南张开嘴："唐诺……我……"

唐诺一转身，用勺子将锅里的那份罗宋汤舀出来送到司徒南的嘴边，而后伸出手来，比画了一个"嘘"的手势："尝尝怎么样？"

四十分钟的时间，唐诺倒也折腾出来像样的一桌菜：麻酱蒜泥茄子，清炒虾仁，凉拌菠菜，除了那份罗宋汤，还炖了一锅排骨。

厨房里氤氤氲氲的气息，一盘盘菜在茶几上摆放好，唐诺不让司徒南插手，自己跑前跑后地忙碌着，菜齐了之后在司徒南面前坐下，托着腮帮子看着他把筷子伸向第一道菜，紧张地等着他的评价。

"真不错。"司徒南由衷地称赞道。

唐诺便咧开嘴笑，用筷子夹了几根菠菜塞进嘴里："明早给你做鸡蛋饼。"她已经在心中盘算起明天的早餐。

数年未见后的第一顿饭，吃得倒也开心，唐诺仍旧是爱说爱笑，声音清清朗朗，司徒南低头慢慢吃饭，一边吃一边听她说着。

他将她面前的小碗拿到手中，用勺子舀着那锅里的排骨汤。

司徒南的手指干净细长，有极其好看的骨节，把白瓷碗端到唐诺面前的时候，唐诺的心中微微一颤，无限的柔情蜜意涌现出来。

烧菜是在澳洲的时候，她跟在当地结识的一位中国阿姨学的。中国阿姨原本的爱好就是在异国他乡发扬麻将这一"国粹"，十指不沾阳春水的那种，后来认识了一个来澳洲的中国摄影师，两个人陷入爱河，摄影师吃不惯西餐，她便四处拜师学烧菜，硬生生地给逼出来一身好手艺，开了一家私房菜馆，在当地华人圈小有名气。

手艺原本是不外传的，可禁不住唐诺的软磨硬泡，中国阿姨不耐烦地抬头问她："你为什么想学这个？"

唐诺低下头笑笑："想以后做给爱的人吃。"

做食物，永远是一个永恒的爱的表达方式，人的味觉极其忠诚，食物给人温暖，也给人慰藉。

没办法，你爱这个人，你就一定会做食物给他吃。

由于超负荷的工作与不规律的生活习惯，这些年司徒南的睡眠质量很差。

他很难进入深眠状态，睡眠极浅，有时候实在睡不着，索性起床煮上一壶咖啡，摊开图纸和资料，继续研究着手头的项目直到黎明。

然而说来奇怪，唐诺住在隔壁的这一夜，司徒南竟睡得香甜。

一夜无梦，第二天清晨醒来的时候已经是七点钟，他感到从未有过的精力充沛和清醒。

他去卫生间洗漱，看到和自己的牙刷并排放着的，是唐诺的牙刷。

他走出卫生间的时候，唐诺正托着两个瓷盘从厨房走出来，煎好的荷包蛋和小米粥，还冒着热气，而司徒南平日里的早餐只是简单的白面包和黑咖啡。

"醒啦？"唐诺打了声招呼，指了指餐桌前的位置，"来，吃饭了。"

熟稔又自然，好似他们之间从未隔着那冗长的时间之河。

早餐之后，唐诺说要捎他一同上班，司徒南摇头："不了，地铁站很近，我坐地铁就好了。"他从衣架上拿起外套，"时间还早，你可以晚二十分钟再去。"

唐诺也并不强求，点了点头，司徒南伸手拉门准备走出去的时候又被她叫住："等一下。"

他回过身来，唐诺小跑着过去。她的脸离他极近，踮起脚的时候，司徒南甚至感觉得到她温热的呼吸。

"有个小纸屑。"她把手伸到他的头发上，将一个小小的碎屑从他的头发上拿下来。

司徒南恢复了方才不苟言笑的神色，轻轻"嗯"了一声："我走了。"继而拉开房门走了出去。

司徒南一踏进电梯，唐诺便小跑着到了阳台上探着头往下看。

连续多日下雨，今天是难得的晴空万里。

这里是十四楼，两分钟之后她看到司徒南的身影，他穿着一件黑色的风衣，因为瘦弱，三十岁的年纪，从背影看上去，却还好似一个少年一般。

侧过头的唐诺从镜子里看得到自己的黑眼圈，她走过去坐在镜子前，拿出遮瑕膏来补一补妆。

昨晚和司徒南互道了"晚安"之后，她却是无眠的——

于是她蹑手蹑脚地从床上爬起来，到客厅酒柜里挑了一瓶红酒拿进卧室，高脚杯里斟满，斜靠在阳台上吹着冷风慢慢抿着红酒。

月光极美，夜也漫长。

足够她细细啜饮，将她同司徒南的过往，纠纠缠缠的小半生，细细梳理一遍。

C h a p t e r

1

青春仿佛因
我爱你开始

1.

姚玫的葬礼上，一袭黑色连衣裙的唐诺在遗像前伫立良久，俯下身子，将手中的白菊放上。

起身之后，她转过脸去，看向遗像旁边站立着的司徒南。

众人还未反应过来，她已从口袋里摸出另一枝花，向司徒南走去。她在他面前站定，将那枝花递到他的面前，声音清脆："司徒南，请你考虑接受我。"

是红得刺眼的玫瑰。

唐诺这一声嗓音好似嘹亮的鸽哨，划破沉闷而压抑的葬礼，周遭人的目光都被吸引过来，一时哗然，指指点点。

纵使司徒南平日里脾气再好，此刻也不免面露愠色。

他眉头蹙起："唐诺，你别胡闹。"

顿了顿，他有些艰难地开口："这是姚玫的葬礼。"

"我知道，"唐诺却一仰头，对上司徒南的目光，"我刚才献上白菊的时候，已经诚心诚意表达过哀悼。逝者已矣，生者节哀，你还要好好生活下去。"

她这般伶牙俐齿，司徒南一时间不知如何开口，墓园外面喧闹起来，大抵是唐诺的行为传到了唐父的耳朵里，一身西装的唐父怒气冲冲，大踏步地往里面走着："唐诺，你一个女孩子丢脸丢到这里来了！你给我滚回去！"

众人没来得及拦住，唐父一记耳光已经落了下来。"啪"的一声，响亮得让司徒南的心也跟着一颤，唐诺那张白净的脸上，顿时留下五个清晰的指印。

她还是站着不动，握着玫瑰的手定格在那里，等着司徒南接过去。

"回去！"唐父更是生气，厉声呵斥道。

身后有个少年急急忙忙地跑了过来，约莫是和唐诺差不多的年纪，在唐父第二个耳光快要落下去的时候，一闪身就挡到了唐诺的前面。

不偏不倚，那一记耳光落在了他的面颊上。

"江川，"唐父皱眉，"你过来干什么！"

姚玫的葬礼，本来同唐父并无干系，但葬礼上有唐父的朋友，唐诺在场的事情传到他的耳朵里，最要颜面的唐父哪里受得住，当即让老江开车带自己过来，江川当时也在场，听得到事情原委，生怕会出什么事端，随后也立即打车跟了上来。

站在那里的唐诺，却好似完全没有被眼前的情形影响到一般。唐父也是气急，甩下去的耳光凌厉，唐诺的嘴角有殷红的血迹渗出。

起风了。

她的头发被风吹得凌乱，而那双眼眸，仍停留在眼前的司徒南身上，好似这鼎沸人声，喧嚣世界，都完全不存在一般。

那是怎样的一双眼睛啊，清澈似孩童，却又悲怆似老者，司徒南无法对视，只得低下头去，目光垂向自己的脚尖，声音低低的："唐诺，你回去吧。"

"你收下这花，我就回去。"她的声音细微，却仍旧是坚定的。

唐父见状，更是生气，漆黑的皮鞋抬了起来，方才那叫江川的少年赶紧一把拉住他："唐叔。"

司徒南唯恐再闹出什么事端，身旁的岳明朗也轻叹一口气："司徒，你就先收着。"

"好，"司徒南伸手接过那朵玫瑰，"我收下了，唐诺，你回去吧。"

好似被点亮的蜡烛，唐诺的眼神顿时明亮起来，她咧开嘴一笑，露出珠贝一样的牙齿。司徒南只觉得眼前一恍惚，这些时日，因姚玫的事故，他已经见过太多惨淡的脸。沉闷压抑的氛围中，唐诺的这一抹笑，明晃晃的，好似撕开了暗云。

唐诺挣脱开父亲的拉扯，转身重新站回姚玫的那张黑白遗像前，埋下头去，深深鞠躬。

许久才直起身来，看了看身旁的江川，她轻轻说了句："走吧。"

人群自动为她分出了一条道，唐诺抬起脚来缓缓走过去，墓园门口等待着的江川的父亲从车上下来，把车门拉开。

上车之前，唐诺却还是回过头来，踮起脚，隔着挽联与白菊，隔着人群，远远地看了一眼司徒南。

后来天色渐晚，前来吊唁的人悉数散去，岳明朗原本想留下来陪司徒南，司徒南扬扬手示意不必。他独自一人站在姚玫的遗像前，怔神了许久。

方才的那枝玫瑰，他临走前，放在了那簇白菊中间。

玫瑰极红，在那簇白菊中间，好似雪地中的火焰。

这一年是 2007 年，司徒南二十六岁，觉得人生好似一场大梦，姚玫的人生定格在了二十五岁末尾的一场旅游事故里。而唐诺，掐指算算，应当是刚满十八，小荷才露尖尖角的年纪，还没有远走澳洲。

2.

唐诺正对着镜子刷睫毛膏的时候，放在茶几上的手机响了起来。她伸出手拿过来看了看，屏幕上显示的，是"江川"两个字。

她与江川多年挚友，回国的事情，没有通知别人，却是不可能不通知江川的。前天落地之后她给江川打了一个电话，他正在新加坡开会，和唐诺约好回来之后就同她联系。

原本订的是下午的机票，谁知上午的会议临时取消，他匆匆改签了最早的航班，刚到机场就拨通了唐诺的电话，问她有没有时间。唐诺在这边笑："我要上班，周末再约。"

"工作已经找好了？"江川有些吃惊。

"对啊，"唐诺点点头，伸出手来看看腕表，"先不和你说了，时间差不多了，我要出门了。"

江川还未来得及开口，那边唐诺已经匆匆挂断了电话，江川无奈地笑笑，将从新加坡给唐诺挑选的礼物小心地放回手提袋里，而后走进身旁的 Costa，点了一杯提神的意式特浓，坐在靠窗的座位上打开电脑，整理着这次金融峰会的会议记录。

他忙了快两个小时，整理完毕之后往文件夹里拖，D 盘里的一个文件夹被点开，立即弹出来的，是几十张翻拍的老照片。

他当然认得这些照片。

那时候"柯达"尚未宣布破产，照片是用柯达胶卷相机拍出来的。

江父是唐家的司机，两家人关系也都不错。江川十六岁生日那天，唐父带着唐诺一同来到自己家，唐父给江川准备的生日礼物，便是那台相机。

连同江川的爸妈，五人在有些狭窄拥挤的厨房里，吃了开心的一顿饭。

相机包装盒里还带了几卷胶卷，唐父让江川装好试拍一张，江川坐在有些陈旧的沙发上装电池和胶卷，装好之后，举起手中的相机，对着正俯下身子往蛋糕上插蜡烛的唐诺，按下了快门。

快门声音清脆，唐诺立即抬起头来，透过镜头捕捉到的，便是她正抬起头来，笑容尚未绽开，眼神里还有些错愕的样子。

唐诺却对这种被偷拍极其不满，索性蜡烛也不插了，下手抓起一把奶油，便向江川的脸上丢去。

整个房间都热闹起来，大家乐呵呵地笑，江川家喂养的那只小狼狗也扯着嗓子欢快地叫了几声。

后来吹熄蜡烛，江川双手合十许愿，切蛋糕的时候唐诺凑过来问江川方才许了什么愿望，江川压低声音："后山的桂花开了，想找个时间去看。"

"就这？"唐诺嘴巴撇起来，"这算是哪门子生日愿望，下午我就陪你去。"

江川低头浅笑，知道唐诺爱吃甜食，刻意将蛋糕上全用奶油堆出来的淡紫色花朵切下来放在盘子里，递到唐诺面前，开口问她："你生日的时候许的是什么愿望？"

唐诺哈哈大笑，伸了个懒腰，声音清脆："愿我以后遇到的人，是世界第一美少年，有才华无家室，死心塌地地爱慕我。"

江川手指放在嘴边做了一个"嘘"声的手势："小点声，让唐叔听到了，又要训你不正经了。"

"喊，"唐诺翻了个白眼，"才不理那个老顽固。"

下午两人去后山，桂花正开得灿烂，很多人结伴同游，山上热热闹闹。唐诺本不爱拍照，捱不住江川"练练技术"的请求，勉强配合，却还是摆着一张臭脸。

身后是疏疏密密十里清香的桂花，年轻的女孩儿即使再怎么摆着一张臭脸，也还是漂亮的。

3.

唐诺进的这家设计所，挂在 H 大名下，司徒南在这里度过了本硕博整整九年的时光。

它在国际上也是小有名气，招聘进来的人员有着过硬的专业素质不说，一般都还需要国外留学背景。司徒南虽说没有国外留学背景，但硕士毕业设计和博士毕业设计都在圈内引起过不小的轰动，将石油钻井平台转变为海洋景观里的垂直生物栖息地的"诺亚绿洲"方案，曾获得建筑设计杂志《Domus》整版的报道，毕业的时候，设计所直接往建筑学院给司徒南下了聘书。

作为一个建筑师，司徒南可以说是有这方面独特的天赋。

然而他的短板在于语言方面。国内的建筑行业虽说近几年开始在国际上崭露头角，但当前最顶尖的建筑设计与研究，仍旧集中在德国、法国和日本。德国偏重技术逻辑，日本因为属于多地震区，建筑的抗震技术居于领先地位，走的是同欧洲不一样的道路。

对英语和日语，司徒南熟稔掌握，阅读资料文献不在话下，但德语和法语只能保证基本交际，阅读原文文献难度很大，这对把握当代建筑最前沿的发展理念是一个阻碍。

设计所这次对外招聘的，是有着基本建筑学知识的语言人才，唐诺大学追随着司徒南，读的也是 H 大的建筑学院，留学澳洲几年，拿到了几国语言的官方认证资格证书，连相对比较冷门的西班牙语，也具有基本的听说水准。

八点半，唐诺刚到设计所，秘书便抱来一堆文献："这是已经筛选出来的资料，今天下班前需要整理出来提交。"

厚厚的一摞，秘书交代的时候偷偷瞄了唐诺两眼，生怕眼前这个看上去太过年轻的女孩被这任务吓到，唐诺只是淡淡一笑，点点头：
"好，我知道了。"

她乐意做这样的工作，通过眼前的这摞资料，她至少可以了解到
司徒南最近的项目内容。

忙起来根本无法感觉时间的流逝，她的思路是被岳明朗敲门的声
音打断的："中午吃什么？我订外卖。"

唐诺抬起头来："司徒南吃什么？"

"他不讲究的，给他订什么吃什么，"岳明朗笑了笑，"你想想
自己想吃什么就好了。"

"研究所不是有餐厅吗？"唐诺问道。

"餐厅吃饭的时间点人多，"岳明朗解释道，"司徒他嫌浪费时间，
午餐一般都是叫外卖在办公室解决。"

"这样啊，"唐诺点点头，"给我来份三文鱼寿司吧，再加一份粥。"

岳明朗比画了一个"OK"的手势，拿起手机交代着电话那端的
助手，之后给唐诺指了指："外面有就餐区，等会儿送到了我喊你。"

"嗯，"唐诺冲岳明朗笑了笑，"好。"

岳明朗挤了挤眼睛："给司徒订了和你一样的餐，等到了一起给你，
你拿给他。"

唐诺眼中是狡黠的神情："老岳，看来在学校时的那么多顿烤肉
没有白请你吃。"

"那可不，"岳明朗做出一副得意扬扬的样子，冲唐诺比画了一
个"加油"的手势，"再接再厉，不要气馁，要向泰坦尼克号一样，
撞向司徒南这座冰山。"

是的，《泰坦尼克号》，H大有一年的话剧节上，唐诺参演的那
出改编的话剧。

世界上每一座冰山，都在等着那艘撞向它的泰坦尼克号。

"撞上吧，来吧，那冰山已经等待了百万年。冰山注定崩溃，泰坦尼克号注定沉没，谁怕啊，电闪雷鸣般的惊涛巨浪间，熊熊火光照亮了整片大洋，一瞬间长过一万年。"

那出话剧唐诺演得深情，完全是因为想着司徒南坐在下面。谁料那个晚上司徒南根本连导师的办公室都没有出，一直埋着头画图纸。倒是岳明朗过来了，从头到尾看完，为整场话剧的构思和台词惊艳。后来演出终了，演员编剧上台谢幕，主持人念出编剧的名字，叫白鹿，中文系的才女，头发绑成马尾，瘦瘦小小的，穿一身素净的白衣黑裙，脸上的表情也是淡淡的，完全让人想不到她竟然编出了这么一出炙热的话剧。

那晚的岳明朗，也遇上了他的泰坦尼克号。

4.

助手很快将外卖送来，岳明朗端着他的那一份到外面大厅的就餐区去吃，另外两份留在了唐诺的桌子上，示意她一定要把司徒南这个工作狂从办公室里揪出来。

唐诺站起身来，端上那份三文鱼寿司往司徒南的办公室走，站到办公室门口的时候她脚步停在了那里，深吸了一口气之后，又对着那扇门旁边可以当镜子用的窗户照来照去，好像是小学的时候第一次上台演讲，要提前把笑容和说话的语调练习好几遍——

轻松随意的语调："司徒，吃饭了，给你要了份三文鱼寿司。"

深情回忆的语调："司徒，记得你一直都很喜欢三文鱼寿司呢，出来和我一起吃吧。"

霸道总裁的语调："出来吃饭，不然我可不敢保证我会做出什么事来。"

……

唐诺这边语调还没有选好，身旁的那扇门"咯吱"一声从里面拉开了，把唐诺吓得差点跳了起来，转头一看是司徒南走了出来，慌忙装出一本正经的样子，方才的种种演习全部失效，把手中的袋子举起来："给你订的外卖……"

他的脸上没有什么多余的表情，点点头伸手接了过去，之后就转身想要走回去。

"司徒，"唐诺在他快要关上门的时候喊住了他，——不远处就餐区的岳明朗假装低头看手机，实际正偷瞄着这边的一举一动。她伸手指了指那里，"老岳也在那边，你过去和我们一起吃吧。"

"我还有事情要忙。"司徒南开口说道。

"吃个饭花不了多少时间的……"

"要给瑞士的合作方那边回一个邮件……"

"我给你回，"唐诺二话不说已经从门缝里挤进了司徒南的办公室，"上午的那些材料我都看了，知道你们这个项目。"

她已经走向司徒南的办公桌，对着桌面上电脑的邮箱页面认真地注视几分钟，而后便坐下来双手在键盘上飞快地敲动着。

她抬起头看向司徒南，早忘了刚才的演练，就是自自然然的语气："你休息一下，过去好好吃顿饭，我等会儿就过去。"

司徒南的嘴角动了动，想说什么，可最终还是都咽了下去。

他带上门走出去的时候回头看了眼唐诺，她正全神贯注，工作起来的样子格外认真，昨日她来面试的时候，他说她一点都没有变，其实不是的，岁月还是在她的身上沉淀下来了一些东西，她已经不是那个十七八岁飞扬跋扈的小女孩，而是有了些许成熟的味道。

邮件编辑好按下发送键的空当，她一侧脸这才发现司徒南办公室的窗户上装的，是镜面玻璃，从外面看上去是不透明的镜子，从里面看向外面，却是一览无余的玻璃。她这才反应过来为何自己方才对着镜子进行各种"表演"的时候，司徒南会忽然开门走出来，想必是坐在里面"看戏"实在是看不下去了。

唐诺恨不得找个地缝钻进去。

司徒南端着手里的那份寿司，向着就餐区走去。设计院最近有一批 H 大的研一学生过来帮忙，都是年纪轻轻爱说说笑笑的，方才还都在打打闹闹，有个人先看到司徒南过来，捅了捅身边的人，而后像连锁反应一样，每个人顿时都安静下来，瞪大眼睛像看稀有动物一样注视着司徒南。

他在 H 大，可是传说一般的存在。

来设计所实习的机会是这帮研一学生挤破头也要争取的，有一半是冲着"建筑学院十年来第一学霸男神"司徒南过来的。这批过来的学生中有三个女孩子，早已成为全建筑学院女生羡慕的对象，然而进设计所一个半月，甭说是幻想着能引起司徒南的注意擦出火花，除了墙上的照片，三人甚至连司徒南的真身都没有见过。

室友不相信："怎么可能？不是据说他每天都泡在设计所吗？"

"人是在设计所啊，可每天都到得最早，一到设计所就待在自己的办公室里，午餐都是在办公室解决……"

"啊？下班呢？下班的时候总能见到吧。"

"我们来实习的，五点就下班了，司徒南怎么可能会在五点离开他的办公室！我估计他都是趁着夜深人静、人去楼空的时候，才最后一个离开的！"

"就是就是，"另一个女孩子赶紧补充道，"说不定夜里都在办公室睡！"

"啧啧，"室友咋舌，"真是工作狂魔。"

所以，他现在这样端着午餐出现在大庭广众之下，难怪会跌破这些小学妹小学弟的眼镜，有人赶紧把自己旁边座位上放着的占位置的东西清理到一边去，在心里使用大魔咒期盼着司徒南能坐到自己身边。

"南老师好。"

司徒南冲他们微微点点头，脸上并没有太多的表情。岳明朗倒是活宝一般，大手一挥带头鼓起掌来："来来来，大家欢迎南老师出来用膳。"

方才略微有些紧张的气氛一下子变得轻松起来，设计所里的工作人员和实习生都半开玩笑半认真地鼓起掌来，夹杂着清脆爽朗的笑声。

"你神经啊。"司徒南有些窘迫，压低声音白了岳明朗一眼，脸上还挂着尴尬的笑。

他走过去在岳明朗的那张桌子旁边的空位坐下，打开那份寿司，戴上塑料手套，捏起一个放进嘴里。

七八分钟之后，岳明朗看到唐诺出现在走廊上，四人座的餐桌还空着两个位，她却没有走过来坐在那里，只是在岳明朗抬头看她的时候，给了他一个匆匆忙忙的微笑，而后提着外卖袋走过去坐在那群实习生和助理那边，和他们轻声打招呼。

岳明朗一时间有些诧异，不过几秒钟之后也反应过来，伸出手去从司徒南的餐盒里捏出一个寿司塞到自己嘴里，压低声音感慨了一句："唐诺真是长大了不少。"

"人总是要长大的。"司徒南的声音漫不经心，拿起一个三文鱼寿司放进嘴里，目光也并未向唐诺那里投去。

5.

晚上司徒南从设计所走出来的时候，照例被唐诺的车拦下。

他方才在办公室的时候已经下定决心，若是出门再碰到唐诺，要斩钉截铁地拒绝她捎带他一同回家的要求，且要明确地告诉她，你可以先在我那里住着，不过最多一个星期，这一个星期你要赶紧找房子……

然而那辆车的车窗缓缓摇下来，唐诺从里面探出脑袋，眨巴着眼睛看向司徒南："陪我去买点东西吧。"

这个开场白不在司徒南的准备范围之内，他一时间又不知道该如何回答，唐诺伸出手来推开了车门，他就那样坐了进去。

要不是唐诺这次带他过去，司徒南都不知道自家附近还有这么大一个购物中心。

她在购物中心的二楼转了一圈，出来的时候手中已经提着三四个购物袋，先放进车后座上，而后拉着司徒南到了负一层的超市。

"还需要买什么？"司徒南看着唐诺推起了一辆购物车，一副要血拼超市的架势。

"日常用品啊，"唐诺从货架上拿下洗发水沐浴露洗衣液之类，放进购物车里，"我就随身带了一些换洗衣服，其他东西都要慢慢添置。"

不知不觉间两人走到了卫生用品区，唐诺慢条斯理地扫描着货架上的卫生巾，自言自语道："我在澳洲用惯了 Moxie 的卫生巾，到了国内倒不知道选哪一种了。"

司徒南在这种地方自然是感到窘迫的，看唐诺又是一副选择困难的样子，拿眼睛往货架上瞄了瞄，便走过去把价格最贵的那种抓起三包扔进购物车里："不知道选哪种的时候，拿最贵的就好了。"

　　唐诺抓起来看看，倒也是挺满意，推着购物车继续往前走，想起客厅桌子上的抽纸也没有多少了，抓起几包清风的纸巾往购物车里放。右手边站着一位个子不是太高的推着婴儿车的年轻女人，试图去够货架最上层的那种婴儿纸尿裤，看上去有些费劲的样子，司徒南一伸手，帮她拿了下来。

　　"谢谢，谢谢。"年轻女人连忙道谢，目光落在司徒南脸上的时候愣了一下，似乎有些震惊，想开口喊出他的名字，可大抵有什么事情从脑海中闪过，还是没有喊出来。见司徒南也并没注意到自己，她匆忙把头低下去假装照看婴儿车里的孩子，将那包纸尿裤放在了婴儿车旁边的空闲处。

　　"怎么了？"走了几步的唐诺发现司徒南没有跟上来，转过头来找他，年轻女人已经推着婴儿车大步离去，留给唐诺的只有一个背影。

　　"没事，"司徒南回应了一句，"还需要别的吗？再去逛逛？"

　　"还没吃饭啊，买点虾仁和肉馅回去包饺子吧。"唐诺拉着司徒南往超市的肉制品区走。

　　他本来想说的是"你在所里忙了一天了，别忙活了，就在外面吃吧"，做出来的举动却是伸出手来看了看手腕上的表："现在买回去再包会不会太晚了，要不就在外面随便吃点吧。"

　　"是有点晚了哎，"唐诺耸耸肩，但还是到了肉制品区，"先买回去放在冰箱里，明天再吃好了，反正明天是周六不用上班。"

　　她看了看身旁的司徒南："你明天该不会还要去所里吧？"

　　"嗯，"司徒南点点头，"要过去，这个设计图，承建公司催得紧。"

　　唐诺心里一百个不情愿，撕下来一个塑料袋挑选着放在冰块上的虾仁。

天已经渐渐有了些许凉意。她在心里盘算着明日的菜单，又挑了一些别的食材，拿了三根胡萝卜，挑了一斤羊肉，鳗鱼看上去也还算新鲜，打算买一条回去清蒸，大葱、生姜、料酒各种调味品，也一道买好。

而在超市的另一端，方才推着婴儿车的年轻女人，沉默地看着这一切，心中充溢着难以言状的复杂情绪，有羡慕，也有自怜，只觉得无限怅然，要落下泪来。

婴儿车里的小男孩忽然醒了，"哇"的一声哭闹起来。这一声哭闹打断了她的思绪，她慌忙俯下身来，从婴儿车的布兜中拿出保温的奶瓶，将奶嘴塞到婴孩的嘴巴里。

收银处，唐诺把东西装进袋子里。面巾纸、卫生巾压在最下面，瓶瓶罐罐放在上面一点，虾仁、肉馅、西红柿、葡萄不能压，放在另一个袋子里，再上面放着的是一提鸡蛋。

唐诺一抬起眼，便看得到司徒南的侧脸，这一看，便觉得心中温柔万千，便坚信这是她与他的故事中，千难万险之后的最终安稳，是海水填平凹痕，风吹熄了火焰，是柴米油盐，不悔当初。

6.

小区楼下有一家二十四小时营业的粥店，晚饭两人是在那里解决的。

回去之后司徒南便进了书房，唐诺洗漱之后，坐在客厅的沙发上玩手机，想起明天正好没事，便拨通了江川的电话。

他正在包间里应酬着几个重要客户，起身到外面接电话："喂，唐诺。"

"江川，我明天不用上班，一起吃顿饭吧。"她在电话这端说道。

"明天……"江川微微犹豫了一下，"明天没问题，中午怎么样？你住在哪里？我去接你。"

"不用来接我，明天你找个地方，提前告诉我，我自己过去就行了。"唐诺说道。

"嗯，行，"江川点点头，"有没有什么特别想吃的？"

"我从小到大口味一点都没有变，爱吃什么你不是知道吗？"唐诺在这边爽朗地笑了几声，"再说了，刚从国外回来，只要不让我吃汉堡牛排，其他都好说。"

"我知道一家私房菜馆，专做江浙菜的，你肯定喜欢，"江川想了想说道，"等会儿我把地址发给你。"

他挂完电话重新返回饭局，因他是常客，酒店大堂经理安排着刚刚进来交接班的服务员给江川的这个包间赠送了一壶酒店自酿的酒。

一开壶，便是一股沁人心脾的酒香，江川问身旁送上这壶酒的服务员："什么酒？"

"桂花酒。"她微笑着回答道，指着壶身上贴着的泛黄的标签上写的那句诗回答道。

江川拿起来看了看，小声念道："欲买桂花同载酒，终不似，少年游。"

他出生在金秋，是桂花飘香的时节。

十六岁那个与唐诺同游后山的生日，便是氤氲着桂花香的。他依稀记得，那个下午，他在山上，同唐诺走散了。

拥有一台新相机，总是欢欣而新奇的，连平日里看惯了的景色，拿相机对着比画一番，竟也别有风味一般。

江川就这样也不知道比画了多久，再抬头的时候，已经不见了唐诺的人影。

他当即就慌了神，喊着唐诺的名字四处寻找。

唐诺天生对运动兴趣不大，先前江川曾邀请过几次一同爬山，唐诺总找各种理由推辞，算起来，这应当还是唐诺第一次来后山。

这座山说大不大，说小不小，但里面重重叠叠，岔路繁多，唐诺天生又好奇心强，专门爱挑没人走的小路闲逛，这样一想，江川更是着急，生怕她会走丢。

傍晚六点钟的时候天就渐渐暗了下来，游人走了一批又一批，也不再有新的游人上来，江川想着唐诺会不会已经回了家，便跑下山到唐诺家去看看。正想敲门的时候，他听到里面传来摔东西的声音和尖锐的咒骂声，知道应当是唐父又在和发妻吵架，也就不好意思进去。这时正巧碰到在打扫庭院的唐家的保姆，他问唐诺有没有回来，她摇摇头："没有，晚饭的时候先生还问，好像还给她打了电话，手机没有带，落在家……"

江川来不及听完，撒开腿又向后山跑去。

后来竟轰隆隆起了雷声，山雨欲来。

果然一会儿就有骤雨倾盆而泻，江川脱了外套顶在头上，一遍遍大声喊着唐诺的名字。

他没有带照明的工具，山间的路灯很少，只有微弱的灯光。阵阵狂风吹来，桂花被打落一地。

脚下的路很滑，他却还是不愿下山，心里好像有千万簇火苗在燃烧，一心想找到唐诺。

山路越走越险，他没有注意到脚下的石头，一个趔趄，整个人便跌倒在路中央。

他想要站起来，却觉得脚腕疼得厉害，应该是崴了脚，整个人动弹不得。

好在山雨来得快去得也快，渐渐停了下来，但晚上没有吃饭，再加上浑身早已湿透，他整个人又冷又饿，牙齿不住地打颤。

　　他担忧着的，却还是唐诺，总会往不好的方向想，生怕她遭遇什么意外，生怕雨天路滑，她跌倒在泥泞中，生怕天黑路长，她不知道方向。

　　他感觉一阵头晕目眩，意识也变得模糊起来，忍着脚踝的疼痛，试图再一次站起来，然而摇摇晃晃的，整个人便昏厥过去。

C h a p t e r

②

一世庆祝整个地球上，
亿个背影但和你碰上

1.

唐诺到达那家私房菜馆的时候，江川已经订好了包间。

菜馆藏在曲径通幽的小巷深处，庭院里布置着水榭楼台，的确有南方风味。

服务员领唐诺到包间门口，伸手敲门："江先生，唐小姐到了。"

江川匆忙从椅子上起身，走过去把门拉开。

一见到江川，唐诺便给了他一个大大的拥抱。

菜上得很快，一盘盘端上来，唐诺瞪大眼睛："江川你太了解我了，这个，这个，这个，这些都是我爱吃的。"

江川笑："还不是因为你以前经常到我家蹭饭。"

"阿姨做饭好吃嘛。"唐诺嘴巴噘起来。

"我妈也一直念叨着你，等你有空我带你回家吃饭。"

少女时期唐诺住的房子，独门独院的花园别墅，面积太大，冷冷清清。母亲十指不沾阳春水，从来没有烧过饭菜，虽说有照顾三餐的阿姨，但唐诺还是喜欢溜到江川家吃饭。

她很喜欢江川家的氛围，虽说是一家三口挤在老弄堂不到六十平方米的居民楼里，但有个平日里爱大声嚷嚷，但心地很好的女主人，有个不怎么开口说话，脾气温吞的丈夫，在唐诺的眼里，怎么看都是幸福家庭的典范。

冬天的时候，她从超市买上一大堆牛肉、羊肉和各种肉丸子去江川家涮火锅，江阿姨端上熬了好几个小时的大骨汤，老式的铜炉火锅，吃的时候要用木炭烧火，撒尿牛丸一口咬下去，烫得唐诺"哇哇"大叫，江川就站在一旁笑话她。

外面的风呼呼吹，房间里热气腾腾，窗户上都是水汽，唐诺和江川因为某个化学方程式争论起来，她就拿手指在窗户玻璃上写给他看，一定要证明自己是对的。

说太过骄傲也的确是太过骄傲，但那个时候的唐诺，也是有着骄傲的理由的。

她聪慧早熟，顶着"天才"的名号，奥数比赛每年都能拿到一等奖，最后嫌题目太无聊不愿意参加，同龄女生还在捧着"琼瑶"、"亦舒"伤春悲秋，她的课外读物就已经是英文原版的《Virginia Woolf》。

唐父四十岁时才有了唐诺，自然是千般宠爱寄予厚望，所以唐诺遇到司徒南之前的小半生，实在是要风得风，要雨得雨，太过好命的小半生。

"哇，"唐诺低下头去，抿了一口江川给她倒上的桂花酒，"金桂的味道好浓。"

这是江川昨日吃饭的那个酒店里的桂花酒，味道江川很是喜欢，临走结账的时候，买了几壶。

"喜欢吗？"江川问她。

"醇厚柔和。"唐诺细细品了几口，放下酒杯之后对江川笑道，"江川，你记不记得有年你生日，约我一同去后山看桂花，结果自己迷了路，那天还下了雨，你后来病了好多天，高烧不退的，吓坏了江叔和江阿姨……"

江川点点头，把剥好的虾放到唐诺面前的盘子里："怎么会不记得。"

唐诺说的，就是他昏倒在半山腰的那次。

　　中间发生了什么，他全然不知，费力睁开眼睛的时候，整个人还处在眩晕的状态，盯着头顶上白花花的天花板，怔了好一会儿。

　　"醒了醒了。"是母亲的声音。他有些费劲地转过头去，看到的便是右边挂着的输液瓶。坐在身旁的母亲站起身来，冲到病房的门口大声喊着护士，他这才意识到自己是在医院里。

　　他想要开口说话，却觉得嗓子火烧一样地疼，只能发出喑哑的声音，说不出连贯的话来。

　　两个护士托着托盘走了进来，其中一个甩了甩托盘上的温度计，放到江川的腋下，另外一个拿起针头，对准他的血管抽了一小管的血，拿去化验。

　　"怎么……"江川开口有些费劲。

　　"你都昏迷两天了，"母亲眉头紧蹙，眼里都是担忧的神色，"前天下午你说和唐诺去后山，到夜里十一二点还不见你回来，你爸担心得不得了，打电话到唐诺家，唐诺说下午和你走散了，之后她就自己下山逛书店去了，没有见到你，你爸就去后山找你，三更半夜的发现你昏倒在半山腰，快把我们吓死了……"

　　她正说着的时候，病房的门被推开，江川抬起头一看，走进来的是唐诺。

　　她的眼中有惊喜，继而又忍不住责怪他："江川，要被你吓死了！你怎么这么蠢啊，那么晚又下雨了还不下山！"

　　她后面还跟着自家保姆赵姨，手中提着一个保温壶，唐诺转过身把保温壶接过来："阿姨给你煲的汤，说是放了当归什么的，驱寒特别好。"

　　保姆点点头，打量了一下江川："现在气色也还行，昨天昏迷的时候，脸色一直刷白刷白的，吓死人了。对了小川，我记得前天六七点的时候，你不是来找……"

"赵姨，"江川的声音忽然提高，打断了保姆的话，"这汤真好喝，怎么煲的，你也教教我妈吧。"

保姆乐呵呵地笑了两声，把刚才的话头抛在了脑后："这个汤啊，说简单也简单，说难也难，主要是要讲究火候……"

江川庆幸她没有再说下去，也免得唐诺知道，实际上那晚，是为了找她，他才又返回了后山。

寒气入骨，此后的许多年里，每逢寒冷天气，膝盖便会剧烈疼痛。

但若是再重来一遍，他还是会这样做。

2.

同坐在面前的唐诺聊完旧事之后，自然是说到现状。

"对了，小诺，"江川开口，"你住在哪里？我平时都住在单位公寓，自己的房子空着，你过去住吧？"

"不用啦，"唐诺挤挤眼睛，"我住在司徒南那里。"

江川刚刚抿下一口桂花酒，差点被呛住，慌忙抓起桌上的面巾纸，小声地咳嗽起来。

"你们，在一起了？"顿了顿，江川问道。

"唉，没有。"唐诺托着下巴叹了一口气，开始吟起诗来，"君生我未生，我生君已老，君又境界高，不肯跟我好……"

一场跨越了漫长时间的爱恋与追求，在江川看来，原本应该是痛苦而沉重的，孰料唐诺这样一表达，他倒能立即从方才心脏的微微疼痛中走出来，面上是一副忍俊不禁的样子。

"不对不对，是还没有。放心好了，司徒南早晚有一天是我的。"

她拍了拍胸脯，而后端起手里的酒杯，"来来，干杯，祝我早日拿下司徒南，翻身农奴把歌唱。"

江川的工作情况，唐诺在澳洲的时候就知道。

别的大四学生焦头烂额找工作为未来迷茫又担忧的时候，江川已经面临着 Citibank（花旗银行）中国分公司 Financial Analyst（特许金融分析师）的 offer 和去美国顶尖商学院深造的选择，最后他选了就业，放弃了读 MBA 的机会，好在如今也有着极其不错的发展。

江川笑了笑，把话题转向别处："最近有什么安排？"

"下周周末，想去看看爷爷。"

"回舟山？"

"嗯，去北蝉。"

北蝉乡啊，唐诺的心底浮现温柔的情绪。

那可是她同司徒南初见的地方。

那顿饭吃到最后，江川的手机接连不断地响起来，唐诺这才意识到他如今在银行做着财务分析的工作，自然是很忙的，本来还想约他下午陪自己随便逛逛，可想了想恐怕中午这顿饭的时间都是需要他推掉几个应酬的，便不再打算麻烦他。

她提起身旁的丰提包起身："你下午还要忙吧？正好我也有点事情要办，改天再约。"

江川正想开口说没关系，可面前的手机又铃声大作，没有办法，只好向唐诺比画出"抱歉"的手势，走到一旁接通。

他回来后把外套从椅背上拿起来，同唐诺一起走了出去。

唐诺忽然想起了什么："对了，江川，我留给你的那些花草，都还活着吗？"

"哪敢不活着啊？"江川笑了笑，"当年我可是跟你立下军令状的，它们活我活，它们死我死，这些年我可是请了我一个学植物学的朋友没事帮我照顾着。"

"那就好，"唐诺的眼睛眯成一条缝，"那还是我高二那年和司徒南刚认识的时候他留给我的，过几天我找你搬回去。"

"嗯，好。"江川柔声回答道。

唐诺原本就没什么社交生活，又是刚回到这座城市，下午哪里有什么安排，只不过是考虑到江川还有事情要忙，不想占用他太多时间罢了。

昨日在设计所，岳明朗的那句"唐诺真是长大了不少"，尽管声音压得低，她却还是听到了。

人总是要长大的啊。

她还没出国的时候，有年生日，死缠烂打非要让司徒南送自己一张卡片，要在卡片上写上生日祝福。

那张卡片上司徒南写了什么呢？

他用黑蓝色墨水，抄下了某位作家的一句话："愿你生来笨拙，学不会伪装。只得爱憎分明，一生坦诚。"

热血属于青春，那些年岁，她飞蛾扑火轰轰烈烈，抓到机会就表明真心，收买司徒南身边的每一个人，甚至在他前女友的葬礼上，她都不忘去大闹一番，现在回想起来，徒留悲壮。

如今的她，更愿意用这样一种平和而安宁的方式，缓慢地爱他。

和江川告别之后，唐诺逛了趟宜家。

司徒南房间的构造有些太过沉闷，她挑了一些颜色柔和的家居用品和小装饰品，角落里有一个玻璃花瓶很喜欢，也一并买了下来。

商场的那一层，宜家旁边就是一间很小众的书店，随便瞟了一眼便看到了杂志区的《Domus》中文版的最新一期，唐诺走过去翻了翻，嘴角浮现柔和的笑意，目录处司徒南和岳明朗的名字写在一起。

唐诺在收银处付完钱，边低头把杂志往包里塞边往外走，没注意到杂志区站着人，一下子就撞到了那个正伸出手来预备拿起另一本《Domus》的年轻女人。

"对不起，对不起。"唐诺匆忙道歉，抬起头看向眼前的人的时候，眼神里满是诧异。

"白鹿？"唐诺惊异地喊出一个名字，伸出手来拉住她的胳膊，"白鹿，你怎么在这里？"

她眼前站着的，正是昨日在超市时拜托司徒南帮忙拿下货架高层的纸尿裤的年轻女人，也是昨晚江川同工作上往来的客户吃饭的时候，将桂花酒送到包间里的女人。

她的眼中有错愕，也有惊慌，往后退了两步，将手臂挣脱开来："你认错人了。"

而后她便抓起身旁的婴儿车，大步向前面走去。

唐诺才不相信她这句"你认错人了"，连脚边刚买好的东西都顾不得提，匆匆忙忙准备追上去，然而跑了几步之后，她的脚步渐渐慢了下来。

她笃定这个人就是白鹿。

当初她就那样忽然消失，岳明朗疯了一样地找她，如今看来，她大抵是已为人妻母，过着平静的生活。

当初的人间蒸发，今日的刻意回避，她想必是都有着说不出的苦衷。

"你知道怎么才算成熟吗？"

"了解自己，了解自己的欲望，了解自己的局限，这不是完全的成熟。你还要去理解别人，理解别人的欲望，理解别人的局限。"

这个道理，是在澳洲的时候，Fred 教给她的。

隔天上班，进电梯的时候碰到岳明朗，唐诺的心里"咯噔"一下，犹豫着不知是不是该把见到白鹿的事情告诉他。她思忖了一会儿，还是作罢。都道时间是最好的解药，如今的岳明朗，看上去已经风平浪静，她不想再往他的心湖上投下什么波澜。

3.

又一个周末，设计所里除了司徒南没有什么人，他对着设计图修改了一个下午，此刻脖子有些发酸，便靠在椅背上后仰着脑袋休息，早上是答应了唐诺回去吃饭，然而此刻坐在这里的时候，他心中却有犹豫。

周遭一片静谧，他盯着墙上挂着的闹钟，指针在"嘀嗒嘀嗒"走动着，已经是七点一刻，外面的天色渐渐暗了下去。

"嘎吱"一声，办公室门被推开了，唐诺清脆的声音响起："司徒。"

司徒南回身看过去，眼神闪动了一下："唐诺，你怎么来了？"

"来接你回去吃饭啊。"唐诺笑了笑，走过去把司徒南的外套从衣架上提起来拿到手里，没有给他回旋的余地，"走吧。"

司徒南顿了顿："我晚上要加班……"

唐诺走过去，翻了翻他桌子上的那沓文件，而后也一同拿在手里："这些文件需要翻译整理吧？我把它带回去，晚上我陪你在家里一起加班。"

他果然找不到合适的理由推辞，只好跟在唐诺身后往外走。

唐诺走在前面，嘴角不自觉扬起一个狡黠的笑，走到门口的时候伸出手去按下开关，房间便陷入了一片黑暗之中。

司徒南忽然一下子就抓住了唐诺的手臂。

唐诺立即反应过来，慌忙拿出手机打开手电筒，一片漆黑中，顿时有了小小的光亮。唐诺咬住嘴唇，眼神里有担忧的情绪："我以为你的黑暗恐惧症已经好了。"

司徒南急促的呼吸声缓缓地平复下来，他有些不好意思，松开了抓住唐诺的那只手："比以前好太多了，只是刚才的黑暗有些突然，一时间没做好准备。"

周遭的走廊，还是很黑，唐诺看向司徒南，把手伸到他面前："那我拉着你走。"

——"那我拉着你走。"

声音清清脆脆，数年前，他因被她发现自己的黑暗恐惧症正狼狈时，她眨着两只眼睛和他说的也是这句话。

如今的他，深知自己不该伸出那只手。

司徒南把手伸到口袋里拿出钥匙，转过身去锁上办公室的门，而后轻声说了句"走吧"，便迈开腿走在了唐诺的前面。

那只伸出去的手在空气中尴尬地停顿了几秒钟，唐诺收了回去，微微咬了一下嘴唇，而后紧紧跟上了司徒南。

周六的市区没有太多车，二十来分钟他们便到了家。

钥匙插进锁眼，推开门的时候顺便按开了走廊的灯，灯光亮起来的瞬间，司徒南简直以为自己走错了家门。

是的，他粗略扫视一遍，房间里多出了很多东西。

最最明显的，便是房间里的那些植物。

只一天的时间，唐诺竟然在阳台上布置出了一个植物园。

这是木质爬梯和木质花架搭建起来的，错落有致地摆放着各种各样的植物，有四季海棠、滴水观音、芭蕉、绿萝……

司徒南的眼神里满是错愕。

"司徒，你还记得这些吗？"唐诺走过去，拨弄着芭蕉的叶子，"当年你说过，你离开北蝉的时候，把这些植物交给我照顾。"

"这些？"司徒南的眼睛里满是不可思议，"这些还是当年的那些？"

"对啊，"唐诺蹲下身去，细细打量着眼前的垂盆草，"我去澳洲之前，把它们交给了江川，他把它们都照顾得很好。"

司徒南的脸上是微微的感动。

他依稀记得，那还是他同唐诺相遇的那天，他给她看自己养的那些植物，她问他为什么偏爱植物，他告诉她："人可随意转身离去，唯有草木天长地久。"

他幼时便是清冷沉默的性格，并不擅长融入集体或是与人打交道，而植物静默，处混沌之地，唯有花木差可引为知己。

司徒南的心中涌现出复杂的情绪，他蹲下身去，认真地端详着每一株植物。

它们好似穿越了旧梦，活了这么多年。

唐诺起身走了进厨房，忙碌着。

司徒南回头看去，她从厨房里把烧好的菜一样样端出来，胡萝卜炖羊肉、板栗烧鸡、尖椒炒蛋，最后是两碗鸡丝面。

红的，绿的，黄的，白的，映衬着蓝色的满天星，真是好看。

唐诺喊他："司徒，过来吃饭了。"

她抬起头的时候正撞上他看过来的双眼，忍不住盈盈笑开，司徒南赶紧把目光投向别处。

也不知为何，因有了这些绿植，房间里弥漫着的，是与往日不一样的气息和氛围。司徒南低下头去，沉默地吃着碗里的饭菜，等唐诺也吃完，便起身收拾碗筷，拿到厨房里洗刷。

碗碟碰撞在一起，发出清脆的声音，唐诺仍旧是站在那里静静地看着他的背影，忽然就走上前去，情不自禁地从背后环住了他的腰。

那一刻的时间好似静止了一般，司徒南拿盘子的手僵硬在那里，只听得见水龙头"哗啦啦"的流水声。

"唐诺，"他的声音低沉又有些沙哑，"松开手。"

唐诺一双手反而环得更紧。

"松开手。"他又重复了一遍。

唐诺怔了怔，而后缓缓地松开了手。

他低下头去，继续一丝不苟地刷着手中的盘子，刷得极其洁净，连最细小的灰尘都不放过。

唐诺只觉得心头有些酸涩，默默地转过身去，推开房门，走进了房间。

司徒南将盘子摆放整齐，忽然手一滑，有一个跌落到地板上，发出清脆的声响。

那关着的房门立即被拉开，唐诺的脸上是紧张的神情："司徒，怎么了？"

好在没有碰到手指，唐诺的神色舒缓下来，拿起墙角的扫帚，走过去打扫。

还有工作没有完成，她想为他煮一壶咖啡。

她在咖啡机里加上水和咖啡粉，忽然想起在澳洲时，和那位教自己烧菜的中国阿姨在一起忙活时，中国阿姨特别诧异于唐诺的耐心。

"真不像是这个年纪的女孩子，"中国阿姨夸赞着，"有些菜很多人根本不愿意学，觉得做一个菜要等那么久，不值得。"

唐诺当时笑笑："我愿意等。"

等炉子上的水烧开，等要坐的列车开过来，等那个人回过头来爱你。

有时候人生除了等，真的一丁点办法都没有。

等一壶咖啡烧开要三分钟，而等一个人呢？

她还要等多久，他才会愿意回过头来，把目光落在她的身上？

4.

回国已有一段时日，唐诺的一位旧友同她联系上，约她下班后一起吃顿饭。

许久未见，两人相谈甚欢，去了以前在这座城市时便爱去的一家酒吧，边喝边聊。

唐诺已有些微醺，手机响了起来，是一条信息。

"还没回家吗？"

唐诺忍不住尖叫了一声，伸出手拿起包："不和你聊了，我回家了，司徒给我发信息了。"

"看把你高兴的。"旧友忍不住嗔怪道。

那个晚上司徒南睡得迷迷糊糊时，依稀觉得有人在身旁，模模糊糊睡意朦胧之时，有人吻上了他的唇。

那唇温热，柔软，湿润，让司徒南有些恍惚。

他微微睁开眼，昏暗的光线里，看得见那张熟悉的脸，他的心里忽然一动，回应着她的亲吻。

而后忽然就热烈起来，他翻身将她压在身下。

"司徒，"带着浓重的酒意，唐诺轻轻呢喃着他的名字，"抱紧我。"

司徒南伸出手去，手打到了墙壁上，发出响动。

他感觉到疼的那一瞬间，才陡然清醒，意识到这不是梦境。

他整个人打了个激灵，伸手按亮床前的灯，从床上坐了起来。

"去你的房间睡。"他背对着唐诺说道。

唐诺愣了好一会儿，咬着嘴唇下了床回隔壁房间。即便是隔着客厅和一扇门，司徒南也听到了她的房间里传来的压抑的哭声。尽管她与他的房间相隔不过数米，在唐诺看来，却好像隔着银河一般。

司徒南把顶灯打开，房间里亮起来。

他沉默地坐了一会儿，而后起身，打开桌上的电脑。

第二日清晨，唐诺从房间出来的时候，司徒南已经买好了楼下的早餐，坐在桌边。

唐诺两眼通红，像只小兔子一样。司徒南心中有隐隐的不忍，可还是将手中的那两张 A4 纸推到了唐诺面前。

"什么？"唐诺有些疑惑地接了过来。

司徒南没有看向她，自顾自地说道："这几户住宅都离上班的地方不远，干净安全，挺适合女孩子居住，有一室一厅的，也有两室一厅的……"

"我不走。"唐诺抬起头来，打断了司徒南的话。

"你挑一下，过几天我打电话帮你联系……"司徒南并没有理会她的话。

"我不走！"唐诺的反应出乎司徒南的意料，她的声音抬高了一些，而后扬起手来，将那两张 A4 纸撕得粉碎，扬在半空中。

纸屑在空中旋转飘落，隔着纷纷扬扬的纸屑，唐诺看着眼前的这个男人，只觉得多少往事在眼前回旋着：她初次见他的夏日，她向他表白的夜晚，她在异国思念着他的那个冬天……这些年来，司徒南好似她生命中的一个巨大的黑洞，她付出真心和热情，然而他从不肯给予她任何回应。

那些碎纸屑落在司徒南的肩上，他没有动，脸上也没有什么表情。

"在找好房子之前，你可以先住在这里，我这几天先不回来住了……"

唐诺站在那里，只觉得从头凉到脚。

她的嘴唇和身体都微微颤抖着，随手抓起桌子上的瓷碗，狠狠地往地上摔去。

外面清晨的天空，忽然响了一声惊雷。

瓷碗四分五裂，一如她破碎的心。

"好，"唐诺的声音异常平静，"我走。"

5.

夜晚的空气中氤氲着凉意。

校园道路两旁的银杏树叶子打着旋儿地落下，偶尔有年轻的男孩女孩三三两两地说笑着走过，司徒南路过湖边的图书馆，信步上了几层台阶走了进去。到了三楼理工科类别的图书分区，他信手拿了一本当年学习的克拉夫的《结构动力学》，坐到一旁的沙发上翻了起来。正看得认真的时候，有两个年轻女孩子互相推搡着结伴过来。在司徒南面前站定。

司徒南还沉浸在那本英文原版书中，直到其中一个女孩子伸出手来在他的桌子上敲了敲，他才抬起头来，困惑地看向她们："有事吗？"

一个女孩子红了脸，一副不好意思的样子，另一个女孩开口："这个是我朋友，想认识你一下。你是这学校里的研究生吗？"

司徒南摇摇头，而后站起身来："对不起，我该走了。"

他将手中的那本书放回原处，往图书馆外面走去。

刚从图书馆走出去，他便愣在了那里。

数米开外站着的，是一个熟悉的身影。

唐诺的裙子外面裹着一件黑色的大开衫毛衣，两手插在口袋里，站在最下面的一层台阶上，微笑着看着他。

司徒南的心里忽然就"咯吱"响了一下，好似有一扇门被缓缓推开。

几年前，唐诺还没有远走澳洲的时候，图书馆的最上层是几个学院的实验室和导师办公室。他成天泡在实验室里做课题，经常是夜色深沉的时候才出来，每次出来，都能看到唐诺歪着头捧着一杯牛奶在下面等着他，见到他就笑着跑过来。

因姚玫的缘故，那个时候他总是躲着唐诺的，像躲避一场风雨，像躲避一片烈焰。

数年过去了，她还像那样站着，见他出来，一层层台阶轻盈地跳过去，在他面前站定，把手中的拿铁递过去："就知道你会在图书馆，一起转转吧。"

她脸上的笑容明媚动人，好似几日前他们的那场争吵和决裂，全然没有存在过一般。

司徒南的嘴角动了动，却全然没有了说"不"的力气。

他伸手接过那杯拿铁："走吧。"

挺拔俊朗的年轻男人，明艳动人的女孩，走在一起总是格外引人注目的，校园里好像并没有什么太大的变化，也还是喜欢放周杰伦的歌："看青春迎来笑声羡煞许多人，那史册温柔不肯，下笔都太狠。"

不管外界如何斗转星移，校园，好似都不会有太大的变化。

印象最深的，便是眼前这条两旁种着银杏的道路。出国的前几日，她约司徒南吃饭，在学校后面的那家西餐厅里。那晚她喝了一些红酒，酒精发酵了情绪，她的眼泪几次要流了下来，又都忍了回去。后来吃完饭，司徒南送唐诺回宿舍。

从学校穿过的时候，银杏路是必经的。

已经临近暑假，很多学生都已经离校，校园空荡荡的，那条路上，除了唐诺和司徒南，一个人也没有。

姚玫的葬礼刚过没有多久，司徒南整个人，还是隐忍而沉默，他的步子比唐诺微微快一些，走在唐诺的前面一点点。

唐诺一路上都没有说话，月光把两个人拉成两条细长的影子，银杏树的前面是银杏树，银杏树的后面还是银杏树，她甚至会微微有些错觉，觉得天永远也不会亮，眼前的这条路，永远也走不完。

那个场景，简直可以放在唐诺心中"人生中最圆满的时刻top10"的列表里。

而如今，隔了五年，她同司徒南，又走在了这条路上。

她有无数次想要伸出手去，拉上司徒南的手。

但亦在心中了然他会抽开，她只得压制住心中的小小念头。

司徒南问她："你怎么知道我在这里？"

"你这几日都没有回家，"唐诺吸了吸鼻子，"我就找了老岳，老岳说有天晚上打电话找你，你正在学校逛着，我就过来了。"

被前些时日的雨水洗礼过，空气里都是清新的气息。冷风瑟瑟，有些凉意，唐诺裹紧了外面的开衫，仰起头看了看天空："天气这么好啊。"

"对啊。"司徒南点点头。

"我们和好吧。"唐诺侧过脸去，看向司徒南，"我以后不会再那样了，司徒，我们和好吧。"

纵使他的心中曾多坚定，此时也不免柔软。司徒南轻轻地"嗯"了一声。

司徒南走了几步之后，才发现唐诺并没有跟上来，回过头去，看到她在一棵银杏树下站定。

司徒南折回来站在她身旁，顺着她的目光看过去，依稀间，看得到那棵银杏树上刻着的一行小字。

那是唐诺出国前刻上去的，歪歪扭扭的，"喜欢司徒南"五个字。

"司徒，"唐诺轻轻开口，"司徒……你这五年，过得怎么样？"

"我都挺好的。"司徒南轻轻回答道。

"你这五年，有谈过恋爱吗？"

司徒南带着笑意，摇了摇头。

唐诺的心中却闪过一丝悠长的叹息。

她决定从澳洲回来的那日，就已在心中下定决心，回国之后，不管司徒南身旁是谁，她都绝不会放弃他。

然而他这五年，是完全空白的五年。

人抵也是，仍挂念着姚玫的五年。

唐诺低卜头去，努力用一种寻常平静的语调："司徒，你还爱着姚玫吗？"

风把唐诺的长发吹得凌乱，她的眼中仍有隐隐的忧愁。司徒南的手指动了动，几欲伸上前去触碰她的面颊。

唐诺就这样提起姚玫，倒让他不知如何回答。

这五年，他似乎极少想起她。

但他们之间，毕竟有着数十年的情分。

"司徒，"唐诺生怕刚刚同司徒南恢复的邦交关系被自己这一问打破，赶紧把话题转向别处，"你什么时候有空的话，陪我去看看爷爷吧。"

"去北蝉吗？"司徒南问道。

唐诺的眼中闪过一丝欣喜的亮光："司徒，你都还记得那里的名字啊？"

司徒南无奈地笑着摇摇头，往前走了几步。唐诺也"哈哈"笑了两声，小跑着跟了上去。

Chapter

伴你身侧，而
身侧却是银河

1.

北蝉乡，唐诺和司徒南的初见地。

那年唐诺在读高二，父母的争吵连续升级，几乎到了每天一战的地步，暑假前的最后一个下午，她已经在心里盘算回去之后就要立即把行李偷偷收拾好，去仍旧在农村居住的爷爷家，过一个不闹心的暑假。

当天下午回去，她便躲在自己的房间里偷偷摸摸地收拾了行李，第二天黎明时分出发，招呼都没有打一声，字条也没有留一张，用这种方式来表达着对父母的抗议。她一路上辗转了好几辆车，最后坐着一辆三轮车摸到村口的时候，已经是踩着细碎的月光。

唐诺打小就记性好，即便是很多年没有来过，倒也摸到了爷爷家门口。此时她已经是又累又饿，在心里盘算着晚饭一定要吃上爷爷摊的鸡蛋葱花饼，谁知到了门口一看，门上竟赫然挂着一把铜锁，看样子是没人在家。

唐诺嘴巴噘得老高，踢了踢脚下的石子，坐在门边的石头上等他。

有同村的热心人路过，扯着嗓子问："是不是找老唐的？"

唐诺点头："对对。"

"老唐在那边路口下棋呢，"热心人伸出胳膊来指了指右边的一个路口，"没多远，你走过去喊吧。"

"好。"唐诺点头起身，把放在地上的双肩包又拿起来背在身上，向着热心人指的方向走去。

路口长着一棵大榕树，榕树上挂着一盏摇摇晃晃的白炽灯，唐诺果然在那里看到了爷爷，他正坐在石凳上和人下棋，穿着乡下老人都爱穿的白汗衫，膝盖上放着一把大蒲扇，时不时地拿起来摇一摇，赶一赶在耳边嗡嗡叫的蚊子。

"爷爷。"唐诺在几米之外停了下来，扯着嗓子喊了他一声。

唐爷爷抬起头来，有些愣愣地打量着唐诺，好半天才回过神来，冲着唐诺挥手："哎哟，小诺，你怎么来了？快过来，快过来。"

方才又饿又累的疲惫感好像一下子都消失了，唐诺咧开嘴笑笑，三两步就跑到了爷爷的身边。

"坐这里，坐这里，"爷爷拍了拍旁边的一个空着的石凳，揉了揉唐诺的短发招呼她坐下，把石桌上的花生塞到她手中，"先吃点花生，等爷爷把这盘棋下完，带你回去吃饭。"

唐诺接过花生坐定，以为爷爷是在和村里的叔叔伯伯下棋，谁知一抬头，整个人愣了一下，眼前是一张年轻的脸。

后来唐诺常想，那一年的司徒南，是什么样子的呢？

说起来，并不是她生日许愿时，"世界第一美少年"的模样。他个子很高，但黑黑瘦瘦的，还有着一点点年轻人身上常见的驼背，在乡下理发不便，他的头发微微有些长，细细柔柔的，带着微微的自来卷。

此时是他落子，一枚黑子捏在手中，落定之后抬起头来，正好对上了唐诺打量他的目光，有些拘谨地笑了笑。

夏夜，有很多村里人坐在路口那里一起吃饭闲谈，偶尔夹杂着的，还有狗吠声。

一切本应该是嘈杂的，可唐诺在对上那个笑容的时候，觉得周遭异常安静，安静到甚至听到心中"咔嚓"一声，有扇门静静地被推开了。

如我先前所说，遇到司徒南之前的小半生，唐诺要风得风，要雨得雨，太过好命。

除了一同长大，少不更事时就结下深厚情谊的江川，她从未多看过学校里任何一个同龄男生。

她好看，也知道自己好看；聪明，亦知道自己聪明。

学校里喜欢她的孟浪少年太多，写过情书的有，送过鲜花的也有，圣诞节的时候，有个学长在学校门口拦住唐诺表白："唐诺，我喜欢你。"

她白了那人一眼："我不喜欢你。"

那学长挠了挠耳根："我从去年起就很喜欢你，你不喜欢我也没关系……"

唐诺笑了笑："如果你喜欢一个人，那个人不喜欢你，你知道应该怎么做吗？"

那学长也真是傻，以为唐诺这句话，是给自己机会。

没错，对大多数女生来说，说出这句话，便是没有完全拒绝，是还有转机，是还留有余地。

可唐诺是谁，她心高气傲，毫不留情，做铺垫只为了后面更无情的打击。

"怎么做？"

"你应该躲得远远的，从那个人眼前消失，不要带给她困扰。"唐诺扬了扬眉毛，留下一个嘲讽的笑。

所谓能量守恒，她遇到司徒南之前，无情冷硬地伤害过多少颗心，数都数不过来。

而这所有的伤害，都化作反作用力，在司徒南身上，百倍千倍地还给了她。

那个傍晚司徒南的棋子落定在左下角的星位，看到唐诺在盯着眼前的棋盘，微微有些吃惊："小姑娘也懂围棋？"

要是在平时，唐诺一定会翻个白眼，夸大自己那三脚猫的技术："那当然。"

可爷爷还在旁边，撒谎是会被拆穿的，唐诺吐了吐舌头："懂一点点啦。"

童年和爷爷生活在一起的时候，唐诺是学过一阵子围棋的，花了两个小时弄懂了基本的规则以及"死活"，本以为就此可以凭借着这般手艺在棋坛上闯荡一番，谁料爷爷补充了一句："你这还没入门呢，要想入门，你得先背定式。"

围棋的所谓定式，就是双方在争夺角部时，面对不同情况合理的下棋秩序和落子点。

"背就背，"唐诺撇了撇嘴，"几个定式？"

"不多不多，"爷爷挥了挥手，"也就两百多个。"

唐诺翻了个白眼，摇着脑袋出门玩泥巴去了，围棋之爱就此作罢。

2.

在唐诺眼里，爷爷最多只能算得上是一个不入流的围棋爱好者，谁料那天晚上，竟然赢了司徒南的那盘棋。

赢了棋的爷爷自然很高兴，哼着小曲起身来收拾棋盘："不下了，要带小诺回去吃饭，走走，一起回去。"

爷爷走在前面，提着小板凳的司徒南和抱着围棋盒的唐诺走在后面，乡村夏夜的晚风很温柔，月亮也很皎洁，两个人被拉成两条细细长长的影子。

眼高于顶的唐诺，自然都是等着旁人先开口说话的，谁料她沉默着，身旁的司徒南也沉默着，最后缴械投降的是她："我叫唐诺，唐诗的诗，诺言的诺。"

司徒南点点头，而后继续沉默着。

唐诺大跌眼镜，只好又问了一句："你叫什么？"

"司徒南。"他的声音温温和和的。

"复姓哎，"唐诺吐了吐舌头，"真好听。"

不知道唐诺会来，家里没剩下什么食材，邻居家养了几只鸡，爷爷索性去借了一只，宰了鸡之后，做了一锅鸡丝面。

那是老式的还需要烧木柴的锅，锅盖一掀开立即有浓郁的香气扑鼻而来，爷爷给司徒南和唐诺各盛了一大碗，三人围着厨房里的小木桌，你一口我一口地吃着。

唐诺一顿饭都在叽叽喳喳，问着司徒南问题，被爷爷嘲笑了好几次："我记得你小时候不爱说话啊，今天怎么跟个小麻雀一样？"

唐诺白了爷爷一眼："那你就是老麻雀。"

坐在对面的司徒南，小声地笑了起来。

就算是只有鸡丝面，也不妨碍爷爷拿出他最爱的白酒。

他和司徒南一人一杯，唐诺凑热闹，也非要尝尝。

见司徒南端起杯子来大口喝下，她也不甘示弱，端起手里的塑料杯就往嘴里灌，一股辛辣的味道直冲嗓子眼，她立即大声咳嗽着跑到院子里都吐了出来。

爷爷大声地笑，站起身来倒了一杯开水给唐诺放在桌子上。

那顿饭吃完之后，三人在院子里坐了一会儿。

房子是老房子，院子里种着一棵年岁久远的老槐树，开了花，香气扑鼻。另外还有几棵梨树，上面也是硕果累累。

爷爷问着司徒南课题研究的近况，虽说是听不懂，却还是一本正经地点头。

唐诺也在一旁安静地听着，倒是从侧面捕捉到了很多信息，例如知道司徒南今年二十四岁，是 H 大建筑学院的研究生，来这里是要完成导师的一个关于南方村镇古建筑设计的实践调研。

　　"有回我在村口和吴老头下围棋，这小伙子就走过来看，别说，水平比吴老头那个臭棋篓子强多了，电视那个相声里不都说了吗，跟臭棋篓子下棋，越下越臭，我就丢下吴老头，跟司徒下棋了。"爷爷拿着大蒲扇，哈哈大笑着说道。

　　唐诺没有理会爷爷的哈哈大笑，开口问司徒南："那你觉得，Form follows function or function follows form?（功能追随形式还是形式追随功能）"

　　司徒南的眼睛顿时亮了一下，这么一句话，从一个十六岁的小女孩嘴里问出来，实在是让他有些吃惊。

　　"你对建筑学有研究？"他好奇地问。

　　"我读书很杂啦，什么都看一点。"唐诺抑制住心中的得意，一本正经地回答道。

　　"我们家小诺读书很厉害的，天才……"爷爷在中间插话。

　　好似一聊到建筑，司徒南身上的开关便被打开，整个人也跟着活跃了起来。他看向唐诺，一本正经地回答她的问题："形式追随功能，是 19 世纪美国建筑师沙利文提出来的理念，直到现在，功能主义始终作为一条主线贯穿着这一百多年来建筑的设计和发展。但是单纯追求功能的理性建筑学会使设计充满了冷漠感，没有特色，还会造成设计上的千篇一律……"

　　喝了不少的白酒，再加上这话题对一个老年人来说，实在是枯燥无味，爷爷站起身来准备进屋睡觉，进去之前把手电筒甩给唐诺："聊完送送你司徒哥哥。"

那天他们俩也的确是聊到很晚，从安东尼奥·高迪到贝聿铭，从西班牙的米拉公寓到法国的朗香教堂，司徒南读书二十载，在 H 大建筑学院里发过 SCI，拿过国家奖学金，亦是一向自恃清高，孰料眼前这个十六岁的女孩，第一次让他有了棋逢对手之感。

"很喜欢这个院子，这棵树，"司徒南抬起头来看了看头顶上的月亮，又看了看那棵槐树，"觉得不管是晴天还是雨天、阴天，这里都很好。"

唐诺笑了笑，站起身来踩着小板凳，从一棵梨树上摘下来两个梨子递到司徒南的手中。

"希望以后我能设计出来一个园子，要和这个园子一样，又典雅又自然，里面也种上梨树和槐树。"

后来唐诺送司徒南回去。

项目批下来的经费很少，说是办公室，其实只不过是临时搭建起来的两间木板房，有一间里面堆着各种画图测量的仪器和书，另一间是休息的地方，除了一张床和一张柜子，就是一个脸盆架。

"做科研这么辛苦。"唐诺吐了吐舌头。

司徒南倒了一杯水递到唐诺手上："因为喜欢，也不觉得辛苦。"

脸盆架旁边，还放了几株植物，唐诺蹲下身去："绿萝，薄荷，柠檬，风信子……你养了这么多植物。"

司徒南笑了笑："你都认识？"

"对啊，"唐诺点头，"我也特别喜欢植物。"

她往地上一坐："小时候我就常想，自己不是一个人，而是一株植物，有一天云端的大神会降临凡间，跟我说，'喂，小诺，你的劫数已满，是时候回来继续做一朵花了'。以前我住在爷爷家，后面有一片树林，心情不好的时候我就会跑到树林里躲起来。"

司徒南也顺势在她身旁坐下："我喜欢植物，是觉得它们永远都是平静安宁的，不管发生什么，总是沉默地守在那里。"

同司徒南相比，唐诺过往的人生，太过美满无憾，即便如此，她仍旧在看到司徒南微微有些寂寥和落寞的神情时，感受到了微微的心痛。

她转动着脑袋找一些开心的话题："紫茉莉的英文名是 four o'clock，因为它是在下午四点开花。"

司徒南的嘴角浮现一丝笑意："金樱子的果实可以泡酒。"

"嗯……向日葵白天的时候向着太阳，你知道它们晚上干什么吗？"

"干什么啊？"

"站在一起嗑瓜子聊天啊。"唐诺哈哈大笑。

"这些都是我刚到这里的时候买的，原本还担心项目完成之后怎么带走的问题，等我要走的时候，就交给你照顾吧。"

"好！"唐诺点头，回过头去看了看那些植物，"我一定会好好照顾它们的。"

那天唐诺告辞的时候，司徒南拿出纸笔，写下了一个号码递给唐诺："这个暑假的项目应该没有机会了，明年你高考完的暑假，我们小组有新的科研项目，你要不要加入？"

唐诺接过去，嘴角上扬，眼睛闪闪发光地看着他："求之不得的机会。"

第二天天一亮，唐诺便从床上爬起来。

她动作太大，吵醒了隔壁的爷爷，他扯着嗓子喊了声："小诺，这么早去哪儿啊？"

"我去找司徒哥哥。"唐诺声音清朗。

木板房在河边，河面上还有一层薄薄的雾气。唐诺在门上拍了几下，里面没有人应答。

她随意在四周转着，最后在千米之外的一户老旧民居处看到了司徒南正蹲下身做测量的背影。

"司徒哥哥，"唐诺小跑着过去，"你起这么早？"

夏日清晨的阳光，还很柔和，司徒南在那阳光中转过头去，对唐诺笑了笑："唐诺，你过来了啊。"

唐诺便觉得世界好像在那一秒静止了。

那些时日啊，她后来想起，真是妙不可言不可多得的好时光啊！

忙完一天的工作，傍晚时分，司徒南会从小商店里买上两瓶黄酒，在榕树下和唐爷爷一起下围棋。

唐诺原本是任性没什么耐心的性子，竟也因为司徒南的缘故，能坐在小板凳上看上两三个小时。

棋盘横竖十六道，共三百六十一个点。中间那点叫作天元，周围八个点叫作星位。天元象征着众星烘托的"北极星"，又可象征着群星竞耀中最光彩夺目的第一明星。

这些名字实在是美，带着诗意与禅意，好像浩瀚的宇宙都铺陈在这三百六十一个点之中。

3.

唐诺是突然被带走的。

一个清晨，还没有到往日起床的时间，天蒙蒙亮的时候，唐诺被爷爷叫醒了。

他在床边站着，行李已经帮唐诺收拾好。

唐诺睡眼惺忪，有些不解："爷爷，怎么了？"

她再定睛一看，爷爷的身后，站着江川。

"江川？"唐诺更是吃惊，"你怎么过来了？"

"小诺，"江川的眉宇间有不忍的神色，"你洗漱一下，我爸来接你回去。"

在车上的时候她才知道，自己出走的这些时日，父母的关系已经濒临破裂，离婚官司开庭在即，诸多事宜私下都没有谈拢，到了对簿公堂的地步，唐诺亦要出席。

唐诺脸上未动声色，只感叹了一句"他们早就该离婚了"，而实际上心中仍有海啸翻滚。

她想着几天前和司徒南聊到家事时，司徒南安慰她："都会好起来的，雨不会一直下的。"

靠着这句话，她才能支撑过之后昏天暗地的半个月。

那场离婚官司断断续续打了半个月，唐诺虽说早熟又聪慧，但毕竟也只是十六岁，哪里见过这样的阵势：夫妇反目对簿公堂，相爱时分享过的秘密都变成利刃，一刀刀划向对方。两人几乎说尽了这辈子的恶毒又难听的话语，张牙舞爪的样子仿似两只困兽一样，全然不顾下面还坐着他们的女儿。

唐诺瞪大眼睛，心痛又茫然地看着这一切，江川也一直都在现场，每一场都坐在她旁边。

法庭做出最后的宣判的时候，唐诺深吸了一口气，只觉得轻松。

她脑海中浮现的只有三个字——结束了。

自小伴随着的家中无休止的冷战与折磨，总算结束了。

唐太太已决定要出国，临行前，对唐诺的唯一要求，便是她能陪伴几天。

那几天唐诺住在母亲那边，白天的时候唐太太带唐诺去逛街，衣服、护肤品、香水、鞋子，几袋几袋地往家买，带唐诺去吃饭，日料、西餐、法国菜、意大利菜，什么新奇的菜式都要带唐诺去尝一尝。

有天晚上她又要带唐诺出门，换好衣服鞋子在客厅等唐诺，唐诺走出来的时候，却还是睡衣睡裙。唐太太微微蹙眉："怎么还不换衣服？今天去吃法餐，穿前几天在 Celine 买的那条条纹裙吧，还挺法式……"

"妈，"唐诺打断了她的话，"我们在家吃吧。"

正整理着项链的唐太太微微一愣，手停在半空中："赵姨不是不在这边吗，家里没有人做饭啊。"

"我们来做，"唐诺赶紧接上，"我们去超市买点菜回来自己做，妈，我都好多年没吃过你做的饭了。"

唐太太有些心酸，低头道："我做的又不好吃。"

"你会做红烧肉啊，"唐诺笑了笑，"爸爸和赵姨都不大让我吃红肉，说不健康，我真的好怀念小时候你给我和爸爸做的红烧肉。"

"好！"唐太太把脖子上的项链取下来，抬起头来微微一笑，脸上带着少女的羞赧，"晚上我来做饭。"

倒也是丰盛美味的一桌饭菜，唐太太做饭用料足，让吃惯了清淡的菜式的唐诺大快朵颐了一顿。

饭后，母女两人坐在阳台的藤椅上聊天。

唐太太问唐诺："小诺，有喜欢的男孩子吗？"

"有啊。"唐诺爽快地回答道，继而又去纠正，"不是喜欢，是爱。"

唐太太微微一笑："是个什么样的人？"

唐诺伸出手来比画，像是在比画星辰，又像是在比画太阳。

"是一个特别优秀的，会发光的人。"

唐太太笑笑，端起脚边的红酒抿一口。

唐诺转过脸来："妈，你爱爸爸吗？"

"以前爱。"

"为什么现在不爱了呢？"

"爱会褪色，有时候你会很幸运，开始一段恋情并且持续挺长时间，甚至一辈子。但爱情总是在褪色。小诺，你还年轻，可能现在还理解不了这些。不管我和你父亲怎样，哪怕在你的眼中，我们是多么糟糕的父母，我都希望你能拥有纯真不渝的爱。"

神不在被爱人身边，神在求爱人身边。

唐诺自打遇到司徒南，就付出着纯真不渝的爱。

这是她的福祉，也是她的哀愁。

隔日，唐诺还在熟睡的时候，唐太太便已起身前往机场。

翌日，唐诺返回北蝉时，司徒南已经不在那里。

司徒南的项目已经结束，导师要求立即返回。

唐诺跑到木板房那里，他的行李已经不在，都已打包寄走。

他留下的，是那些充满生机的，葱郁的植物。

司徒南还在桌子上留下了小卡片："小诺，这些植物就拜托你照顾了，希望明年你高考结束能够加入到我们的项目中。"

落款是"司徒"两个字，行云流水般的字迹。

唐诺的心中有没能见到他的遗憾，亦有对下一次重逢的期待。

来日方长，她要的是一生一世，不是一朝一夕。

4.

翻阅完最后一篇文献的司徒南站起身来，墙上的挂钟已经指向了六点，离下班时间已经过去了半个钟头。

桌子上的手机响了起来，是姚玫打来的电话，接通之后那边问他："你忙完了吗？"

"嗯，"司徒南点头，"忙完了，你下班了吗？"

"下班了，在路上。"姚玫说道，"我哥一个朋友的闺女今年考上了大学，正好是你们学校的建筑系，人家听说过你的大名，想让你指点指点……"

司徒南直接就拒绝："还是算了吧，我……"

"司徒，"姚玫在那边眉头一皱，"我哥生意上的朋友，平日里没少关照他，你就当帮个忙，能不能别天天一副不食人间烟火的样子，我都给你约好了，等会儿下班了我也过去。"

司徒南没办法，只得答应下来："好，在哪里？"

"就你们实验室前面一个路口左拐，有个挺显眼的咖啡馆，我约好六点半见，你先过去，我等会儿就到。"司徒南听得到电话里姚玫暴躁地按喇叭和抱怨的声音，"又被堵在高架上了，行了行了，先这样，你过去吧。"

她那边突然挂断了电话，司徒南也没来得及再问上几句，他叹了口气，稍微整理了一下桌子之后往实验室外面走去，伸出手关门的时候转念一想，万一自己到了之后姚玫没有到，空留自己跟一个小姑娘面面相觑，场面想一想都让他觉得无聊，索性又推开门走了进去，从抽屉里取出图纸，对今日的绘图样本进行校对。

六点半的时候他才从实验室出发，迈着不紧不慢的步子，咖啡馆也的确是容易找，推开门进去的时候里面正放着小野丽莎翻唱的《I wish you love》。由于咖啡馆是在郊外，也并没有太多人，司徒南看了一圈发现姚玫果然还没有到，拿起手机给她打电话，那边传来的是"您所拨打的电话正在通话中"的声音，几分钟之后姚玫的短信回了过来："我不去了，有朋友约，你找个位置坐下，我让小姑娘找你。"

司徒南无奈地耸耸肩，在一张靠窗的桌子前坐下。

这家咖啡馆，司徒南以往并没有来过，风景却也是极好的，侧过脸去，就看得到不远处涌动着的蔚蓝的海岸。

他就那样出神地看了一会儿，直到微微回过神的时候，看到玻璃窗上倒映着一个女孩的身影，似乎已经那样站了很久，他急忙起身："你好，我是……"

四目相对的瞬间，司徒南整个人微微一愣，觉得这女孩极其熟悉。

眼前这个眉眼明媚的女孩，穿着一袭薄荷绿的连衣裙，狡黠地冲他扬了扬眉毛，打断了他的话。

"司徒南，好久不见。"

她这样一开口，司徒南立即反应过来，原来是一年前，他去南方的北蝉乡做科研的那半个月，时常跟在身后的唐诺。

他还未来得及开口，唐诺已经在他面前坐下，双手捧着下巴，眨巴着眼睛看着司徒南："你去年说过高考完可以和你一起做科研项目的，你不来找我，我就自己找你来了。"

司徒南依稀记得，自己去年是和唐诺说过这样的话的。

唐诺的嘴巴噘起来，继续埋怨："你走的时候，都没有和我说一声……"

"当时，"司徒南眉头微微蹙起回想道，"当时导师催得急，我也没想到会提前走，我走的时候，你爷爷说你爸爸早上把你接走了，你不在，所以就没能跟你道别。"

唐诺咧开嘴巴笑了笑，身子往后靠在沙发椅上："饿了。"

司徒南忙挥手喊服务员过来，点了意面浓汤和沙拉，又专门给唐诺加了一份大理石蛋糕。

桌子不大，唐诺忽然伸出手去，揉了揉司徒南的头发："多久没理发了？这么长，都要遮住眼睛了。"

司徒南不好意思地笑笑："有一阵子了，最近实验室太忙了，一个项目刚结束。"

"晚上我陪你去理发。"唐诺边往嘴里塞着意面边说，而后话题一转，"你是不是明年就硕士毕业了？"

"确定直博了，"司徒南用叉子叉起沙拉里的金枪鱼放到唐诺面前的餐盘里，"所以还是会经常在实验室做研究。"

唐诺两眼发光："太好了，我还担心着我考到了建筑系你毕业了呢。"

后来吃完晚饭，两人在咖啡馆里又坐了好一会儿，唐诺把身后的双肩包打开，拿出来几本书放在桌子上，司徒南伸出手来随手一翻，勒·柯布西耶的《走向新建筑》，保罗·戈德伯格《建筑无可替代》，梁思成的《中国建筑史》，《安藤忠雄论建筑》……每一本上都有做着的一些记号和标志，有些甚至都是原版书。

"你都看完了？"司徒南有些难以置信。

"看完了，"唐诺自负地笑笑，"都是在高三的英语课、语文课上看的，那些课太简单，还不如拿来读读书。不过有几个地方我理解不了，所以带过来问问你。"

言罢，她便拿出其中的一本翻到某一页，指着自己在上面做的标记："喏，这里，这个术语应该怎么理解？"再往后翻了几页，"还有这个数据，到底是怎么得出来的？"

司徒南拿起来看了看，随手拉出方才简餐下面的宣传单页当作草稿纸，低下头给唐诺讲解起来。

唐诺眉头微微蹙起，听得认真。

后来抬起头的时候，她正看到司徒南的侧脸。

头顶上是一盏吊灯，柔和的光束倾泻下来，打在他额前的碎发上，也打在他的睫毛上。

唐诺有那么一瞬间的微微失神。

司徒南察觉到身旁没了反应，抬起头问她："听懂了吗？"

一向大大咧咧的唐诺为自己刚才的失态红了脸，赶紧点头："听懂了、听懂了。"

司徒南便对她微微一笑。

两人从咖啡馆出来的时候已经是九点一刻，唐诺带司徒南到旁边的理发店，司徒南坐定之后，理发师刚准备上剪刀，她便凑上前去，在旁边手舞足蹈地比画着要给司徒南剪一个什么样的发型。

"福山雅治，福山雅治知道不？就这个，这个，"唐诺掏出手机，百度出来照片放在理发师面前，"就这个发型，绝对适合他。"

"你确定？"理发师对唐诺的指指点点极其不满，嘬着嘴巴。

"当然确定！"唐诺声音清朗，"你没觉得他长得就很像福山雅治吗！"

理发师只得听从："好好，听你的，听你的。"

唐诺扬起眉毛笑笑，而后坐到旁边的椅子上托着下巴看。

他比一年前微微壮实了一些，仍旧是好看的双眉，清澈的眼睛。趁着理发师转到另外一侧的时候唐诺伸出手去，便正好接到了司徒南一缕微卷的细软的头发。

按照唐诺的意见剪出来的发型竟意料之外地适合司徒南，理发师理完之后司徒南站起身来的时候，唐诺的脑海中忽然闪出了儿时在爷爷家时，他教给她念的那句"言念君子，温其如玉"。

爷爷曾收藏过一些玉器，少不更事的时候，唐诺会拿着把玩，玉质硬而不荆，色暖而不妖，不清冷也不燥热，就那样端详着，好似就能让人心神宁静。

他付钱之后，向理发师道谢，回过头来，冲还坐在那里的唐诺微微一笑："走吧。"

唐诺这才回过神来，脸上一红，跟在司徒南的身后走出去。

在街边陪唐诺等了许久，才有出租车缓缓停下，唐诺俯下身子正要坐进去的时候，司徒南开口道："五天之后，实验室会有新的项目开展，你要不要加入？"

唐诺粲然一笑，扬了扬手里的手机："你洗头的时候我已经把我的号码存在你的手机里了，我就是为了这个过来的。"

5.

五天之后的清晨，司徒南刚从往实验室去的班车上下来，便看到唐诺双手插口袋站在站牌那里。看到司徒南，她吹出了一个响亮的口哨，惹得周遭的工作人员纷纷看过来，让司徒南微微有些窘迫。

她也不觉得有什么，蹦蹦跳跳地过来，在司徒南面前站定："就知道你肯定会忘记打我的电话，我只好自己过来了。"

唐诺这样一说，司徒南倒真是有些不好意思，同唐诺见面之后的第二天，博导安排了几套建筑方案设计的测评工作，他忙得又是昏天暗地，完全把和唐诺说的这件事情忘得一干二净。

司徒南带着唐诺走进了实验室。唐诺把双肩包取下来，从里面掏出从仟吉西饼打包的咖啡和面包，放到司徒南的桌子上："给你带的早餐。"

司徒南哪里顾得上吃，整个人已经进入了工作状态，招呼着唐诺走过去，把桌上的图纸摊开来向她讲解了几句，而后从抽屉里取出这次项目的计划书塞到她的手上："要去开会了，你拿着这个计划书，会上自己先看看，有个大致的了解。"

唐诺点点头，跟在司徒南的身后走进了会议室。

每个项目开始前，都是要举办一次小型的研讨会的，目前的这个项目是由司徒南全权负责的，会议里这次项目的参与者已经全部到齐，有更年轻的硕士研究生，也有两个毕业多年有着工作经验的优秀的建筑师。

司徒南把唐诺介绍给大家，说是项目组的新成员的时候，下面坐着的七八个人明显露出错愕的表情，纷纷议论起来。

有个女博士从座位上起身，高颧骨薄唇，说话咄咄逼人："司徒南，你这是什么意思？这个项目是省里直接批下来的基金项目，马虎不得，你怎么能随随便便拉进来一个小姑娘？"

司徒南并不是善辩的人，被这样质问，微微有些窘迫，正在思忖着应该怎么回答的时候，原本站在他身后的唐诺已经上前一步，瞪着那个女博士。

方才被她从里面掏出过早餐的双肩包，还提在手中，里面倒也是大有内容：几本红色封皮的荣誉证书，一本厚厚的，虽有些稚嫩，但别具匠心的设计图纸，知名建筑杂志《建筑师》国际青年设计竞赛"最佳新人奖"的获奖证书……

她的声音不高，却很有力道，随手翻出其中的一组设计方案："这是前两个月《城市建筑》举办的'平凡建筑'为主题的建筑设计征集，我因为高考的原因没有投稿参赛，但也初步形成了自己的设计构思，高考后做出了设计图纸，也想请你们指教一下……"

"平凡建筑？"方才那个清瘦的女博士虽然还是一副咄咄逼人的气势，但眼睛闪烁了一下，好似对这几个字产生了兴趣，"那小姑娘你倒是说说，你是怎么理解'平凡建筑'这个主题的？"

唐诺看向她，微微一笑："当一切都可以作为现代社会的消费品的时候，建筑成为最奢侈的商业奇景。符号价值主导话语，使用价值日渐式微，建筑的本原被有意无意地忽略。本该为日常生活的建筑日趋脱离日常，刺激着人们的感官；本该成为主体的人却成为客体，丧失了从日常平凡事物中体验和发现美的能力。"

说到这里，唐诺微微侧过脸去，看了站在身旁的司徒南一眼。

他的眼神里有隐隐的笑意，微微点点头，鼓励她继续说下去。

"建筑不该只是奇技淫巧，只有平凡质朴的建筑，才有着恒久的魅力。所谓平凡建筑，也就是呼吁建筑回归日常生活，关注人的体验，以使得建筑获得长久永恒的生命力。"

会议室里众人沉默了一会儿，方才那个女博士带头鼓起掌来："唐诺是吧？会议结束之后，把你的设计图纸拿给我看看。"

唐诺点点头，而后俯下身来鞠躬："既然大家都没有什么意见，那这半个月来，就由我担任司徒南的助手，希望大家能多多指教。"

后来会议结束，唐诺跟着司徒南回实验室的时候，司徒南冲唐诺笑笑："刚才那位师姐，叫叶致，《城市建筑》的顾问，你刚才说的'平凡建筑'这个竞赛题目，就是她出的。"

唐诺"啊"了一声，嘴巴张得老大，一副撞到枪口英勇就义的样子。

司徒南忍俊不禁。

唐诺忽然把手伸到司徒南的面前来："以后请多多指教。"

司徒南向来独来独往，拒绝同别人过于亲密，对着伸过来的这双手愣了几秒钟。

最后他还是微微一笑，伸出手来，同唐诺握了握。

6.

那十五天，是昏天暗地、没日没夜的十五天。

前期的实地调查工作已经完成，这十五天，她在实验室里进行后期资料整理、绘图测量以及一遍遍检测。唐诺还只有十七岁，又是个女孩子，最开始的时候，司徒南不是没有担心过她可能承受不了这种高强度的工作，会半途而废，后来却证实是自己多虑了。

唐诺生得漂亮，家境优渥，从小也是被唐父捧在手心当公主养的，若说骄纵，平日里也是有些要风得风，要雨得雨的骄纵的。

然而认真做起事情来，她也是有那么一股韧劲的。

她把自己放在"助手"的位置上，每天早上第一个到，给小组里的每一个人都准备好早点，也从不抱怨加班，十点钟大家开始犯困的时候，她一早订好的咖啡，也总会及时地送过来。

她也的确是有那份能胜任工作的能力的。中午时分小组成员一起吃饭的时候，有人问唐诺："你现在这能力，我觉得自己做设计都没有问题，怎么就甘心到我们这个小组当个助手？"

唐诺往嘴里塞了一块红烧肉："什么啊，我觉得我们小组里的每个人都很厉害啊。而且……"她挑了挑眉毛，看了看坐在对面闷头吃饭的司徒南，"司徒南在这里啊。"

一人打趣道："哟，司徒，小姑娘是为了你才过来的。"

司徒南抬起头来："好了小诺，别闹了。"

唐诺既不反驳，也不解释，只是那样笑盈盈地看着他。

唐诺在他眼中，还是小姑娘一般，他哪里会把这些玩笑话当真。

是某一天，他同唐诺在实验室里核对数据直到深夜十二点多，外面忽然起了风，吹动着淡蓝色的窗帘。

司徒南检查完最后一组数据有些疲惫地抬起头来，目光正落在手边一面反光镜上，反光镜中看得到唐诺，她站在不远处，就那样怔怔地凝视着他。

司徒南微微有些惊慌，匆忙又低下头去，把目光落在那组数据上，假装继续进行核对。

可唐诺没有给他这个假装的机会，她一步步走过来，在司徒南的身后站定，伸出手去，从后面拉了拉司徒南的衣袖。

司徒南回过头去，同唐诺四目相对的时候，她忽然踮起脚，慢慢地靠近了他的脸。

她离他那么近，近得司徒南看得到她细腻皮肤上柔软的汗毛，听得到她的呼吸声。

司徒南还未反应过来，唐诺的嘴忽然就凑了上来，靠近了他的唇。

司徒南一惊，匆忙往旁边躲开，手边的一摞图纸都被碰到了地上，被风吹得在房间里四处飘扬。

“唐诺，”他眉头蹙起，因数天的熬夜，声音有些嘶哑，“你干什么？”

“司徒南，我喜欢你。”唐诺不退反进，往前走了两步，把话说得轻描淡写，还带着盈盈的笑意，好似刚才那句表白，不过是“今天中午的盒饭里能不能有鸡腿”之类的寻常话。

司徒南微微一怔，继而大步走到一旁，俯下身子去捡被夜风吹得四散的那些图纸。他没有看向她，只是说着：“好了唐诺，别胡闹。”

唐诺亦步亦趋地跟上前，也蹲下去一张张把图纸捡到手中，慢慢地捡，慢慢地说：“我没有胡闹，我是认真的。不是没有男生喜欢我，可我一个都不喜欢。”

她这样说的时候，嘴巴微微噘起，带着点孩子气，倒是让司徒南从方才有些尴尬的氛围中轻松了一些。他笑了笑，问她：“为什么不喜欢？"

"他们都又蠢又傻，还总是一副觉得自己懂很多的样子，"唐诺撇撇嘴，"我才不要去喜欢这样的人。"

"你不一样，"她的话锋一转，又看向司徒南，"你和他们不一样，我是爱上你了。"

司徒南哑然失笑："唐诺，你才十七岁……"

"十七岁又怎么样？"唐诺振振有词，"谁规定十七岁不能爱人。司徒南，我在你面前表白的时候，请你把我当成一个成熟的和你平等的人来看。"

"那好，唐诺，"司徒南站起身来，神情认真，"我已经有了姚玫。"

"你现在和她在一起，未必以后也同她在一起，我有的是时间，我可以等。"

司徒南没有说话，唐诺也没有说话，两个人就那样沉默地站着。

身后墙上的挂钟指针在"嘀嗒嘀嗒"地走动着，司徒南回过头去看了一眼，把手中整理好的图纸放进抽屉里："太晚了，赶紧回去吧。"

话音刚落，外面的雨势忽然变大，瞬间电闪雷鸣起来，实验室的白炽灯快速地闪烁了几下，而后忽然灭掉，整个房间顿时陷入一片漆黑之中。

"啊！"黑暗中唐诺听得到司徒南的一声低呼，而后是趔趄了几步碰到桌椅发出的响动声，她有些紧张，慌忙喊司徒南的名字："司徒南，你在哪里？你怎么了？"

手机却也不在口袋里，没法找东西照明，她只得顺着司徒南大口大口听起来异常急促的喘息声摸索着走去："你没事吧？"

她脑海中立即浮现的，便是"黑暗恐惧症"这个词，患有黑暗恐惧症的人处在比较黑暗的环境中时，往往会产生非常奇怪的联想，情绪也会变得比较紧张，会产生逃避的行为，一些人还可能出现心悸、胸闷等身体不适。

她借着外面街灯隐隐的亮光摸索到了司徒南的身旁，他并不是在站着，而是蹲在那里，双手紧紧地抓住旁边桌角，整个人似乎处在恐慌的境地里。

"司徒，"唐诺缓缓地向他伸出手去，把自己的手覆盖到他的手上，柔声道，"你别怕，司徒，我拉着你走。"

C h a p t e r

④

只妄想跟你去避世，风再急可捉紧你的手

★

☆

1.

往日里做起事来雷厉风行的司徒南，此时好似惶恐的、茫然的孩童，他的手在微微颤抖着，手心有一层薄薄的汗。

唐诺拉起了他的手，而后摸索着，缓缓地向外移动。

想必是总闸跳闸，外面也是漆黑一片。

好在唐诺对楼道早已熟悉，楼梯处有“紧急出口”的指示牌，发出荧荧的绿光，勉强能看到脚下的路。

三层楼梯一个台阶一个台阶缓缓地摸索下去，直到最后走出大门，他们站在有着柔和灯光的路灯下面。

司徒南的额头上已经密布着豆大的汗珠，好一会儿呼吸才慢慢平复下来，之后匆忙将自己的手从唐诺的手心挣脱开来。

唐诺肯定是有些不高兴的，嘴巴立即噘了起来，别别扭扭地站在那里。

她转过脸去的时候正听到汽车的鸣笛声，一辆汽车远光灯近光灯交替着驶了过来，在两人面前停下，把玻璃摇下来，是岳明朗。

疾风骤雨忽然而至，他原本是担忧司徒南没法回去，才开了导师的车过来，见到他旁边的唐诺愣了愣：“哎哟，这个漂亮的小妹妹是谁？”

唐诺撇撇嘴，白了他一眼。

他笑呵呵地招呼着两人上了车，刚才的风雨太大，两人的身上都有些湿漉漉的。

他先送唐诺回家。唐父常年定居国外，房子空在那里，唐诺高考之后犟着脾气要先来这里，唐父拦也拦不住，索性给她安顿好住处，让家中一直照顾唐诺的赵姨也跟了过来。

赵姨还坐在客厅里焦急地等待着，从唐诺加入司徒南的项目以来，每天都是深更半夜才打车回来，赵姨自然也是睡不着的，跟着紧张。

她听到外面汽车的喇叭声慌忙起身，拿着一把雨伞走出去打开庭院的铁门，唐诺从车上跳下来，钻进赵姨举着的雨伞下。赵姨招呼着两人："进来坐坐吧，这会儿雨太大了，你看那个男孩子，身上都湿透了，我正好也做了点夜宵……"

司徒南自然是匆忙拒绝的，驾驶座上的岳明朗却是一听夜宵立即两眼放光起来，连连应声，鼓动着司徒南一起："走走，进去坐会儿。"

"算了吧，明朗。"司徒南面露为难的神情。

"进来坐一会儿吧。"唐诺往前走了两步，伸出手来拉了拉司徒南的衣袖，她的头发湿漉漉地搭在耳边，眼睛却黑黑亮亮，声音里带着哀求。

若说司徒南在智商上是碾压普通人的，那倒是真没错，然而在情商上，他的确也不是唐诺的对手。

找不到合适的理由再拒绝，他只得轻声营道："那好，坐 会儿吧。"

唐诺笑得特别开心。

赵姨去厨房里又忙活了一会儿，也的确是好手艺，没有什么浓油赤酱，都是健健康康的食材，南瓜粥里放上核桃和杏仁，烤土豆上面撒着黑胡椒，鳕鱼去皮切成小块，用盐和柠檬拌上，而后刷上黄油在烤箱里烤成金黄色。

唐诺去楼上的卧室吹干头发之后，换了睡裙下来。

司徒南抬起头看向她的时候，微微愣了愣。

他从未见过这个样子的唐诺。

她头发松散下来，微微凌乱地披在肩上，睡裙是一层层精致的蕾丝，领口开得很大，露出好看的锁骨。

她没穿鞋，扶着楼梯栏杆光着脚一层层台阶走下来，径直走到司徒南面前站定。

司徒南低下头去，拿起叉子叉起一块烤土豆塞进嘴里。

"好看吗？"唐诺粲然一笑。

司徒南装作没听见，低头大口嚼着土豆。

"好看，好看，"岳明朗赶紧提高声音打圆场，"像个小仙女。"

"我才不要当小仙女。"岳明朗吃力不讨好，反而被唐诺翻了个白眼，"我要当司徒南的女朋友。"

"咳咳咳……"坐在一旁的司徒南实在是没忍住，止不住咳嗽起来，一口热腾腾的奶油蘑菇汤差点吐出来。

岳明朗一边狡黠地笑，一边伸出筷子夹起一块鳕鱼往嘴里放："原来是司徒南的粉丝啊。"

"好吃吗？"唐诺忽然话锋一转。

"啊？什么？"岳明朗有些没反应过来。

"我问你鳕鱼好吃吗？"唐诺不怀好意地笑。

"好吃，好吃。"岳明朗连连点头。

"吃了我家的鳕鱼，以后可要帮我追司徒南。"唐诺眉毛一挑。

"哟，"岳明朗眉头一皱，转过脸对司徒南哈哈大笑，"你看这小姑娘，一块鳕鱼就准备把你换走。"

所以一开始的时候，岳明朗没有把唐诺的这一片情意当真，司徒南自然也是没有。

他是怎样觉得的呢？她才十七岁呢，小荷才露尖尖角的年纪，好像是武侠故事里总被关在山上潜心修炼的小师妹第一次下山来，下山的路上碰到这么一个人，便觉得自己爱上了。而其实呢，人生才只向她拉开帷幕的一角，走下去，才有真正的广阔天地和大千世界呢。

2.

放在桌上的司徒南的手机响了起来，他拿起来看了看，是姚玫打来的电话。

他按下绿色的通话键接通，还未开口说出那个"喂"字，那边姚玫已经气势汹汹："司徒南，你自己掰着手指头算算，多少天没有给我打电话了，要不你跟我分手跟你的图纸实验室工地过吧！"

司徒南心中涌现出一股内疚之情，这才意识到，从这个项目开始以来，没日没夜、昏天暗地忙了十来天，回到家的时候通常都是凌晨，时间太晚，不是没想过要给姚玫打个电话，然而洗漱之后，整个人便是异常疲惫，往床上一躺，便昏昏沉沉地睡去。

他开口想向姚玫道歉："小玫，我最近实在是太忙……"

那边"啪"的一声，便挂断了电话。

司徒南轻轻叹息一声，站起身来一边拨着电话，一边往阳台上走去。岳明朗又往嘴里塞了一块鳕鱼，冲着唐诺挤了挤眼睛。

唐诺只觉得胸腔里有微微尖锐的疼痛感，并没有心思理会岳明朗的玩笑，目光就那样怔怔地随着司徒南移到了阳台上。

隔着一层薄薄的白纱，她看得到他那里的一举一动。

那边的姚玫大抵是真生了气，他低着头拨号码，拨通之后放在耳边，却是一遍遍被挂断。他眉头微微蹙起的时候，让唐诺的心也跟着难受。

她甚至希望那边的姚玫接起电话，不要让他不开心。

司徒南轻轻叹了口气，而后折回客厅，朝正对着一桌美食大快朵颐的岳明朗说道："明朗，你吃好了吗？送我去一趟小玫那里吧。"

"啊？"岳明朗一愣，"这狂风暴雨的……"

"就是因为狂风暴雨，"司徒南看了看外面说道，"小玫挺怕这种雷雨天的，又生了我的气，我还是该去看看她。"

"你这个恋爱谈的，也是辛苦。"岳明朗摇头，"行，行，我送你过去。"

赵姨正端着一盘水果沙拉走出来，见两人起身要走慌忙拦住："再坐坐吧。"

"不了、不了，"司徒南微笑着摆摆手，"阿姨，麻烦您了。"

他走到客厅的门廊处俯身换鞋，换好鞋之后回过头去，看了眼双手抱肩一言不发地坐在那里的唐诺，开口道："唐诺，我走了。"

唐诺站起身来："司徒，你等一下。"

她走到冰箱前拉开冰箱门，从里面取出了一个大大的密封罐，而后又找出一个漂亮的铁皮盒子，用小夹子把密封罐里烤好的抹茶曲奇一块块夹到那个铁皮盒子里，装好之后又找出绸带打了个蝴蝶结在上面。

她走过去把它递到司徒南的手里，微微笑了笑："去哄女朋友的话，带点伴手礼吧。"

司徒南原先不愿意接，拗不过唐诺，只好将那盒曲奇放到手边的包中。

雨太大，两人没有让唐诺送出门，唐诺就站在那里看着，看到司徒南坐进车中，看着那辆车亮起车灯，缓缓消失在雨雾中，才垂下眼去，转身踩着楼梯上楼。

赵姨站在那里，看着她的背影，轻轻叹了口气。

那晚，司徒南并没有见到姚玫。

岳明朗把他送到了姚玫住的那个小区的楼下，司徒南敲了半天门，都没有人应答，拨打姚玫的电话，那边也没有人接听，后来再打过去，那边已经是"您所拨打的电话已关机"。

隔日再见唐诺，她和往常并无异样。

她仍旧是到得最早的那一个，司徒南推门进去的时候她正拿着标尺对一张图纸做测量，身上穿着的是统一的宽大的工作服，袖子挽得高高的，头发随意地挽在脑后。她听到推门声回过头去，冲司徒南嫣然一笑："早。"

她指了指他的桌子："早餐在那里。"

司徒南悬着的一颗心顿时就落在了肚子里。

来之前他不是没有担心过，总怕见到唐诺，两人之间会有些许的不自在。

谁料完全是他的多虑，唐诺一副坦荡荡的样子，仍旧跟在他身旁"司徒""司徒"地叫着。

大抵是真年轻，并不在意结果输赢。表白爱意单纯是表白爱意，我喜欢你单纯是我喜欢你。我当然期待你的回应，但如果你回应不了，也没有什么关系。

3.

项目进展得并不算顺利，没能按照原先计划完成，往后硬生生推了一个多星期。

司徒南想着要同姚玫道歉，但忙起来好似旋转着的陀螺，根本没有约出来吃顿饭的时间。

他的感情经历，说起来实在简单，唯一的一场恋爱，便是同姚玫。

究竟是怎么走到一起的，估摸两人都没有太深的印象。高中时他们是没有什么交集的同校同学，大学碰巧在一座城市，刚入校的时候司徒南便被学长学姐拉着去参加一个什么"同乡会"，会上姚玫主动找他搭话要了他的电话号码，之后约他爬山，三个月后正好赶上情人节，她发信息说喜欢他，他呢，好像觉得她也不错，一来二去，两人就这样在一起了。

也是数年的光阴。

晚上司徒南在公寓楼洗完澡之后从浴室出来，拿起手机，便想再给姚玫打个电话。

那边响了几声，总算有人接通，姚玫懒洋洋地应了一声"喂"。

司徒南慌忙开口："小玫……"

他嘴里刚吐出这两个字，太阳穴忽然一阵尖锐的疼痛，紧跟着便是眼前的一阵眩晕，手机从手中滑落，整个人倒在了地上。

也不知道这场昏迷持续了多久，他醒来的时候盯着眼前完全陌生的天花板微微发了会儿呆，动了动右手的时候才注意到正在打点滴。姚玫坐在旁边，不是平常工作上干练的打扮，头发披下来，穿着一件白底蓝花的连衣裙，见他醒过来咧开嘴笑了笑，把正削着的苹果放在床头柜上："你醒了。"

司徒南本性上并不是浪漫的人，然而记得十六七岁年纪时，第一次看到"现世安稳，岁月静好"这八个字时，便喜欢上了这八个字，此时此刻，姚玫不同他争执，不同他吵闹，就这样坐在他身边的时候，倒让他心底洋溢着一股温柔的情绪，想到了少年岁月时看到的这八个字。

他仍旧是有些疲惫，脸色苍白："我昏倒了是吗？"

姚玫点了点头。

他努力回想起一些："想起来了，我昏迷前还担心着你听我说了一句话就没了声音，会不会更生气，没想到你这么操心我，还专门过去看我，不然我估计要死在房间里了。"

姚玫低下头笑笑，把那个削好的苹果递到司徒南面前，而后自己的手机响了起来，她拿起来接通，放在耳边低声说了几句，然后递到司徒南的面前："唐诺打来的，要和你说话。"

司徒南心中一愣，犹疑地接过电话放在耳边："喂？"

果真是唐诺清脆的声音："司徒，你醒了是吧？没事了吧？"

"没事没事，"司徒南忙不迭地回答，"好多了。"

"那就好，"她在电话那端松了一口气的样子，"医生说你是太劳累了，你好好休息休息，不用担心这边的事情，叶致姐姐和我会把你的工作好好完成的……"

挂了电话之后，司徒南看向姚玫，有些不解地问道："唐诺怎么知道的？"

"是她送你来的医院，"姚玫解释道，"我上午在公司的时候，接到了一个陌生的电话，就是这个小姑娘，说是你实验室的助手，早上看你没去，打你电话也一直没人接，就问到了你的公寓，你门也没有锁，她推开门就看到你倒在地上，打了120的急救电话把你送到了医院，之后应该是从你的手机上翻到了我的电话，又联系上了我。司徒，小姑娘就是我先前让你见的我哥朋友的那个闺女对吧？我说怎么这么眼熟。多亏了人家这个小姑娘，救了你一命，你回去之后可要好好感谢一下……"

她说完之后，看到司徒南怔怔地在发呆，脸上又露出了愠色，伸出手去一把把苹果夺了过来："司徒南，跟你说话你能不能好好听着，发什么呆啊。"

司徒南回过神来，赶紧点头："我知道了。"

在医院住院的几天，实验室的同事们过来看望了他一次。

提着水果和鲜花，唐诺夹在一行人的中间，也没有特意走过来，就那样远远地站着看了几眼，只是走的时候比旁人慢一些，把手中提着的保温壶放在桌子上，轻声说了句："赵姨煲的汤，还热着，你喝一些。"

言罢她便低头匆忙走出去。

惦记着手头上这个项目的进展工作，司徒南也无法安心养病，在医院住了四五天之后匆匆出院，项目基本完成，只剩一些最后的收尾工作，司徒南回来之后稍作检查，便报了上去。

三日之后的庆功宴，定在了一家徽菜馆，一向很少喝酒的司徒南也端起了酒杯。唐诺坐在他对面，长发在脑后编成一个鱼骨辫，穿一件红格子的连衣裙，本来给她倒的是果汁，她不依，非叫嚷着要喝酒，把手中的酒杯端起来，敬向了司徒南。

众人那天兴致都很高，吃完饭之后一起去唱歌，司徒南天生五音不全，对这种场合避之不及，原本想要拒绝的，禁不住大家的一再要求，也一道过去了。

这是很大的一个包厢，里面影影绰绰的，乐曲声一波高过一波，话筒从这个人手里传到那个人手里，而司徒南一直坐在拐角处。唐诺唱了一首歌之后，径直走过来在他身旁坐下。

唱了一圈之后又开始喝酒，平日里工作的压力得以发泄，大家玩起来也都是没个正形，有人倒了一杯啤酒递给唐诺，司徒南伸出胳膊挡了挡："别让她喝了，她还未成年呢。"

"没事没事，"众人起哄，"来来，唐诺，喝了这一杯。"

司徒南的胳膊并没有放下去，仍旧是挡在唐诺和那杯酒中间，而后伸出来另一只手，将那杯酒接过去："好了，这杯我替她喝了。"

后来话筒又传到了唐诺的手中，她起身唱的那首歌，是杨千嬅的《勇》。

"沿途红灯再红 / 无人可挡我路 / 望着是万马千军向直冲 / 我没有温柔 / 唯独有这点英勇……"

唱到最后一句"想被爱的人 / 全部爱得很英勇"的时候，唐诺缓缓地回过头去，在身后的人群中，一眼就把目光投向了坐在那里的司徒南。

她的眼睛清亮，在昏暗的包间里，好似会发光一般。

司徒南慌忙把目光转向别处。

唐诺把话筒往身旁的叶致手中一塞："叶姐姐，你唱吧，我不唱了。"

她走回到司徒南身旁的那片阴影中，在他身旁坐下。

众人也不知道唱到了几点，唐诺到后面大抵是犯了困，悄悄伸出手来拉了拉司徒南的衣袖，轻声问他："我在你肩膀上靠一会儿吧。"

她并不是疑问的语气，用的是陈述句，没等司徒南回答，脑袋便歪在了他的肩膀上。

她有微醺的酒意，也有连日的疲惫，靠在司徒南的肩上絮絮叨叨。

"司徒，你去年走的时候留给我的花草，都还好好地长着。"

"司徒，我爸妈离婚了，我妈去了美国……"

"司徒，不管怎么样，能遇到你真好……"

4.

唐父给唐诺打了电话，下了命令，升学宴之前一定要回去。

唐诺向来散漫，对宴席这种事情更是避之不及，一口回绝。唐老爷子在那边说道："你不办可以，我还要给江川庆祝呢。"

"那好吧，"唐诺翻了个白眼，"我回去便是了。"

"行，我让老江去接你。"

来接唐诺，江川自然是同行的，唐诺提着行李箱从屋里冲出来："江川，你来啦。"

"嗯。"江川笑笑，伸出手来把她的行李箱接过去。

他在心里隐隐觉得，唐诺看上去好似同以前有些不一样了，虽说以前也是自由快乐的，但如今的眉宇间，更增添了几分神采。

或许是因为高中生活结束了，能拥抱更广阔的天地了吧。江川在心中想道。

唐家富贵，自然是挑选的最好的酒店，唐诺和江川的升学宴放在一起办，唐父生意场上朋友多，请柬没少发下去，又拿了一些给唐诺和江川："有两桌是留给你们的同学和朋友的，你们自己写一下请柬。"

"还要写请柬，"唐诺耸了耸肩，而后捅了捅江川，"搞得跟办婚礼一样。"

她这样嘻嘻哈哈地随口一说，好似有石头丢向湖面，江川的心湖一荡。

她接过来请柬，挑了挑眉："除了江川，我哪有朋友？"

江川的心中有微微的感激，转过脸来看向唐诺："小诺，等到了大学，要学着和别人相处，学着交朋友……"

"干吗要学这些，"唐诺不以为然，用牙签挑起果盘里的一块火龙果放进口中，"有你不就够了吗？"

江川原本还想再说几句，可最终还是作罢，轻轻地"嗯"了一声，而后拿起那沓请柬，认真地写着他在学校里关系还不错的同学朋友的名字。

写完之后唐诺拿起来检查："厉萌萌？就是那个天天在头上扎个粉红色蝴蝶结的吧？不准请她，蝴蝶结我看着难受。"

"赵磊？啧啧，去年圣诞节还给我递过情书呢，我不想见到他。"

"冯亚楠？就是那个成天在你身边转来转去的小姑娘吧，我跟你说，那小姑娘八成喜欢你，每次见到我那眼神，简直像是两架机关枪，不准请……"

她一边翻着一边把过滤掉的丢进脚边的垃圾桶，笑嘻嘻地把最后留下的三张递到江川的手里："喏，这几个人你可以请。"

江川不比唐诺，随心所欲地长大，他自小便被父母教导，规矩做人，诚心待人，万事要考虑周全。

但毕竟是十七八岁的少年，是认为全世界都比不上所爱之人的一个笑脸的年纪，什么同窗情谊，什么礼貌规矩，在唐诺的粲然一笑中，是都不值一提的东西。江川翻了翻那三张请柬，索性一道丢到了垃圾桶中："都不通知了，麻烦。"

宴席上，唐父留出来的那两桌，只坐着江川和唐诺两人。

两人倒也是个客气，对着一桌美食大快朵颐，唐父出手阔绰，酒水都是高档茅台，江川原本不许唐诺喝，可拗不过她，只好拿出一个陶瓷酒杯，陪着她一起喝。

江川哪里有什么酒量，一杯白酒下了肚，便已觉得有些晕，转过脸看向唐诺时，她的脸上也已经有了红晕。

唐父在那边喊着唐诺和江川的名字，示意两人过去谢一谢前来捧场的亲戚朋友，唐诺当然不乐意，冲江川挤了挤眼睛，拉着他的手臂便跑了出去。

夏日午后的阳光还很炙热，两个人慢悠悠地在街道上晃来晃去，后来也不知怎么就晃进了公园里，找一块阴凉的地方，唐诺盘腿坐下。

她就安静地坐着，出神地盯着面前安静的湖泊，江川站在她的身后，或许是酒精作用，或许是烈日炙烤，他只觉得一股热烈的情感在胸口涌动着，让他的目光落在唐诺的身上时，感觉到微微的眩晕。

脑海中闪过的，是前几日她清脆的声音——"除了江川，我哪有朋友？""有你不就够了吗？"

再闪过的，是天旋地转的场景和片段：

——初中时期，唐诺窝在他家客厅："喂，江川，我们来比赛背诗，背《长恨歌》。"

江川那边还没有反应过来，唐诺已经独自背诵起来，江川开始还能跟上几句，后来索性坐在一旁听她背。

"……在天愿作比翼鸟，在地愿为连理枝，天长地久有时尽，此恨绵绵无绝期。"她眉毛一挑，狡黠一笑，"我赢了。"

——她没有同性好友，也没有妈妈在身边陪伴，初潮的时候，整个人吓得不行，躺在床上给江川打电话，喊江川到自己家，拉着他的衣袖泪眼婆娑："江川，我估计是得了绝症……我要是死了，书架上《英汉词典》后面有一个盒子，里面存下来的钱都给你……"

——高二那个暑假去杭州玩，在杭州玩到最后一天，他身上剩下八百块钱，想买件礼物给她带回去，想起有天自己练字的时候，她也说过想学毛笔字，为了鼓励她，便决定在西泠印社刻一个她名字的章带回去。印社里有各种各样的石头，一眼就看中的那个，价格不太便宜，老板当时劝说他买另外一个便宜一些的，然而他却连"唐诺"这两个字刻在不好看的石头上都不愿意。八百块刻了印章之后还剩下八十，逛普陀寺时给自己家人捐了四十，给唐诺一家捐献了四十。最后他还是向别人借了钱回去，回去之后把印章拿给唐诺，她高兴极了，拿着那个印章有模有样地练了三天毛笔字。

——她天资聪慧，好像早飞的鸟，学校的成绩单上，为了和她的名字近一点，为了不被她落下太远，他每天晚上十一点离开教室，回家学到一点左右。高三的那几个月，他早上五点就起床骑车去教室学习。那时候教学楼的大门通常都还没开，需要叫醒保安叔叔，保安叔叔最后实在是不耐烦，索性把钥匙直接抛给了他。

这种种的场景，种种的片段加在一起，算是爱吗？

他给她设了和别人不一样的来电铃声，无眠的长夜里会在纸上一遍遍写她的名字，所有可能联系上她的东西，都会让她的模样出现在自己面前……

诸如此类，真的能简单冠以"友谊"的名称吗？

江川的手心冒汗，而那张叠得方方正正的握在手心的纸，早已变得潮湿。

昨夜，他辗转反侧许久之后，在白纸上写下几句话："唐诺，愿为你成常人不敢成之事，愿为你守世人不可守之诺。虽知不能长久不能相守，亦无悔相随相惜。"

江川在心底咬了咬牙，往前走了几步，开口喊出了她的名字，"小诺，我有话想跟你说……"

唐诺缓缓地回过头来。

她在哭。

他顿时乱了手脚，哪里顾得上表白的事情，从口袋里摸出纸巾忙不迭地递到唐诺面前。

唐诺没有伸手去接，她转过身来，仰起脸看向身旁的江川，叹了口气之后轻轻说道："江川，你有没有喜欢过一个人？"

江川的心中微微一颤，嘴巴动了动刚要开口的时候，唐诺的脸又转了回去："我喜欢一个人，很喜欢很喜欢，可是他不愿意和我在一起。"

她把右手抬起来，在左胸前比画了一下："我想到这儿，就觉得心里好疼。"

她说完之后，便把头埋在双膝中间，无声地抽泣起来。江川在那里站着，不知道该如何开口，只觉得又心疼又悲伤。

他没有说话，只是站在她身旁，静静地陪着她。

好在唐诺是天性乐观的人，借着酒精宣泄了一番之后，很快就好了过来，眼泪一擦、鼻涕一抹，拍拍屁股上的尘土和杂草站起身来又是一条好汉，她手一挥："没关系的，我有的是时间和耐心。"

说完之后她又恢复了往日里神采飞扬的样子，转过头问江川："对了，你刚才要跟我说什么？"

"刚才？"江川把手心里的那张纸握得更紧，将那只手插进口袋里，而后仰起头来看了看天，调皮地笑笑，"没什么啊，就是刚才看到一片云，形状好像大便，想让你也看一下。"

"真的吗！"唐诺叽叽喳喳，把手架在脑门前也看向天空，"哪片？哪片？"

她这样一笑，江川便觉得什么哀愁都没有了。

她不了解他的情意又如何？她只是把他当朋友又如何？她心里喜欢着别人又如何？

他愿意平躺成路，送她去所有安宁幸福的所在。

C h a p t e r

零度天气
看风景

5

1.

H 大分新校区和老校区，研究生院在老校区，离新校区两个小时的车程，唐诺去读书的第一年，没少在这两地之间往返。

每周周五下完课，她便坐校车去老校区，捧着厚厚的一摞书，把一周里搞不懂的问题拿出来挨个问司徒南。

司徒南的导师有时候也在，倒是很喜欢唐诺，每次见她过来都乐呵呵地和她打招呼：“哟，唐诺又过来学习了？”

“对啊，孙老师，”唐诺笑笑，“我有问题要问司徒哥哥。”

“嗯嗯，”孙老师挥挥手，转过脸去对正埋头画图纸的司徒南说道，“多教教唐诺，小姑娘很有天分，下个月的项目，让她也参与进来。”

唐诺冲司徒南挤挤眼睛，一副得意扬扬的样子。

孙老师一走，唐诺便蹦蹦跳跳地跑到司徒南面前：“什么项目？”

“一个实践型项目，”司徒南说道，“要跑山区里的几个村子，下个月就到大寒了，你一个女孩子，还是不要去……”

“我要去。”唐诺的嘴巴一噘，打断了司徒南的话，“孙老师都给你下命令了，难道你连你导师的话都不听了吗！”

唐诺的嘴皮功夫司徒南早就领教过，自知不是她的对手，索性也不再反对，继续埋头看手中的图纸。

两周后，项目组四五个人一起出发，唐诺经常往这边跑，早就和大家熟识，她到得晚一点，提着一个大得有些夸张的行李箱，上了车就笑嘻嘻地打开，把里面赵姨装的各种美食点心拿出来分给大家吃。

对于她的热情过度，司徒南还是一副尽量回避的样子，岳明朗倒是很喜欢这个小姑娘，乐呵呵地招呼她："来来，唐诺，到我这边坐。"

"才不要，"唐诺给了他一个白眼，抓起一盒烤饼干丢给他，而后拿胳膊捅了捅司徒南，"我要坐这里。"

司徒南看了看她："坐不下。"

"挤一挤呗，"她咧开嘴笑，"挤挤暖和。"

司徒南无奈，只得往里面挪了挪。

唐诺却还是不满意："我要坐里面。"

司徒南只得又挪到外面。

她穿着厚厚的白色羊羔绒外套，裹得像只熊一样，姿态笨拙地在座位上坐下。

出发的时间太早，天还没有大亮，还是灰蒙蒙的样子，大家聊了会儿天之后，都微微地有了睡意，渐渐没了声音，司机倒也贴心，把车里的灯也熄灭了。

不一会儿，车厢里便响起了此起彼伏的均匀的呼吸声。

大抵是因为还太过年轻，唐诺倒是丝毫没有困意，她微微侧过头去，在昏暗的车厢里瞪大眼睛，打量着身旁司徒南的侧脸。

他的双眼也是紧闭的，睫毛很长，微微动着。

"司徒南。"唐诺压低声音，轻轻地喊了声他的名字，"你睡着了吗？"

他那边没有声音。

唐诺又伸出手来，轻轻地扯了一下司徒南的衣袖。

他还是一动不动。

她的胆子便大了些，黑暗中偷偷摸摸地，摸索到了司徒南的左手。

他的手微微有些瘦，骨关节有恰到好处的突出，平日里是不修边幅的一个人，头发经常许久也不剪，但指甲总是修得整齐，短短的，带着微微的弧度。

唐诺轻轻地握住了那只手。

安静的车厢里，她听得到自己胸腔里心脏"怦怦"跳动的声音。

路上有积雪，车开得很慢，车玻璃上结了一层薄薄的雾气，唐诺伸出手去，在上面画了一个小小的心。

她想起和江川在高中时，学校里有个很喜欢江川的女生，给江川绣过一个心形的十字绣，拿本子抄大段大段的情歌歌词送给他，在江川生日的时候熬夜到十二点，为了做第一个对他说"生日快乐"的人。

唐诺当时嗤之以鼻："真是幼稚死了，再说了，一个女孩子做这些，真丢脸。"

她当时说得掷地有声，如今想起来，却只觉得无知与可笑。

爱意袭来人低眉，心里装着一个人，又哪里分得清成熟与幼稚，顾得上自尊与骄傲？

少女时期读张爱玲小说，她写"见了他，她变得很低很低，低到尘埃里"，当时也是不屑一顾，怎么都想不通。张爱玲是谁，出身名门，年少成名，不世出的天才，这样的人，哪里需要为了一个男人变得很低很低？她把这句拿给江川看，江川当时微微一笑，低下头去，指向了下面一行："喏，你看，后面还有这一句，'但她心里是欢喜的，从尘埃里开出花来。'"

瞬间，唐诺便觉得心中开出花来。

后来她也有了困意，晃了两下脑袋睡着了，也不知道睡了多久，迷迷糊糊中听到司徒南的声音："唐诺，起来了。"

她睁开眼睛，这才发现自己正靠在司徒南的肩膀上。

她心中窃喜了两秒钟，赶紧继续闭上眼睛装睡，想多在他的肩膀上靠一会儿。

蹩脚的装睡，司徒南当然看得出来，他叹了口气："好了唐诺，起来了，都到了，大家都下车了。"

唐诺"啊"了一下，睁开眼来，这才发现车已经停了下来，只剩下他们两人还在车上。

"下车啦，下车啦。"她伸了个懒腰，从座位上站起来，走到车门处跳下去，惊呼了一声，把车里的司徒南吓了一跳。他赶紧探出头去问："怎么了？"

她回过头来冲着他笑，眼神亮晶晶的："司徒，你看，下雪了。"

2.

平日在实验室里，大家都是一本正经、严肃认真的样子，到了雪地里，却都像孩童一样。

唐诺和司徒南下车之后，远远看过去，便看到岳明朗他们已经在雪地里闹成一团。岳明朗转过头来的时候正好看到了唐诺和司徒南两人，一手抓起一团雪便向两人冲过来，几步就跑到了他们面前，大笑着把手中的雪球向两人丢去。

唐诺想躲闪已经来不及，眼见着那个雪球向自己的脸上飞来，尖叫了一声，赶紧闭上了眼睛。

胳膊却被拉住，她趔趄了一下，整个人因为拉扯的惯性转个身，脸上并不是意料之中的冰凉，而是一头扎进了一个温热的怀抱。

她的眼睛立即睁开，这一睁眼，才意识到方才雪球飞来的那一刻，是司徒南拉扯了她一下，将她环住。

唐诺还未来得及为"司徒南替我挡了雪球"这件事开心，司徒南已经松开手放开了她，面无表情地转过脸去。

唐诺蹦蹦跳跳地跟上去，"喂"字还没出口，发现方才的那两个雪球，不偏不倚，正砸在了司徒南的脖子里。

"岳明朗！"她当即对他怒目而视，把肩膀上大大的双肩包往地上一甩，摆出一副"竟然敢砸司徒南，我要和你拼命"的架势，弯下腰来抓起地上的雪，便向着岳明朗跑去，一边跑还一边回过头去冲司徒南喊着，"帮我拿包，我去给你报仇。"

岳明朗高中时可是在体育队待过，哪里把唐诺的进攻放在眼里，不紧不慢地跑着逗着她，每每唐诺快要追上来时，便加快脚步，立即把唐诺甩到了身后。

唐诺却也是不甘示弱，拼命在后面追赶着，然而脚下一滑，整个人跌在地上。岳明朗抓到机会，立即抓起雪团反攻，一个雪球不偏不倚正砸在唐诺的脑袋上，她还没有反应过来，又是一个雪球接着一个雪球飞过来。

唐诺"哇哇"大叫，转过头去求助："司徒南，快来救我。"

冬雪纷纷扬扬地飘着，天色也暗了下来，司徒南一只手插在口袋里，另一只手晃悠悠地拿着唐诺的那个大包，站在那里静静地看着，嘴角带着微微的笑意。

岳明朗眼神一闪，咳了一声，冲着唐诺使了个眼色，把手臂伸向唐诺。唐诺立即明白过来，抓住岳明朗的手臂从地上一跃而起，顺手抓起一个雪球。岳明朗拉扯着她，两个人飞快地向司徒南的方向跑去。

司徒南果然被打了个措手不及，脸上还挂着刚才淡淡的笑意的时候，一个雪球已经砸在了他脑门上。

岳明朗和唐诺两人哈哈大笑。

细碎的雪沾在司徒南额前的碎发上，他眉头微微皱起，伸手将它们拂下来。唐诺原本担心他会生气，谁料他将手中唐诺的大包往地上一放，大声喊了句"敢偷袭我"，而后便俯下身子抓起一把雪捏成雪球向两人追去。

唐诺大步奔跑着，一边哈哈大笑一边喘着粗气，原先走在前面的研究所里的几个小伙伴也回过身来，战斗很快打响，众人在雪地里你追我赶，帽子、围巾随意地丢在地上，年轻的男孩女孩跑着闹着，天地间都是爽朗的笑声。

大家虽说都乱成一团，然而奇怪的是，唐诺每一次抬起头来的时候，都能一眼找到司徒南。

他是安静而内敛的人，相识的这些时日以来，唐诺还是第一次看到他身上孩子气的一面，好像这茫茫天地，都随着他的笑容，一起亮堂起来。

最后大家都是筋疲力尽，在雪地上瘫坐着，有一个平日里就爱耍宝的男生扯着嗓子唱起了歌："正月里来是新春啊，赶着猪羊出了门，猪啊羊啊送到哪里去，送给那英勇的解放军……"

"好啦好啦，"叶致站起身来挥了挥手，"大家赶紧集合吧，天都要黑了。"

又走了十来分钟的路，大家到了镇上的一家家庭旅馆前，像四合院的样子，唐诺走在最前面，跑过去敲门，有"汪汪"的狗吠声，门从里面拉开，一只黑色的小狗便冲了出来。

"小乖。"开门的是四十来岁的女主人，她皱着眉头呵斥着还在"汪汪"叫唤着的小狗，招呼一行人进去。

房间都已经收拾妥当，晚饭也都准备好了，一张老式的八仙桌上摆着几道菜，样子看起来不是多么好看，味道却很不错，有蒸的咸鱼和腊肉，还有自家腌制的脆生生的辣白菜。唐诺挤在司徒南身旁坐着，有够不到的菜就拿胳膊捅捅他让他帮自己夹，咸鱼块夹进唐诺的盘子里时，她的心里好似点起了一串小鞭炮。

小乖并不怕生，在桌子底下钻来钻去，吃着丢下来的骨头，在下面发出满足的声音，地上的吃完了，便跳起来举起两只前爪，拉扯着唐诺的裤脚。

"好啦好啦，"唐诺看向小乖，眼睛笑得眯成了一条缝，揉了揉小乖的脑袋，夹起一个丸子丢到地上，"去吃吧。"

再后来女主人端上一锅热气腾腾的八宝粥，每人盛了一碗，项目明天就要开始，大家站起来端起瓷碗碰在一起，权当是预祝一切顺利。

坐下的时候，唐诺转过脸去，正好看到身旁司徒南的侧脸，房间里热气腾腾，他的鼻尖上有细微的汗珠，嘴角微微上扬。

没有喝酒，唐诺却觉得整个人都已微醺，她眨巴着眼睛，咬住下嘴唇，压低声音喊着："司徒南。"

司徒南转过脸来看向她。

她的眼睛亮晶晶的："司徒南，今天真开心。"

他的嘴角动了动，而后目光从她的脸上扫过去，落到隔了两个座位的岳明朗身上："明朗，你不是爱吃鸭子吗？这老鸭汤煲得真不错。"

"是不错，"岳明朗起身，拿起勺子又给自己舀了一碗，"我都喝了三碗了。"

唐诺自讨没趣，"哼"了一声，低头喝粥。

这里是比较偏远落后的地方，供暖设备也不行，吃完饭一行人拿出行李箱里的各种资料，开始分配明天的工作。

唐诺被孙老师安排过来，原本也只是跟在师兄师姐身后学习一番，去旁边的村子里做实地考察太辛苦，叶致给她安排的，是留在旅馆里负责整理资料和校验数据。唐诺不服气，噘着嘴准备抗议的时候，忽然觉得腹部一痛，跑了趟洗手间发现是来了例假，她是知道自己生理期间的身体状况的，只好老老实实接受安排。

因为身体的缘故，晚上唐诺早早便睡了。

梦里当然也是有司徒南的，没有什么情节，就是他一直在走，慢慢地走着，她在后面一直追一直追，总是追不上，急得眼泪都快出来了。后来他忽然停下脚步，回过头来，冲她微微一笑，把手伸向了她。

梦中的唐诺一把握住司徒南的手，一边摇晃着他的手，一边咧着嘴"咯咯"地笑，睁开眼睛的时候还在笑，有些茫然地环顾一下四周，知道是一场梦，可还是觉得高兴。

外面有犬吠声，她起床裹着大棉袄走出去，司徒南他们都已经出门，院子里还有积雪，白茫茫的一片，小乖在雪地里追着自己的尾巴玩，唐诺走过去逗它。

口袋里的手机响了起来，是江川发来的信息，知道她要来这个地方做项目，问她是不是一切顺利。她坐在庭院里的摇椅上给他回信息："都好啊，白茫茫的清晨，有蓝天有白云，还有一点起床乐，哈，不想回去啦。"

——是真的不想回去，这么慢悠悠地度过一天，在靠窗的桌前整理资料、校验数据，去厨房热一热昨天剩下的粥，女主人张罗晚饭的时候，跟在她身后给她打下手，给土豆削皮，洗两根大葱，淘米下锅，等着他们回来。

等着司徒南回来。

她的心曾经很大很大，恨不得这一生策马奔腾看尽繁华，而如今变得很小很小，什么都不想要，只想与这个人相依为命。

通常夜幕降临的时候，他们才会回来，在饭桌上交谈着各自小组外出考察的数据和结果，有商议也有争论，偶尔唐诺也会插上几句话，大家也听得认真。

3.

某天晚上吃晚饭的时候，司徒南的手机铃声大作，他从口袋里拿出来看了下，起身走到一旁接通："小玫"。

唐诺一听到这两个字，眼神便黯淡了一下，怕被旁人看出来，赶紧低下头去，认真地啃着手中的玉米。

电话那端姚玫说了些什么唐诺不得而知，只听到司徒南叹息一声："我这边真的走不开……"

那边她的声音立即高了起来，司徒南快步往外走着，走到院子里同她说话。

唐诺抬起眼来偷偷往外瞟着，院子里种着几棵枣树，叶子早已落光，光秃秃的枝干上面压着积雪，司徒南站在其中的一棵下面，背对着她，瘦削挺拔的样子，也好像是冬日里的树干。

那个电话他打了十来分钟，再走进来的时候面色有些沉重，坐定之后开口对叶致说道："师姐，我可能要先回去一趟。"

叶致的眉头立即皱了起来："什么时候回去？"

"明天可以吗？"司徒南有些犹豫地说道。

"不行，"叶致斩钉截铁地拒绝，"项目正在关键的时候，怎么能这个时候回去？是有什么急事吗？"

"我女朋友，"司徒南微微皱起眉头开口说道，"她打来电话，说是身体有些不舒服……"

叶致打小就是学霸，一心扑在科研事业上，更是把"我们的征途是星辰大海"这句话当成人生座右铭，哪里看得上这种小情小爱，眉头锁成一团，摆出一副教导主任的架势："司徒南，你可要分清楚轻重缓急，女朋友多大了，自己照顾不好自己吗？我们这个项目……"

岳明朗是知道姚玫的脾气的，赶紧站起来笑着帮司徒南解围："叶师姐，你就给司徒几天假吧，他的任务就先交给我好了。"

他又转过头看向司徒南："还回来吧？"

"回来，"司徒南点点头，"我回去看一下，没什么要紧事就回来。"

叶致考虑了一下，最终还是点了头。大家围在桌子边继续吃饭。那顿饭唐诺对煮玉米格外感兴趣，低着头啃了一根又一根，伸手去拿第四根的时候，手背被岳明朗拍了一下，缩回来之后抬起头看了看岳明朗。他没有说话，伸出筷子夹了一块红烧鱼放到唐诺面前的盘子里，低声说道："别只啃玉米了，跟个小兔子一样，来，吃块鱼。"

唐诺没有说话，只是微微叹息了一声，那是只有自己感受得到的忧愁。

晚上照例要对白天的信息进行整理汇总，司徒南和岳明朗围在书桌前忙活到快十二点才整理分析完，岳明朗倦意袭来，躺到床上之后很快就进入了梦乡。因要把工作交接给他，司徒南还要对手头上的资料进行整理，他把头顶上的白炽灯关上，打开了桌子上的台灯。

唐诺从椅子上起身，拿起棉衣裹在身上，拉开门走了出去。

外面空气清冷，天上有明亮的星，她在院子里信步走了几圈，小乖摇着尾巴跟在身边。

后来她上了楼，站在司徒南房间的窗前。

书桌对着窗子，隔着淡蓝色的窗帘在外面看得到影影绰绰的光线，唐诺站在那里，静静地看着窗户里面的光亮。

大抵这就是少年时期的爱情，哪怕仅仅是站在所爱之人的窗外，便也觉得心旌摇荡。

夜色越来越浓重，温度也越来越低，站了许久的唐诺两只脚已经冻得僵硬，寒意袭来，觉得鼻子痒痒的，她忍不住一张嘴，打了个喷嚏。

窗户是虚掩着的，尽管用双手捂住了嘴巴，司徒南还是听到了外面的这声喷嚏，他微微一怔，放下手中的笔，而后几步走到门边，伸出手来拉开了房门。

"嘎吱"的开门声传到唐诺耳朵里的时候，她惊慌了一下，转过身便想跑开，然而双脚麻在了那里，却是动弹不得。

走廊的尽头，挂着一盏破旧的灯，灯光暗淡昏黄，将唐诺的周身，也照出了昏黄色。

她转过头去看向那扇门，从门里走出来的司徒南抬起头来，也正看到了唐诺的眼睛里。

司徒南沉默了几秒钟，将身体微微移动了一下，让出门来："外面太冷了，进来喝杯水吧。"

唐诺咧开嘴来，粲然一笑，应了声"好咧"，整个人刚想往前冲去，却双脚一软，跌倒在地上。

"怎么了？"司徒南慌忙走过来扶她。

"脚麻了。"唐诺瘫倒在地上，�“起嘴巴说道。

司徒南俯下身子去扶她，真是站了太久的时间，她的指尖从他的手心划过时，是一阵冰冷的凉意。

起身之后，一瘸一拐的唐诺被司徒南扶进了房间。

他用电水壶接了水，通上电之后开始烧。

唐诺坐在桌边，随意地翻看着桌子上放着的书，有一本是《吴清源名局细解》。

司徒南在杯子里放进去一些六安瓜片，水烧开之后倒进去，氤氲的热气冒出来，整个房间里都是茶香。

他端起茶来走到唐诺面前，将茶放到桌子上。

他将那本《吴清源名局细解》从唐诺手中拿起来，翻到扉页处，指着上面的字笑笑："这本书是你爷爷送给我的。"

"真的啊？"唐诺睁大眼睛，认真地看了看上面的一行字，果然是爷爷的字迹，写着"赠司徒南"四个字。

"爷爷以前跟我说过吴清源，"唐诺笑了笑，看着扉页上印着的那行小字——一百岁之后我也要下棋，两百岁之后我也要在宇宙中下棋，"说世俗纷扰，你争我抢，而他一生只做好这一件事，终究成为围棋界的无冕之王。"

"司徒南，"唐诺抬起脸来，"以后你教我下棋好不好？"

他微微笑了笑，没有立即答话，指了指水杯："快趁热把茶喝了吧，喝完快点回去睡觉。"

唐诺点头的时候，目光落在了墙边司徒南收拾了一半的行李包上，她的眼神黯淡了一下，抿了一口茶水之后抬头问他："司徒，你一定要回去吗？"

司徒南正饶有兴趣地翻着那本围棋书，没有反应过来，"啊"了一声。

"你一定要回去……看她吗？"唐诺的眼睛垂了下来。

司徒南放下手中的那本书，房间里周遭的光线都是暗淡的，只有唐诺坐着的那块地方，因为那盏台灯，显得光明而美丽。她的眼睛微微垂下去，看上去好似《诗经》里的植物一般。

司徒南微微一怔，当年北蝉乡一别之后，唐诺留在他脑海中的印象，都还只是不谙世事、叽叽喳喳的小女孩，这一端详，眉目之间，竟已然有着些许成熟的味道。

司徒南正这样思忖着的时候，眼前的唐诺忽然抬起头来，猝不及防地同他四目相对。她冲司徒南噘起嘴巴，声音清朗："我不想你回去。"

她这样一开口，司徒南哑然失笑，哪里成熟，还是个不懂拐弯抹角想要什么就伸手去够的小女孩。

"我要回去的，"司徒南解释道，"小玫说她在发烧，我不回去的话她不肯去医院……"

"那是她骗……"一张嘴，唐诺意识到自己说错了话，赶紧把剩下的咽了下去，把话题转到别处，"那你什么时候走？"

"明天一早。"

"几天回来？"

"我还不确定……"

"三天，"唐诺打断了司徒南的话，"你们白天出去考察，看到那个冰湖了吗？你三天不回来的话，我就跳进冰湖里，也会感冒发烧……"

"唐诺，"司徒南面露愠色，声音也抬高了一些，"你别胡闹。"

"我不管，"唐诺站起身来，走到门边伸手拉开了门，走出去之后又把脑袋探进来，"我偏要胡闹。"

唐诺那时还是少女，少女是信争取的，尤其是在感情方面，总有点崇拜"人定胜天"，抱着金庸故事里的那句"我偏要勉强"，半悲壮半期待地努力着。

唐诺停顿了几秒钟，咬住下嘴唇轻轻补充道："司徒，从那天我发现你在家昏倒之后，总会担心你的身体，你不在我眼前，我就会觉得不放心……你照顾好自己啊……"

司徒南埋头整理着自己的背包："嗯，我知道了。"

4.

隔日清晨，唐诺虽说是有心早起，但昨晚着实睡得太晚，闹钟响了好多遍也没把她喊醒，从床上爬起来的时候，外面的天色已经大亮。

从窗户看过去，司徒南的房间里没有人，应该是已经离开。

唐诺在房间里待了一阵子，觉得无趣，拿起手机给岳明朗打了个电话，问岳明朗在哪里，要过去找他。岳明朗好说话："行啊，我在这边等你，正好你到我房间把桌子上的样本带过来。对了，外面冷，多穿点。"

唐诺从老板娘那里借了钥匙，进了司徒南和岳明朗的房间，样本不在桌子上，在岳明朗床边的床头柜上，唐诺走过去拿起来放进包里，再走出去的时候碰到了司徒南床铺上的枕头，枕头歪了一下，露出下面压着的一个黑色封皮的笔记本。

唐诺的眼睛亮了一下，好像看到了什么了不得的东西，在心里猜测着应当是司徒南的日记。

她立即把手伸出去想拿起那个笔记本，触碰到封面的时候又缩了回来，意识到自己的所作所为是不堪的。

想她跺跺脚走掉，却又是不甘心，觉得自己目前的情况简直可以列为"世界上最难抉择的事情之首"，更想到网上发一个名为"喜欢的人的日记就在眼前，是看还是不看"的匿名求助帖了。

她在那里斗争了将近十分钟的时间，心中一直有两个小人在打架，最后在心里自己给自己找理由"说不定不是日记本呢"，而后环顾了一下四周，确定旁边没人，拿起了那个本子。

果真不是什么日记本，唐诺心中既觉得遗憾，又觉得庆幸，应当算是司徒南的记录本，上面密密麻麻写着的都是一些科研过程中的发现和想法，以及一些备忘事宜之类，唐诺随手翻了几页，不得不在心中惊叹：司徒南做起事情来，实在是认真。

电话响了起来，是岳明朗打来催促她的，唐诺赶紧把手中的本子合上，放回原处的时候，一张纸轻飘飘地飞了出来落在地上。唐诺俯身捡起来，上面也是司徒南的笔迹，潇洒飘逸的钢笔字，是几行诗。

"我看到过百里香和野菊／冬日清晨脆弱的薄冰／我知道萤火虫与星辰／长满植物的森林／都比不上你简短的叮咛"。

她并未多想，微笑着读了两遍，将它重新夹到司徒南的本子里。

接下来的两天，唐诺也经常和岳明朗一起出去。小乖已经和唐诺极其熟络，唐诺出门的时候，它就蹦蹦跳跳地跟在她的身后，顺着唐诺的脚印在地上留下一连串的小脚印。

岳明朗的工作任务并不繁重，再加上有唐诺帮忙，很快便都完成了。岳明朗出去了几天，对周遭的风景和地形早已熟稔于心，想着任务已经完成，便带唐诺四处闲逛。四周倒都是好风景，只可惜岳明朗走得快，唐诺气喘吁吁地在后面跟着，不住地翻着白眼喊他："岳明朗，你飞毛腿是不是？走这么快！"

"谁让你小短腿。"岳明朗回过头去打趣道。

唐诺瞪大眼睛，做了一个高抬腿的动作："岳明朗，你的眼睛被冻坏了吧！我这大长腿……"话还没说完，脚下一滑，一个狗吃屎，摔到了地上，岳明朗忍不住哈哈大笑。

后来两人踱步到了湖边，凛冽的冬日，湖水上结了一层厚厚的冰，唐诺蹲下来捡起一块小石子，往湖面上扔去。

石子没有砸碎冰面，在上面滚动了几下，唐诺放下手臂，轻轻叹息了一声。

"怎么了？"正蹲下身去逗狗的岳明朗转过头来看向她。

"老岳，"唐诺盯着眼前的湖面，"你说司徒南今天会不会回来？"

"不知道哎，"岳明朗回答道，"这两天我也没跟他联系。"

"他答应我三天就回来的。"唐诺眼睛垂下去，"今天都是第三天了。"

往日里见唐诺都是生龙活虎的样子，如今见她这般哀怨，倒让岳明朗觉得心疼起来，他原本想安慰唐诺几句，可想了想又把安慰的话咽下。他与司徒南算是至交，对司徒南的性子也是了解的，他根本不是寡淡薄情的人，之所以冷漠地对待唐诺，不过是不希望在她心中留下任何关于他的幻想罢了。

岳明朗站起身来："唐诺，你说喜欢司徒南，是当真的？"

"那当然。"唐诺扬了扬眉毛。

"司徒南已经有了女友，他和姚玫在一起有好多年了……"

"可是姚玫已经不爱他了。"冲动之下，唐诺心中的这句话脱口而出。

岳明朗的眉头皱了皱："你听谁说的？"

唐诺索性也不再隐瞒，将双肩包从肩膀上取下来放在湖边的石头上，而后蹲下身去在里面翻了一会儿，起身拿出一个牛皮纸信封递到岳明朗的手中。

岳明朗接过来打开，里面是十来张照片，他粗略地翻看了一下，抬头问唐诺："哪儿来的？"

"找人拍的。"唐诺倒还是一副扬扬得意的样子。

岳明朗将那沓照片拿在手中往唐诺的头上敲了一下："歪心思倒是不少。"

"也不是故意的，"唐诺吸着鼻子解释，"有一回我逛街的时候，看到姚玫和一个男人在一起，很亲密的样子，后来我就留心了一下，找人调查了一下，就有了这些照片……"

"什么时候的事？"

"没有多久，就前一阵子。"

"你想怎么做？要把这些照片给司徒？"

唐诺把头摇成拨浪鼓："不，我不会给他的，我不想他难受。"

岳明朗轻轻叹息了一声。

他将手中的那几张照片递给唐诺，唐诺正要伸手去接的时候，背后传来了熟悉的声音："你们两个在这里呢。"

岳明朗是与她面对面站着的，自然看得到身后的来人："司徒，你回来了！"

唐诺立即转过身去，看到司徒南的那一瞬间眼睛闪闪发亮，话音里满是惊喜："司徒！"

她这样忽然一转身，没有接住岳明朗递过来的那些照片，几张照片掉落在地上，有一张正砸在小乖的脑袋上，它"嗷呜"叫了一声。唐诺低下头一看，立即变了脸色，慌忙蹲下身去，手忙脚乱地捡那几张照片。

忽然又起了一阵风，将雪地上还剩下的最后一张照片吹了起来，那张照片在空中打了个旋儿，最后落在了结着冰的湖面上。

岳明朗和唐诺的慌乱让司徒南心中陡生疑惑，他问了句"什么东西"，而后便转身往湖边走了几步。

"司徒南，"唐诺惊慌失措，大声喊着他的名字，"你站住，司徒南！"

司徒南的脚步停顿了一下，往后看去，只见唐诺已经大踏步地从自己身旁走过，他和岳明朗都还未反应过来，唐诺的两只脚已经踏在了冰面上，摇晃着走出了第一步。

那张照片靠近湖畔，这样走上去之后，好似伸出手来就能够得到，唐诺缓缓地往下蹲去，没有理会身后司徒南和岳明朗紧张的声音："唐诺，你干什么！快回来！"

她努力地向前伸出手去，指尖离那张照片还有几厘米的距离，她的眉头微微蹙起，轻轻挪动着双脚，努力让自己的身体再往前移动那么一点点。

借助身体向前的力道，唐诺总算是碰到了那张照片，又稍稍一用力将它抓到了手中，用手心揉成一团，脚下却是不自觉地也用了力气，这一用力，脚下的冰面发出一声清脆的破裂的声音。

唐诺还未反应过来，脚下的冰面已经破裂，她尖叫了一声，右脚跌进了冰凉的湖水中。

"唐诺！"司徒南的声音焦急，往前冲了几步。他想跑过去却被岳明朗拉住："司徒，不行，冰面已经破裂了，不能再上去增加重量了。"

司徒南冷静了一秒钟，脑袋转得飞快，搜索着少年时学过的急救知识，大声指挥着唐诺："小诺，小诺你别急，不要跑，先趴下，对，先趴下……"

唐诺的一条腿虽说已经掉进了湖中，却还是听从身后司徒南的指示，努力控制着摇摇晃晃的身体趴到了尚未破裂的那块冰面上。

司徒南往前走了几步，走到最靠近湖面的边缘处蹲下身去，把自己的手臂努力地向前伸去："对，趴下来慢慢往后一点点移动，往我这边来，然后把手给我……"

唐诺整个人趴在冰面上，还有一只脚在冰凉的水中，原本是惊慌失措的，然而此时此刻，听到司徒南的声音之后，双眼竟微微湿润起来。

——为着司徒南这短暂的温情，掉进这冰湖又如何，哪怕刀山火海，她都愿意走一遭。

唐诺的手微微一动，将那张揉成一团的照片丢进了冰面的裂缝中，而后深吸了一口气，慢慢地在那一块浮冰上调整着自己的身体，试图转过身来，面向司徒南。

她微微一动，又是一声清脆的冰裂声，身体失去了平衡，剧烈地晃动了一下。

"小心！"司徒南和岳明朗两人同时喊出了这两个字。

那条腿从湖水中伸了出来，小心翼翼地转过身去，同司徒南四目相对的时候，唐诺昂起头来，竟还顾得上咧开嘴，给他一个嘴角上扬的微笑。

司徒南神情焦急，眉毛拧成一团，板着脸。唐诺这边可不乐意了，噘起嘴巴来："司徒南你笑一笑嘛……"

"别闹！"司徒南低声呵斥她，把手又往前伸了伸，"来，往前爬，把手给我。"

唐诺的身体虽在摇摇晃晃，看向司徒南的眼神里却仍是带着狡黠："司徒，我要是掉进去了，你会不会救我？"

司徒南脸色铁青，没有答话。

唐诺却还是继续问："我要是淹死了呢？你会不会想我？"

司徒南不说话，唐诺就把脸转向岳明朗："老岳，你会不会想我？"

"想想想，你要是淹死了，我就把司徒南杀了陪你。"岳明朗应付着，"够了吧？快别闹了，往前挪……"

说不紧张那是骗人的，唐诺虽说胆子大，但从小怕水，刚才也是一时着急才会冲到这冰面上来。

她的脸色有些发白，听得到胸腔里心脏剧烈跳动的声音，往前移动一点冰面就剧烈晃动着，更是让唐诺心惊胆战，她努力寻找着冰块和身体的平衡点，挪动着双腿，一点点向前移动着。

好在一抬头，她就看得到前方司徒南伸过来的双臂，身体里好似又注入了力量。

"司徒……"眼见着就要靠近，唐诺缓缓地伸出手去。

"咔嚓"一声，是巨大又清脆的，从双膝下面传来的冰裂声。

唐诺只觉得双膝不受控制地往右边滑动，还未来得及尖叫，一股冰冷的水已经灌进喉咙，整个身体被冰冷刺骨的湖水包围。

下坠。

下坠。

下坠。

——我要死了。

这是她脑海中的第一个念头。

——我还没有和司徒南在一起呢，就要死了。

这是她脑海中的第二个念头。

唐诺沉沉地闭上了眼睛。

5.

眼皮好似有千斤重，她费了好大力气才缓缓睁开。

头顶上是白乎乎的天花板，唐诺有那么一瞬间的失神。

她感觉身体仍然是沉重的，挣扎着想要动一下，晃动了床，一旁坐着看书的叶致转过头来，声音里有惊喜："唐诺，你可算是醒了……"

"别动别动，"她紧张地指挥着她，"手上打着点滴呢。"

唐诺这才注意到自己左手手背上扎着针头，想开口说话，却觉得喉咙好似火烧一般，发出来的声音都是嘶哑的。叶致走过去给她倒了一杯开水，而后开门走到走廊上，大声喊道："司徒、明朗，唐诺醒了。"

那边的那扇门立即被拉开，两人从里面走了出来。

唐诺的头微微歪过去，看到司徒南走进来，脸上立即挂上了一个苍白的微笑。

岳明朗想起来请旅馆女主人用老姜和大红枣炖的驱寒汤还正在锅里热着，就走出去到厨房去找。先前来给唐诺打点滴的医生临走前交代过她醒过来的话及时和自己联系，叶致也走出去打电话。

房间里便只剩下唐诺和司徒南两个人。

冬日的傍晚，外面的天色已经昏暗，只有书桌上方挂着一个灯泡，是暖黄色的光。

唐诺躺在暗处，司徒南站在那影影绰绰的光线里。

"司徒，"唐诺嘴巴一撇，做委屈状，用嘶哑的声音说道，"我冷。"

司徒南伸出手去摸了摸房间的暖气管，而后走过去几步来到唐诺的床边，把她身上棉被的被角往里掖了掖，又脱下自己身上的黑色棉服，盖在了那床棉被上面。

"好点了吗？"他问唐诺。

唐诺咧嘴笑起来，用力地点点头。

她脑海中还依稀残留着自己彻底昏睡过去之前的情形：身上的棉衣浸了水，重量增加了很多，更是让整个身躯不断下坠，浸在冰冷湖水里的双腿开始抽筋，动弹不得，耳朵和喉咙里也都被湖水充斥着……

她闭上眼睛的那一瞬间，脑海中浮出的想法是：我要死了。

司徒南，再见了。

意识模糊中，她感觉到了一双强有力的手臂，从腰间将自己揽住。

"小诺，"一片寂静之中，那声音遥远又清晰，"抱住我。"

唐诺本能地伸出双臂来，却没有环住对方脖子的力气，举起来的双臂又颓然落下，最后一丝意识也没有，沉重地合上了眼睛……

房门被推开，是岳明朗端着汤碗走了进来："来来，唐诺，趁热喝，驱寒的。"

唐诺伸着脖子瞄了一眼，眉头一皱："最讨厌姜，不喝。"

"有寒气侵入身体，不喝不行，"司徒南将汤碗接过来，"喝了出出汗，很快就能好了。”

这句话从司徒南口中说出来，果然就有效多了，唐诺顺从地点点头，司徒南扶着她，往上面坐了坐。

“自己喝不了。”唐诺吸了吸鼻子，示意司徒南看她那挂着点滴的左手。

司徒南无奈，只得在床边坐下，拿起勺子往唐诺的嘴里送。

唐诺打小挑食，不喜欢吃的东西碰都不会碰，老姜红枣汤的味道，是她尤其讨厌的。

此时因为司徒南喂她，她甘之如饴。

一碗驱寒汤下了肚，唐诺确实是觉得暖和了不少，叶致这时候推门进来：“孙医生过会儿来给你换点滴，再给你开点药拿过来。”

她又冲司徒南摆摆手：“对了，司徒，等会儿你跟我过来一下，我把你走的这些天的进展资料拿给你看下。”

“好，”司徒南点点头，放下手中的碗，看了看唐诺，“你休息一会儿，晚点我再过来。”

“嗯。”唐诺点头，“你去吧。”

司徒南一走出去，岳明朗便板着脸走过来。

“干吗！”唐诺翻了个白眼。

岳明朗伸出手来，不客气地在唐诺的额头上弹了一下：“唐诺你是不是猪啊！非要去够什么照片！这大冷天的，快要被你吓死了。”

“我怕司徒会看到嘛，”唐诺的嘴巴噘起来，而后眼睛一转，“好了好了，别生气了，我有个事情问你。”

“什么事情？”岳明朗仍然板着脸。

唐诺“嘿嘿”一笑：“是不是司徒南把我救上来的？”

"不是他还能是我啊，我才没那么傻，零下十来度往冰湖里跳。"

唐诺的心中甜甜的，眼睛又转了转："那救上来之后呢？司徒有没有给我做人工呼吸？"

岳明朗对着唐诺的脑门拍了一下："小姑娘成天想什么呢！"

"有没有嘛？"唐诺撒娇，"把溺水的人救上来不是需要做人工呼吸吗？"

"做了，"岳明朗给了她一个白眼，在唐诺的嘴巴咧开之前又补充了一句，"不过不是司徒南给你做的，是我给你做的。"

"什么！"唐诺大喊了一声，抓起背后的枕头就往岳明朗的身上丢去，脸上一副嫌弃的神情，"怎么会是你！"

"你以为我乐意啊，"岳明朗将枕头甩回去，"我记得司徒以前水性挺好的，也不知道怎么回事，跳下去之后半天都没有上来，还是我又跳下去把你们拽上来的，拽上来不说，还要挨个做人工呼吸……"

唐诺的眉头微微一蹙，而后忽然想起了什么，轻轻呢喃了一声："我想起来了，司徒有黑暗恐惧症……在水底，怕是一片漆黑……"

她的心中内疚，抬起头来看向岳明朗："是我太任性了，你和司徒，你们都还好吧？有没有发烧感冒？"

"我们没事，吃点药就好了，"岳明朗说道，"倒是你，昏迷了一整夜，孙医生交代你要注意保暖，多休息。"

天气愈发寒冷，晚上女主人煲了整整一大锅羊肉汤，院子里点上了火，大家捧着羊肉汤碗围在火旁一边聊着天一边吃饭。

"司徒，"唐诺坐在司徒南的身边，喊出他的名字，"谢谢你救我。"

司徒南笑笑："是明朗把你救上来的。"

"我知道，"唐诺咬住嘴唇，"谢谢你为了我跳下去。"

"不用放在心上，不管掉到湖中的是谁，我都会跳下去的。"司徒南回答道，脸上没有什么表情。

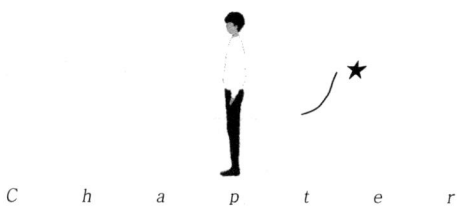

C h a p t e r

点一盏孤灯
也可当月亮

6

1.

项目完成得漂亮，之后的几个月，司徒南潜心完成自己的毕业论文。

硕士毕业典礼定在了六月十八号，在学校的大礼堂举行，原本是不对非毕业生开放的，唐诺哪里肯错过这个机会，自己去影楼租了一件和本校礼仪队一模一样的旗袍，趁人不注意的时候跟在礼仪队后面混进了礼堂。

她进去的时候，校长正在致辞，校长是个年过六旬的老先生，说起话来无趣得很，唐诺哪有心思听，猫着腰在下面蹲来跑去的，手中抱着一束花，在一群群穿着一模一样硕士服的男孩中找着司徒南。

校长发言完毕，下面发出热烈的掌声，主持人上台报着毕业典礼的下一项进程："有请建筑学院的优秀毕业生代表司徒南同学上台做毕业致辞……"

下面掌声雷动，女生的尖叫声刺激着唐诺的耳膜，她也赶紧站直，跟着大家一起尖叫。

灯光打在舞台上的主席桌上，硕士服给司徒南增添了些许的书卷气，他走上台去站定之后，先俯身鞠了一躬，而后到主席台前调整了一下话筒，开口道："各位同学，大家好，我是建筑学院的司徒南，很荣幸在今天的毕业典礼上作为毕业生代表致辞。"

下面掌声雷动，唐诺把手中的花束暂且放在一个座位上，蹬着高跟鞋也不忘蹦蹦跳跳，两只手抬起来在嘴边做喇叭状，大声喊道："司徒南，我爱你，司徒南！"

她没想到自己站着的正是建筑学院的片区，周遭齐刷刷的目光投了过来，她也不在意，冲围观者挑了挑眉，继续大声喊着。

倒是岳明朗从人群中挤过来，拿着手中卷起来的毕业证书在她脑袋上敲了敲："唐诺，你怎么混进来了？"

"哎？老岳，"唐诺两眼放光，赶紧从口袋里掏手机，打开相机比画一番，找准能把自己和舞台上的司徒南都框进去的角度，而后把手机递给岳明朗，"来来，帮我和司徒合影。"

岳明朗无奈地叹了口气，拿着手机一阵乱按，唐诺接过来之后，又赶紧举起来对着舞台上的司徒南一阵狂拍。

"好了好了，"岳明朗把她的手机从手中抽走，"不用拍了，明天校内网站上高清大图肯定就出来了。对了，我有事跟你说。"

"什么事？"唐诺依依不舍地把目光从司徒南的身上挪开，看向岳明朗。

岳明朗把她往旁边拉了拉，而后手伸进口袋，从里面摸出了一个红色的盒子。

唐诺不解地接过来，打开一看两眼立马瞪大："戒指？"

岳明朗点点头。

唐诺反应过来，脸上是一副兴奋的样子："你想求婚？"

平日里嘻嘻哈哈的岳明朗，脸上倒露出些许羞涩的神情："对。"

"哇，"唐诺很是兴奋，"白鹿姐姐知道吗？"

岳明朗扬了扬眉，做出一副得意的样子："当然不知道，Surprise ！"

唐诺的目光又回到舞台上面的司徒南的身上，怅然地叹了口气：

"当初那场话剧《泰坦尼克号》，让你爱上了白鹿姐姐，她当时可是被称为中文系冰山女神的，现在你都要向她求婚了，司徒南这座冰山对我还是一副'敌军围困千万重，我自岿然不动'的样子。"

她脑袋一转，把方才的花束拿起来："要不我也上去向司徒南求婚？"

"好了啊，"岳明朗对着唐诺的脑袋又敲了一记，"天天脑子里想的都是什么乱七八糟的。"

"喊。"唐诺噘起了嘴巴。

岳明朗伸出手去把她手中的花束抢过来："嘿嘿，我忘记买花了，这束花借给我。"

"不行，这是我给司徒准备的毕业礼物……"

唐诺哪里是岳明朗的对手，还未来得及抢回来，他已经狡黠一笑，灵活地钻进了自家建筑学院的大队伍中。

唐诺气得跺脚，可又不忍心错过司徒南的发言，只得放弃追岳明朗，转过脸来，认真地端详着舞台上的司徒南。

他并不像是大多数这个年纪的男孩子，是骄傲的，热烈的，慷慨激昂的。

舞台上做着毕业致辞的司徒南，声音平和，带着温润的笑意，和不着痕迹的幽默，唐诺站在那里默默地看着他，只觉得他的举手投足，他的一字一句，都那么迷人。她便觉得周遭的人好似都消失了，这容纳数千人的礼堂，这拥有数万人的校园，这熙熙攘攘的城市，这蔚蓝星球、洪荒宇宙，都好似只有他一般。

他是万里海面点着的那盏灯。

他是无边旷野亮着的那颗星。

他最后作结的，是罗伯特　弗罗斯特的一首诗："树林美丽、幽暗而深邃，但我有诺言尚待实现，还要奔行百里方可沉睡。"

"谢谢大家。"他又向台下鞠了一躬。

那首诗平淡中却有着坚定的力量，让唐诺微微湿了眼眶，和大家一起用力地拍着手，心中充盈着骄傲的情绪，在心中默默下定决心，她的毕业典礼上，也要站在如今司徒南所站的这个位置，作为优秀毕业生代表发言致辞。

主持人再度上台，宣布另一位优秀毕业生代表上台，当听到岳明朗的名字的时候，唐诺一边在心中吐槽怎么会是他，一边也是兴致盎然。

她问了一下旁边的人本科毕业生坐在哪一片区，溜到了那边之后又左顾右盼地找到中文系的标志，就这样靠缩小范围，在第八排走道旁边找到了白鹿。

她跑过去，在白鹿身旁蹲下："白鹿姐姐。"

白鹿看到唐诺愣了愣："小诺，你怎么过来了？"

两秒钟后她便反应了过来："来看司徒南的吧？"

唐诺"嘿嘿"一笑。

白鹿往里面坐了坐，把位置留给唐诺一半："来，坐在这里。"

唐诺顺势坐下，偷偷打量着白鹿的神情，她的视线也正落在台上岳明朗的身上，只是让唐诺微微吃惊的是，她看向他的眼神，却是复杂的。

那里面并非是没有爱意的，但又并非是只有爱意的。

岳明朗的发言简短有力，结束之后他合上手中的发言稿，往舞台中央走了两步，而后轻轻咳嗽了一声。

下面顿时安静下来，所有人的目光都向台上投去。

他的目光投了下来，准确地捕捉到了白鹿的身影。

他饱含深情地说着："下面这些话，我想送给我的女朋友白鹿小姐，希望坐在人群中的她，可以走到台上来。"

下面瞬间都是尖叫声和口哨声，许多人齐声喊着"白鹿"的名字，唐诺也很兴奋，同岳明朗呼应一般站起身来，冲他挥了挥手，而后转过脸来，看向白鹿。

她整个人好似没有回过神的样子，呆呆地坐在那里，唐诺伸出手来捅了捅她的胳膊，大声喊道："白鹿姐，上去啊。"

白鹿像从一场大梦中惊醒一般，张开嘴轻轻地"哦"了一声，而后站起身来。

"上去呀。"唐诺从背后轻轻地推了她一下。

白鹿犹豫了一会儿，呆呆地往前走去。

后来发生了什么呢？岳明朗深情表白，下面掌声雷动，所有的人都等待着看一场才子佳人的浪漫童话，敏感如唐诺，却察觉到白鹿神情的异常。

那神情并非是感动和憧憬，而是犹疑和不安。

唐诺的心里依稀有着不好的预感，然而台上的岳明朗，丝毫没有察觉到这一切，他从口袋里掏出那枚戒指，单膝跪下，将戒指献在白鹿面前，问出了许多女生梦寐以求的那句："你愿意吗？"

白鹿没有开口回答。

岳明朗有些吃惊，却还是调整了一下自己的情绪，微笑着问她："白鹿，你愿意吗？"

下面所有的人都在鼓掌尖叫，很多人齐声喊着"在一起""在一起"，然而舞台上的白鹿，仍旧沉默着。

仿似沸腾的开水中缓缓注入了冷水，人群也慢慢冷却了下来。

整个活动厅里，是令人难熬的安静。

岳明朗先前觉得这安静令人窒息，然而当白鹿缓缓摇头的时候，他才明白过来，什么叫作真正的窒息。

他感觉好似溺水一般，不住地坠落下沉，无法呼吸，一秒钟好像一万年。

白鹿的眼神里有惊慌，而后像只受了惊吓的小鹿一样，跌跌撞撞地跑了下去，穿过唏嘘的人群。

岳明朗二十余年来的乐观与自信，在白鹿摇头的那一瞬间，被完全击毁。

整个活动厅一片哗然，纷纷扬扬的议论声不绝于耳，岳明朗缓缓地站起身来，整个人却还是怔在那里。

唐诺心有不忍，扒开眼前的人群挤上前去，跑到台上的时候正好那边司徒南也上了台，两人挽着岳明朗的手臂，把他扶了下去。

2.

当晚的毕业聚餐，岳明朗一杯接着一杯酒往嘴里灌，司徒南劝不住，索性陪他一起喝。

因为手机调成了静音，酒店又太嘈杂，他没有听到唐诺打来的电话。

毕业聚餐中醉酒的很多，酒店里开的有房间，司徒南搀扶着几近不省人事的岳明朗摇摇晃晃地进去，一走进去他便冲到洗手间的马桶处大口大口呕吐，只觉得五脏六腑都好像要吐出来了一样。

他抓住司徒南的手臂："司徒，为什么……"

司徒南不知该如何回答，只能在心底发出沉重的叹息。

墙上的挂钟已经指向了十一点半，司徒南的电话仍旧是没人接听，唐诺眉头蹙起，整个人在宿舍急躁得不行。

后来她索性从床上爬起来，把身上的裙子脱掉换上 T 恤、短裤，急匆匆地出了门。

宿舍楼的门已经关上了，她便从后面围着的栅栏处翻墙出去，翻了几次才翻上去，栅栏上面有锋利的尖角，右腿去跨的时候被划了一下，有尖锐的疼痛感传来，唐诺轻轻地"啊"了一声，低下头看了看，有股红的血流出。

她的眉头皱了一下，调整了一下呼吸，重新抬起腿跨了过去。

夏夜的校园空旷宁静，唐诺大步地奔跑着，在学校门口等出租车，有喝醉酒的小流氓经过，冲她吹了声口哨，唐诺大喝了一声"滚开"，倒是把两个小流氓吓了一跳。

酒店并不算太远，她打通了建筑学院认识的其他人的电话问到了房间号，敲开司徒南和岳明朗的那间房，闻到的便是一股浓重的酒精味。

开门的是司徒南，他也是醉醺醺的，手中还提着一个酒瓶，见门口站着的是唐诺，咧开嘴笑了笑："小诺，你来了啊。"

唐诺的眉头紧锁，走进了房间，里面一片狼藉，不光是卫生间，酒店的客厅里也是一片狼藉，坐在地毯角落里的岳明朗，举起酒瓶，还在大口大口往喉咙里灌着酒。

"老岳！"唐诺的声音严厉，几步走过去一把把酒瓶从他的手中夺下来丢到一边，"你别喝了！"

岳明朗却不依，挣扎着动了几下想要去够另一瓶酒，唐诺赶紧弯下身子把它拿开。

她蹲坐在地上，努力把岳明朗揽起来往沙发上拉，还回过头喊司徒南："过来帮我一把。"

她把司徒南手中的酒瓶也夺了过来，不由分说地把里面的酒都倒进了盥洗池，所有的酒瓶收拾到一起丢进了垃圾箱，而后起身用水壶接水之后开始烧水，给司徒南和岳明朗各倒了一杯开水。

岳明朗却是连水都喝不了，那水杯刚送到嘴边，他的眉头便紧锁起来，表情很痛苦，像是又要呕吐。

唐诺慌忙把垃圾桶拿过来，吐过之后的岳明朗好似舒坦了一些，眉头平整了一些，又歪在了沙发上。

"不行，"唐诺站起身往门口走去，"我去买点解酒药。"

她伸手拉门，司徒南从后面喊住："太晚了，我陪你一起去。"

唐诺回过头看了看岳明朗，他的双眼微微合上，暂时应该没什么大碍，点点头。

两人走了好一会儿，才在拐角处看到一家二十四小时营业的药店，买了解酒药，担心吐过之后胃不舒服，唐诺又去饭店买了两份便当。

凌晨时分，外面的街道空旷而寂寥，风很轻柔，街灯把两个人的身影拉得老长。

或许是酒精刺激，或许是分离，司徒南的心中涌现出一股说不清的情绪，他转过脸来："小诺……"

唐诺的手机铃声大作。

她掏出手机接通，是室友打来的，问要不要给她留门。

挂断电话之后，唐诺转过脸看向司徒南："你刚才说什么？"

"没什么。"司徒南摇摇头，加快步子，"我们快一点吧。"

走进酒店的电梯，他伸出手去按下了"18"的按键。

电梯里只有他们两人，唐诺同司徒南站得很近，她微微歪过脸去，看一看他的侧脸。

显示器上的数字变动着，到了第九层的时候，忽然整个电梯剧烈地摇晃了一下，两人都还未反应过来，唐诺的身体一歪，整个人便倒在了司徒南身上。

他们还未来得及开口说话，电梯又是一次剧烈摇晃，而后有"嗤嗤"的电流声，"啪"地一下，电梯一片漆黑。

"司徒。"唐诺本能地大声喊出司徒南的名字，伸出手去在黑暗中找喘着粗气的司徒南，"司徒你别怕，把手伸出来，把手给我。"

司徒南犹豫了片刻，还是缓缓地伸出手，抓住了唐诺的那只手。

她的手小而柔软，却有着让他安心的温度与力量。

因为这双手的力量，司徒南的情绪缓缓地平复下来，他调整了一下呼吸，缓缓地站起身来，在黑暗中摸索着往前走了一点点，伸出手去找到电梯上的报警按钮。

那边却并未有人接通，他摸口袋的时候察觉到自己的手机忘在了房间里，唐诺的也没有带在身上，也无法拨打故障电话。

唐诺小心翼翼地提议："要不把门扒开吧。"

"不行，"司徒南反对，"困在电梯里的时候一定不能去扒门，太危险了，只能在这里等救援，这是酒店，应该很快就有人发现。"

因为先前看过许多困在电梯里的电影，唐诺的心中是有着微微的恐慌的，然而因为紧紧握着司徒南的那只手，又莫名地感到安心。

两人往后退了一些，摸到了身后的电梯壁，靠在那里慢慢地坐下。

小小的封闭空间里，安静得听得到彼此的呼吸声。即使唐诺紧紧握住司徒南的手，也仍旧能感觉到黑暗中坐着的他的紧张和不安。

"司徒，"唐诺先开的口，"毕业了什么感觉？"

司徒南笑了笑："只是硕士毕业了，还有三年博士呢。"

唐诺也笑："读了博士，这一生，怕是都离不开建筑了。"

"也不想离开，"司徒南说道，"很多人在年轻的时候，可能都会有很多迷茫：以后想学什么专业啊，想做什么工作啊，未来十年的人生会是什么样的啊。我从高中的时候，就怀有坚定的信念，我以后一定会去读建筑系，将来一定会去做一个建筑师，未来十年一定要在自己最心仪的那家设计院，同自己的设计团队一起，设计出伟大的建筑。"

他的声音不高，语气却坚定有力，让唐诺微微动容，在黑暗中她把目光投过去，轻轻开口道："都会实现的，你所说的这些，都会实现的。"

司徒南轻轻地"嗯"了一声。

"司徒，和我说说你吧。"

"我？"司徒南愣了愣。

"嗯，"唐诺点点头，"你的童年，你的少年，你的理想，你的困惑……什么都可以……我想，更了解你一些。"

或许是酒精发酵了情绪，让人有想要倾诉的欲望，司徒南破天荒地没有拒绝。思忖了片刻，他自嘲地笑笑，缓缓开口道："我的童年时期，说起来还蛮凄惨的。

"我不知道自己的生父是谁，幼年时期，一直是母亲拉扯着我。我五岁的时候，她嫁给我的继父。我的继父，他是一个特别……"

司徒南蹙了蹙眉头，努力寻找合适的词语："特别暴戾的人。"

"他赌博成瘾，也经常酗酒，每次只要输了钱回家，就会朝我和母亲发火，很多时候还会对我们大打出手。他白天一般不在家，晚上的时候会回来，每天晚上我睡觉的时候，一听到脚步声，就开始觉得害怕，知道是他回来了，生怕家里有什么让他不满意的地方。

"有时候他也会打我，所以很多时候，母亲去开门，一闻到他身上的酒气，就会立即跑回来，把我抱起来放进衣柜里。衣柜里特别黑，一点光亮都看不到，衣柜门被从外面关上，我打不开，躲在里面的时候，觉得特别可怕，脑海中浮现的是各种各样恐怖的事情，想哭又不敢哭，生怕父亲还会在外面。有一回母亲把我放到衣柜里之后去给他开门，谁料他有急事把母亲带了出去，我被关在衣柜里整整十个小时，整个人又怕又饿，回想起来，那应当是我人生里第一次有绝望的体验。

"后来母亲把我从衣柜里抱出来的时候，我整个人都在发高烧，昏昏沉沉，不住地说着胡话。也就是从那个时候开始，我特别害怕黑暗，只要在黑暗的地方，便会觉得心慌不安，好像童年的噩梦都回来了。"

他努力用一种云淡风轻的语气说着，然而一字一句落在唐诺的耳朵里，仍旧让她心疼不已。

坦白来说，生活中的唐诺，绝对不能称得上是一个同情心泛滥的人，以前读鲁迅，最喜欢的是他《而已集》中的一句话："楼下一个男人病得要死，那间壁的一家唱着留声机，对面是弄孩子。楼上有两人狂笑，还有打牌声。河中的船上有女人哭着她死去的母亲。人类的悲欢并不相通，我只觉得他们吵闹。"

而此时此刻，唐诺的眼前浮现的，是那个躲在黑暗中的小男孩，他孤独，恐惧，饥饿，悲伤。只要这样一想，唐诺便觉得心中悲戚，恨不得有穿梭时空的力量，能站在他面前，轻轻地朝他伸出手去。

她想要开口说些什么，却觉得语言是如此苍白无力，只是把那只手握得更紧。

沉默了半晌，她缓慢又坚定地开口："司徒，从今往后……"

"啪"的一声，电梯里的灯光亮了起来，那扇门也缓缓打开，门口站着的是酒店的工作人员，见到两人匆忙鞠躬连连道歉："不好意思，不好意思，电梯出了故障……"

司徒南站起身来，将唐诺也从电梯里拉出来。

踏到坚硬的地面时，他立即松开了她的手。

唐诺剩下的那半句话，硬生生地咽回了肚子里。

3.

回到房间之后，岳明朗还在昏昏沉沉地睡着，唐诺把解酒药拿出来两片，司徒南托着岳明朗的后背帮助他服下去，岳明朗努力睁开眼睛，这一睁眼，眉头又紧锁起来，跌跌撞撞地冲到洗手间，又是一阵狂吐。

唐诺轻轻叹息了一声。

外面的天空已经露出了鱼肚白，唐诺还要回去上课，简单地洗漱一番之后说道："司徒，我先回去了，你和老岳吃点东西。"

"嗯。"一宿未睡的司徒南脸上有了些许的倦意，轻轻点了点头。

"我下午上完课再来看你们。"

"好。"

唐诺走到了门边，却磨蹭着不肯拉门，依依不舍地回头看了司徒南好几眼。

"快回去吧，"司徒南冲她挥挥手，"路上注意安全。"

好像有了他这句交代，唐诺才能安心离开，她咧开嘴甜甜一笑，点点头走了出去。

原以为岳明朗不过是一时不快，谁料那之后连续一周，他都是酩酊大醉，靠酒精麻痹着自己。他也不和别人多说一句话，就是喝酒和睡觉。

第七天的时候，唐诺实在是看不下去，找到岳明朗喝酒的那家酒吧，夺过他手中的酒瓶便摔在了地上，声音尖锐得压过周遭的音乐："老岳，你到底要折腾到什么时候！"

"你别管我。"岳明朗已有醉意，不耐烦地挥动着手臂，而后转身面向吧台，冲调酒小哥甩了个响指，"再来一杯。"

唐诺不由分说地把他往外拉，她瘦弱，力道却很大，竟也跌跌撞撞地把岳明朗拉了出去，拉上了一辆出租车，招呼着司机回了学校。

她径直带着岳明朗冲到了白鹿所在的那栋宿舍楼楼下，宿管阿姨拦不住，他们硬是闯到了白鹿的宿舍。

闯到宿舍又如何，无外乎是伤口撒盐而已，白鹿的宿舍收拾一空，她的离校像是一场消失，下落没有透露给任何人，所有的联络方式全部注销。要不是桌子上还留着一张当初与岳明朗的合影，岳明朗简直难以让自己相信她这个人，他和她的这场爱情，是真真切切地存在过。

岳明朗的嘴角动了动，伸出手来拿起那张照片。

那是他同白鹿的关系确定下来那日，唐诺用拍立得帮他们抓拍的一张照片。

在 H 大四月的樱花树下，落英缤纷，白鹿穿一袭浅绿色格子裙笑颜如花，岳明朗白衬衫、黑长裤笑若朗月清风，怎么看，都是不该分离的一对。

唐诺怕他伤感，伸过手去把照片夺走，不由分说丢进了脚边的垃圾桶里。

孰料多年以后，她还是在岳明朗的钱包里看到了这张照片。她未曾忘记司徒南，他无法放下白鹿，情深义重，却最容易被辜负。

因为这场打击，岳明朗放弃了 H 大的博士生保送名额，随意投了几份简历，后来收到了南方一家公司的 offer。

他匆匆南下，逃难般地离开了这座令他伤心的城市。后来直到司徒南毕业之后三番五次邀请，才下定决心返回，同司徒南一起在设计所工作。

临行前，岳明朗约了司徒南和唐诺一起吃饭，在靠海的一家西餐厅。

因为离别，司徒南同唐诺的脸上都有微微寂寥的神色。倒是岳明朗，仍旧是有说有笑的样子："司徒，你记不记得大三的暑假我们去苏州做园林的项目，傍晚去步行街，满大街的苏州姑娘，乖巧水灵，吴侬软语，在苏大门口，还有两个姑娘来要你的电话……"

司徒南笑了两声。

"所以嘛，"岳明朗把手中的红酒杯举起来晃了晃，"我南下是享福去了，不像你继续做着科研狗，你们别老是一副如丧考妣的样子……"

"老岳，"唐诺喊着他的名字白了他一眼，"什么如丧考妣？如丧考妣是死了爹妈。你文盲是吧？就你这水平，泡得上姑娘？"

"哎，我说唐诺，你还真别看不起你岳哥，我跟你说，想当年你还没进这学校的时候，我在篮球场上上个三步篮，文艺晚会上弹一曲《Canon》，追我的小姑娘可是成群结队，不信你问司徒……哎，司徒，我说你别老低着头切你那牛排啊，说句话……"

"我刚才看菜单，这块牛排四百多，我可要认真品尝。"司徒南笑而不语。

唐诺的手机响了起来，她从包里拿出来一看是家里打来的，起身道："你们坐着，我先接个电话。"

唐诺走到洗手间去接，也并没有什么事，随意的几句寒暄，挂断电话的时候有人从她面前走过，唐诺愣了愣，大脑飞速转动一下，抬起头来看了看眼前正对着洗手间的镜子补口红的女人。

是姚玫。

好在洗手间的入口处有一个一米多高的盆栽，唐诺赶紧往后面躲了躲。

一两分钟之后她便补好了妆出来，在靠窗的一个位置坐下，那个位置对面坐着的，是那个男人，照片上的那个男人。

唐诺的心"扑通扑通"地跳，回过头去看司徒南，他正低着头认真吃着牛排，并没有注意到不远处的姚玫两人，但两张桌子相隔不远，姚玫的位置恰好又是与司徒南的正面相对，她有些担忧，生怕他会看到。

她掏出手机给岳明朗发了一条信息："我看到姚玫了，在你背后几张桌子那里，你和司徒换下位置，别让他看到。"

她躲在那里偷偷地看，看到岳明朗拿起放在桌子上的手机看了看，唐诺又等了一小会儿，谁料岳明朗完全没有要换位置的意思，继续云淡风轻地切着自己的牛排。

他切完之后抬起头来，正看到躲在那里的唐诺，还冲她挥了挥手，示意她赶紧过去。

唐诺跺了跺脚，走了过去，冲着岳明朗挤眉毛弄眼睛，岳明朗一副不为所动的样子，拿起手机按了几下，"啪嗒"发过去两个字——不换。

唐诺一顿饭吃得提心吊胆，也没心思再跟岳明朗嘻嘻哈哈，一个劲地找话题同司徒南聊大，眼见着司徒南盘子里的牛排吃完了，也不顾后面的甜点还没有上，立即拿起包拉着司徒南往外走："司徒，走走，我们去给老岳选一件送行礼物。老岳，你自己去结账啊，门口等你。"

后来质问岳明朗为什么不和司徒南换位置的时候，岳明朗一脸正义——"司徒可是我的好朋友。"

"就因为是好朋友，才应该保护他啊。"

"你那不叫保护，保护不是回避真相。再说了小诺，你这么喜欢司徒南，干吗害怕他知道女朋友劈腿的事情？他和姚玫分手了，你才可能有机会啊……"

"我不想要这样的机会，"唐诺一昂头，声音清脆，是骄傲的神情，"我追司徒南，绝不蓄意破坏，绝不乘虚而入，绝不落井下石，绝不走左道旁门，我要光明磊落地追上他。"

"可这算不上是你的破坏啊……"岳明朗轻轻说道。

"不行，"唐诺轻轻咬着嘴唇，声音低了下来，"我怕司徒会伤心。我一想到他伤心，我就受不了，觉得心里比他不爱我还要难受。"

4.

但爱一个人是什么样的呢？当你闭起嘴巴的时候，情意会从眼睛中泄露出来。

姚玫察觉到唐诺对司徒南的情意，是在两个月之后。

临下班的时候，姚玫整理着自己的桌子，拿起手机塞进包里的时候，正看到桌面上的日历。

她这才想起来这天是司徒南的生日。

心中有隐隐的愧疚之情，她拿起手机拨通一个号码："我今晚有点事，不能和你一起吃饭了，改天吧。"

好在写字楼下面就是购物中心，她匆匆挑了一条皮带，而后准备去和司徒南一起吃个晚饭。

她开车到了他所在的科研所，没有提前打招呼，打听了一下径直找到了他所在的那一间。

已经到了下班的时间，在门外却听得到里面很是热闹，姚玫伸手推开了门，只见房间装饰得很温馨，科研所里十来个人围成一团，极其热闹的样子。

"吃蛋糕了，吃蛋糕了。"一个清脆的女声响起。

姚玫看过去，在人群后面，扎着马尾辫的唐诺捧着蛋糕走过来，蛋糕上面的蜡烛已经点上，烛光摇曳着，她小心翼翼地走着，唯恐熄灭了烛火。

众人拍起手来，齐声唱道："祝你生日快乐……祝你生日快乐……"

唐诺在司徒南的面前停下脚步，抬起头来看着他："司徒，来，许愿了。"

姚玫嘴角挂着一丝不屑的微笑，司徒南一直讨厌这种过于仪式化的东西，哪里会愿意玩许生日愿望这种幼稚的把戏？

然而让她吃惊的是，司徒南并没有拒绝，在那摇曳着的烛光里，他的双手合十，竟当真认真许起了愿望。

而让姚玫更加警觉的，是司徒南的眼睛微微闭在一起时，唐诺仰起脸来看着他时的眼神。

那是怎样的眼神啊，那种眼神就像《大话西游》里紫霞仙子看向至尊宝，《神雕侠侣》里小龙女看向杨过。

那是看向深爱之人的眼神，发光的，晶莹的，既像轻触，又像深吻，心似琼楼，望海生潮。

姚玫的眼中闪过一丝凌厉的光，她轻咳了一声，从门口走了进去。

众人的声音停了下来，纷纷转过头来看向她。

姚玫笑了笑，径直走到司徒南的身旁，挽上了他的胳膊，而后在他的面颊上亲了一口，声音软软糯糯："司徒，生日快乐。"

司徒南有些错愕："小玫，你怎么过来了？"

"来陪你一起吃晚饭啊，"她笑了笑，转身对司徒南身旁的师兄师姐说道，"谢谢你们给司徒过生日，我订好了餐厅，一起去吃饭吧。"

众人自然是客气地说着"不用麻烦了"。姚玫转过脸看向唐诺："你呢？要不要一起去？"

唐诺把头摇得像个拨浪鼓："我不去了。"

姚玫低头看了看那个蛋糕："好漂亮的蛋糕。"

有人笑道："小诺准备的。"

姚玫顺势挽住了唐诺的胳膊："走吧，一起去。"

姚玫来之前，到办公室的洗手间补好了妆，脚上蹬着八厘米的高跟鞋，唐诺当然算得上是个美女，但是在实验室的资料堆里校正了一天的数据，整个人灰头土脸的，和姚玫比起来气势上着实是弱了一截。

她自然也是察觉到姚玫来者不善的架势的，抱着兵来将挡水来土掩的心态，点点头："好。"

跟在司徒南和姚玫的身后走了出去，坐在汽车后座上，路过学校的时候她开口道："我回宿舍拿点东西。"

十几分钟后从宿舍楼出来，她已经是走在学校能让校园里大半男生双眼发直的漂亮女孩的样子了。她穿着 Chanel 的白色小套装，换了一个同色的包包提在手里，口红颜色明艳极了，耳朵上挂着山茶花形状的耳环，走起来一摇一晃。

她重新坐回到后座上，声音甜甜的："姚玫姐姐，好了。"

唐诺自以为换了一套衣衫，便似穿上了一件盔甲，然而江湖险恶、高手如云，纵使唐诺打小是天才少女，智商高到爆表，却未必接得了姚玫三招。

菜单拿上来，司徒南问姚玫想吃什么，她微笑着看着司徒南，声音娇滴滴的："我爱吃什么你还不知道吗？你点就好了。"

司徒南抬起头问唐诺。

唐诺倒是不客气，拿起菜单闷头点了一通。

菜端上桌，姚玫倒也不怎么吃，频频地给坐在自己身边的司徒南夹菜塞到嘴里，时而嘴巴凑过去亲一下他的脸颊，等上饭后甜品的时候整个人都歪在他身上，呢喃软语："司徒，晚上到我那里住吧，你好久没过去了……"

唐诺面前摆着的是一道又麻又辣的酸辣汤，她一直低下头喝汤，整顿饭没有说一句话。

后来吃得差不多，司徒南起身付账，姚玫嘴角带着笑意摆弄着手机的时候，唐诺忽然笑吟吟地开口："姚玫姐姐，我有东西想给你看。"

没等姚玫回答，唐诺便打开包，从里面拿出几张照片。

她把那些照片推到了姚玫面前。

姚玫眉头微微蹙起，疑惑地接了过去，刚看到第一张立即脸色大变，厉声喝道："你！你跟踪我！"

"我没那个闲空，我找人查的。"唐诺耸了耸肩。

"你想怎么样？"姚玫迅速地冷静下来。

"我想怎么样你不知道吗？"唐诺的嘴角浮现一丝笑意，微微侧过脸去把目光投向不远处的司徒南，"你若是不爱他，就把他让给我，我爱。你若是爱他，就跟照片里的这个男人断了关系，我自会一字不提，在你与司徒分手前，绝不出现在他面前。"

那边司徒南已经付完账往这边走来，姚玫显然有些惊慌，慌忙把照片往包里塞，却还强撑着："司徒爱的是我，他不会和我分手。"

"在知道你和别的男人不清不楚之后也是？那可未必。"唐诺在司徒南走到桌前的时候站起身来，对两人微微一欠身，而后甜甜一笑，"司徒、姚玫姐姐，谢谢款待，我还有事，先走了。"

她转身走了几步又回过头来，定定地看着司徒南，冲他粲然一笑："司徒，生日快乐。"

外面华灯初上，车水马龙，人来人往。

隔着餐厅的玻璃，唐诺看得到司徒南正帮姚玫拿包，帮她披上大衣。

她伸出手来，打了一辆出租车，逃也似的钻了进去。

方才强撑出来的凌厉、骄傲、自信都不见了，缩在后座的她，只是一个小小的，渴望被爱的女孩。

出租车上了高架桥，在上面飞快地行驶着，深夜的城市，有昏黄的路灯和最最寂寞的天空。

每一个伤心的人，都化成了天边的一颗星。

那个时候的唐诺，没有想到过，姚玫的人生，会有着如此惨烈的结局的。

5.

隔日，唐诺见到司徒南，把自己老早就精心挑选好的礼物拿出来给他。

司徒南不明所以，接过来那个盒子，打开看了看，是一块手表，牌子他认识，价值不菲。

"生日礼物。"唐诺笑着说道。

司徒南合上盖子，摇头："对不起，我不能要这个礼物。"

期待已久的话剧《一个陌生女人的来信》巡演，唐诺兴致勃勃地给司徒南发消息，邀请他一同去看。

他回的短信礼貌又疏离："唐诺，这部话剧我也很喜欢，但我陪你去看不太合适，你还是邀请别人吧。"当时她便气得不行，索性直接把票丢进了垃圾桶，嘴巴噘了好几天，再见到司徒南的时候，仍是一副气鼓鼓的样子。

她晚上接到老师的电话："唐诺，这一年的 UIA 世界大学生建筑设计竞赛，你去参加一下吧。"

她原本对参加比赛并无多大兴趣，可实在是需要给自己找点事情做，便应允下来："好啊，题目是什么？"

"我把要求发你邮箱。"

设计题目是"介入与融合"，要求参赛者从图书馆、博物馆、诊所、爱情酒店、墓地这五种功能建筑中任选其一，基地选址可自定义在世界上任何城市地区，设计图纸包括总平面图，建筑平、立、剖面图，透视图，图解以及设计说明。

决定参赛之后，唐诺便潜心准备。

她定选题，做方案，绘图纸，没日没夜地设计方案，确定数据，绘图、制图，去图书馆翻阅资料文献，待到要闭馆还不肯出来。

有回忙到凌晨，总算弄出了还不错的阶段性成果，她伸了个懒腰之后看了看身后也在忙碌着的司徒南，起身冲了杯咖啡，滑动着转椅到了他跟前："喂，司徒南。"

司徒南忙着手里的工作，没有抬头，轻轻"嗯"了一声。

唐诺拍了拍胸脯："跟你说，我现在一心想设计出伟大的建筑，好像都可以不去喜欢你了。"

"那很好啊，"司徒南的声音还是淡淡的，他起身整理了一下手头的资料，"人就应该这样。为你不再沉醉于情感小事而高兴，愿你看到人世界。"

唐诺原先纯属玩票的时候就已经拿过不少业内有名的建筑奖项，这次铆足了劲来设计，自然也是冲着一等奖去的。

她选的是爱情酒店。

"舒适的私人空间""年轻恋人的都会桃源""危机夫妇的情感治愈"……先确定大的设计理念和设计核心，而后进行科学性合理性环保性上的补充，最后是细节上的勾勒与填充。初始效果图发给司徒南看的时候，他对于整体布局构造很是赞赏，但不解的是，整个建筑的设计几乎完全没有考虑周遭景观如何建构起来。

"这里？"他指着图纸问唐诺，"这里是开了落地窗的，但是落地窗外的布置，不需要考虑一下吗？"

"不需要，"唐诺摇头，"窗外什么都没有。"

司徒南微微蹙起眉头，有些不解。

"介入与融合，爱情酒店，"唐诺笑了笑，"这就是我理想中的爱情酒店啊，窗外没有什么小桥流水，没有什么亭台楼榭，没有什么山川湖泊，它要在建筑物的顶层，窗外什么风景也看不到，和心爱的人住在里面，外面是大雪还是烈日，都不想知道。"

她拿到了一等奖的奖金和 Schmidt Hammer Lassen（拉森）建筑事务所在丹麦公司为期三个月的实习 offer。想着要三个月看不到司徒南，唐诺原本并不愿意去，但是司徒南批评教育她："多难得的实习机会，怎么能不去，不是刚说过想成为伟大的建筑师吗？"

"好好好，去去去。"唐诺缴械投降。

那三个月啊，原本以为只是生命中再平常不过的三个月，谁知事务所工作强度极大，唐诺成天忙到深夜。不过忙碌倒也有忙碌的好处，让她不再一刻不停地想念司徒南。

好不容易有闲暇的时间，事务所里的丹麦留学生约唐诺出去玩，带她去看哥本哈根入海口礁石上的小人鱼铜像。

"美人鱼哎。"唐诺笑着，"为什么这里会立着一个美人鱼？"

是的，在很多女孩读安徒生童话的童年时代，唐诺的业余读物已经是父母藏书室里的专业书籍，对于安徒生的童话故事，竟所知甚少。

丹麦男孩给唐诺讲着小人鱼的故事。

"她向尖刀看了一眼，接着又把眼睛掉向这个王子；他正在梦中嗬嗬地念着他的新嫁娘的名字。他的思想中只有她存在。刀子在小人鱼的手里发抖。但是正在这时候，她把刀子远远地向浪花里扔去。刀子沉下的地方，浪花就发出一道红光，好像有许多血滴溅出了水面。她再一次把她蒙眬的视线投向这王子，然后她就从船上跳到了海里，她觉得她的身躯在融化成为泡沫……"

唐诺的眉头微蹙，咬牙切齿："好愚蠢。"

然而说出这句话的时候，她又觉得心有戚戚焉，眼泪几欲流了出来。

在她心中，童话故事都是充满着幼稚的圆满的理想主义色彩的，是王子爱上公主，从此过着幸福的生活的。

但这个故事不一样，这个故事里，一见倾心却得不到同样的一见钟情，付出全部依然得不到回应。故事里没有坏人，只有命运的捉弄。

人鱼公主杀了他便可以回到自己的家乡，但是她将尖刀投掷进了海里。

少女时期，她也读过一些爱情故事，多半是不屑的，看完之后常同江川探讨："这么委屈自己，真是的，得不到还要祝对方幸福，太假了，我肯定做不到。"

"我喜欢的东西，想要的人，一定要得到，得不到就毁掉，得不到就在心里诅咒他一辈子贫穷孤独，才不想看着他幸福。"

然而啊，爱意袭来人低眉。当她真正爱上一个人的时候，竟全然明白了爱情背后必然有的牺牲和宽恕。

是我爱你，我希望你爱我。

但你不爱我也可以。

爱是不去追问值不值得，是心甘情愿。

爱是来日方长都留给你，一地心碎，由我带走。

6.

晚上唐诺回到住所，心中都还是闷闷的，想给司徒南打个电话又怕时间不合适，想着好久没有和岳明朗联系，索性拨通了他的电话。

那边好一会儿才有人接通，周遭声音嘈杂。

"老岳，你干吗呢？"唐诺皱起眉头，"这么久才接电话。"

岳明朗在那边沉默着，似乎是不知道如何开口，旁边传来护士的声音："下一位过来缴费。"

唐诺眉头蹙起："你在哪里呢？在医院？"

"小诺，"岳明朗叹息一声，"我现在忙着，晚点我再打给你。"

那边挂断了电话，唐诺却放心不下，犹豫了一会儿，还是拨通了司徒南的电话。

那边是长久的"嘟嘟"声，没有人接听，她心头的阴霾更加浓密。

等了好久都没有等到岳明朗的回电，唐诺忍不住，又一个电话拨了过去。

"老岳，"她的神情紧张，"到底怎么了？司徒的电话也没有人接，你们在一起吗？他有没有事？怎么了？"

"不是司徒，"岳明朗的声音低沉，"是姚玫。"

"姚玫？"唐诺愣了愣，"姚玫她怎么了？"

"她去 C 市旅游，缆车失事……"

唐诺整个脑袋"轰隆"一声，电话那端岳明朗又说了什么，她完全听不清楚。

她打开电脑浏览器，输入"C 市""缆车失事"等关键字，弹出来的第一条信息，便是相关的报道。

"由于游人过多，缆车超载，在缆车快要靠近平台的那一瞬间，忽然调头下滑，上行键失效，紧急制动也无济于事……"

"公安人员，武警官兵和当地医院的医护人员先后赶到峡谷进行救援，各大医院、血站、氧气站也同时进入了特级备战状态，全力抢救伤员生命。至下午五点，所有伤员都被送到各家医院全力抢救……"

"但仍旧损失惨重，至今已有三人抢救无效死亡，其余十名伤员仍在医治中……"

"相关部门对此次惨案非常重视，日前，国家技术监督局等三部门组成的联合调查组也已赶到现场介入调查……"

唐诺毫无睡意，拿起手机在通讯录上翻了翻，拨通了父亲的电话。

"小诺，怎么了？"

"爸，你帮我查一下 C 市缆车失事游客的情况，里面有我一个熟人。你不是有朋友是 C 市哪个医院的院长吗？你帮我问一下他情况怎么样，叫姚玫……"

几分钟之后，她收到父亲回复过来的信息："问到了，正在抢救。"

唐诺只觉得好似被人迎面一击。

她当即打开电脑查机票，订下了最近的航班，从床上起来之后便开始收拾行李。

这边实习安排住的是酒店的标准间，和唐诺同屋的同事刚回来，便看到她已经把行李收拾得差不多，有些吃惊："你去哪里？"

"回国。"唐诺埋头收拾行李。

"回国？"那同事吃了一惊，"实习还有一个多月才结束呢。"

"我知道，但我有事情，等不了了。"

"可是你现在走的话，拿不到实习证明的……"

唐诺叹了口气，将手中的衣衫放下，站起身来看向眼前的同事："实习证明不重要，我喜欢的人，遇到了一些很惨烈的事情，我放心不下，我必须要回去陪着他。"

唐诺见到司徒南已经是两日后，是在医院的走廊上。她下了飞机之后便风尘仆仆地赶过来，看到他的第一眼，便觉得心痛。

同两个月前她去丹麦时相比，他整个人瘦了一圈，胡子拉碴，脸颊都深陷下去，眼神里是掩盖不住的悲痛和疲惫。

"司徒。"唐诺怯生生地走上前去，在他面前站定。

没想到会在这里见到她，司徒南微微错愕了一下："你回来了。"

在回来的飞机上，她脑袋里乱七八糟的，想了很多安慰司徒南的话。

见到他的时候，她却觉得口舌笨拙，什么都说不出来。

他的背后，是急救室。

岳明朗提着饭上来的时候，看到唐诺，同唐诺打了声招呼。

唐诺不敢去问司徒南什么，便坐在角落里，问岳明朗情况。

岳明朗摇了摇头："情况很糟糕，一直都没有清醒。"

他抬起头来看了看坐在那里发呆的司徒南，叹了口气："和姚玫一起抢救的，有一个叫付如斯的男人。媒体对外报道的时候，是一直把两人认定为情侣的。"

"付如斯？"唐诺愣了愣，"就是先前我拍到的照片上的那个男人？"

"嗯。"岳明朗点点头。

唐诺用力地咬了咬嘴唇："司徒，司徒知道吗？"

"怎么会不知道，"岳明朗苦笑一声，"事故刚发生，网络上便有了报道，说还在抢救中的有一对年轻的情侣，姓名都透露出来了，还从两人的手机上翻出了一些合影放了上去……"

那边急救室的灯灭了，门从里面拉开，主刀医生走了出来。

立即有几个人上前去将主刀医生包围，应当是姚玫的亲属。

司徒南起身迎了上去，唐诺和岳明朗也匆忙起身，站在人群的外围。

"对不起，"主刀医生面色沉重，俯身鞠躬，"我们已经尽力了，请节哀。"

司徒南的脸色苍白，往后趔趄了两步，岳明朗眼疾手快，匆忙上前去扶住他的肩膀。

"司徒，节哀。"

周遭是忽然爆发的哀号声，姚玫那年过六旬的父母瘫倒在地板上，发出撕心裂肺的哭喊。

十八岁的唐诺，哪里见过这般惨烈的生死，只觉得心头也是一颤，眼泪几欲夺眶而出。

姚玫的生命定格在了二十五岁的末端，同司徒南相爱一场，即便是这场相爱的最后，朱砂痣变成了蚊子血，白月光变成了饭粘子，充斥着疏离、疲惫以及背叛。

但毕竟也曾有过真正的欢愉和幸福。

同姚玫同游的付如斯，经过三天的抢救之后，脱离生命危险。

唐诺远远地看到过他一眼，和照片上是一样的长相，鹰鼻薄唇，一双漂亮的桃花眼，是俊朗又薄情的长相。

他同姚玫本是逢场作戏，未见得投入多少真心，如今出了这桩事情，更是避之唯恐不及。

姚玫的父母本已年衰体弱，又受此打击，一病不起。

姚玫的葬礼，墓地选址，殡仪馆选择，通知亲朋，丧葬物品，全由司徒南一人操办。

他更加消瘦，整个人沉默了许多，脸上鲜少见到笑容。

唐诺放心不下，每天都要去司徒南的公寓找他。

房间里也不开灯，充斥着浓重的烟酒味，唐诺也不知道该说什么，就闷头整理地上乱丢的东西。

整理完之后，她坐在司徒南的旁边。他不说话，她就絮絮叨叨地说给他听。

她说的都是无关紧要的小事："室友买了两条金鱼和一盆仙人球。""路上遇到一只流浪的小猫。""学校要校庆了，餐厅里的菜好吃了许多。"

影影绰绰中，她看到司徒南瘦削细长的手，犹豫了一下，颤巍巍地拉上去："司徒，你笑一笑。"

司徒南脸上的神情，还是呆滞的。

"司徒，"唐诺想起了什么，从地上坐起来，"你看，我学会了倒立，倒立给你看。"

她一扬手，竟真的把双脚抬起来，头朝下倒在地上，献宝一般。

她的动作神情确实可笑，即便是心中满是阴霾，那一瞬间，司徒南的眼神中还是闪过了一丝笑意。

因为这一丝笑意，唐诺的心中高兴起来，甚至把一只手腾了出来："司徒你看，我还会这样……"

司徒南的"小心"还没有说出口，她已经趔趄了一下，整个人摔了下来。

她方才还得意扬扬的神情立即变成了苦不堪言，捂着右脚只嚷痛，当即便被送到了医院。

而后是姚玫的葬礼，她同司徒南表白。

唐父是最爱面子的人，哪里受得了唐诺这般不成体统的举动，江叔带着江川把唐诺从葬礼上带回去之后，唐父在客厅里大发雷霆，指着唐诺的鼻子骂："那是什么地方？那是人家女朋友的葬礼，唐诺你知不知羞，天底下是没有男人了吗？你要去喜欢别人的男朋友！"

唐诺不服气，偏要与他争辩，唐父气急，要不是江川拦住，只恐怕一个耳光又落在了唐诺的脸上。

之后唐诺便被禁足，学校那边的事宜唐父已经给她打点好，将她的手机卡上缴没收，信用卡全被停掉，不准她出门，让她在房间"好好反省"。

唐诺气急，在房间里如同小兽一般，又摔又砸。某次她向着唐父大声嘶吼的时候，他忽然脸色苍白，豆大的汗珠从额头上渗出来，当即昏倒在地。

唐诺吓得不轻，顾不得吵架，冲过去一把把他揽起来，从他口袋里摸出手机手忙脚乱地拨打着"120"急救电话。

病床上唐父声音疲惫："小诺，我已经找人给你办好了所有手续，两周之后就送你出去。"

"去哪里？"

"澳洲。"

"我不去！"

"你没的选择，"唐父剧烈地咳嗽了几声，"我最近生意上也有一些风头要避一避，便陪你一起去澳洲一趟，那边的学校已经给你联系好，之后你就在那里读书，这件事情我已经决定了，由不得你胡闹！"

"我不去！"唐诺的声音里有了哭腔。

唐父对唐诺诸多纵容，唯独在这件事上，异常坚持。

甚至于瞒着唐诺，偷偷找了司徒南，对葬礼上的事情表示抱歉，而后万分恳求他，不要由着唐诺胡闹，对唐诺保持距离。

　　司徒南沉默地应允。

　　自此之后，便是她在澳洲的五年。

Chapter

最缤纷的花园游

乐过，但求动心

1.

一场场的雨接连不断，温度也越来越低，有了初冬的寒意。

唐诺仍旧是每天一身连衣裙出门上班，有一回司徒南实在是忍不住，在吃早饭的时候开口道："天气预报说今天有雨。"

"我知道。"唐诺回答道。

"你不用加件外套吗？"司徒南端起桌上的牛奶，低头说道。

唐诺的嘴角扬起一抹笑意，吃完饭之后进了趟卧室，再出来的时候，已经加了一件风衣在外面。

月末司徒南正在研究所查阅文献的时候，岳明朗敲敲门走了进来，满面春光："司徒，快快，把大家召集起来开个会，有好消息要宣布。"

司徒南那天心情不错，难得地同他开了个玩笑："找到女朋友了？"

"找女朋友不是分分钟的事儿吗，"岳明朗撇了撇嘴，"跟你说，追我的小姑娘十个手指头都数不过来……"

"嗯嗯，"司徒南忍住笑意，连声应和道，"连起来能绕地球一周。"

"别贫了，"岳明朗走过去，把手中的文件递到他面前，"还是先开会通知好消息吧。"

司徒南伸出手来拿过文件，翻开扉页之后眼里满是欣喜："项目批下来了？"

"对，"岳明朗点点头，"等了大半年，建筑局总算是批下来了。"

是大半年前研究所提交的一个策划案，一个老年社区规划的公益性项目，目前整体趋势是各大建筑所都在忙着创收，公益性项目的策划不大容易被批下来，他们也是花费了不少心血，大半年过去，国建局总算是批了下来。

他们立即把当初策划组的人员召集起来开了个会议，得知策划案通过，每个人都很高兴，司徒南把接下来的工作安排粗略布置了一下，叮嘱前来实习的一个小姑娘整理出来，下午下班前小姑娘把详细的工作安排交了上来，司徒南眉头微微蹙起认真地看着。

按照上面的工作安排，一周之后要有一个工作小组去往日本，同日本建筑所方面的专家进行相关的交流学习。

他当即打开电脑，查询起了飞往东京的机票。

在另一个办公室的唐诺，此时也正好完成了自己手头的工作，看了看腕上的手表差不多到了下班时间，她伸了个懒腰站起身来，从司徒南的办公室走过的时候停住了脚步，伸出手来敲了敲门。

"请进。"司徒南简短地回答道。

唐诺推门走了进去，将手中端着的洗好的草莓扬了扬："吃草莓。"

司徒南的目光并未从电脑屏幕上移开，回答了句："你自己吃吧。"接着在网站上浏览着合适的航班信息。

唐诺的嘴巴噘起来，脑袋一转，趁着司徒南低头的时候悄悄地把自己衬衫的扣子又解开了一颗，而后踩着高跟鞋往前走了几步，在司徒南的办公桌前站定，身体前倾着趴在他的办公桌上，一只手托着下巴，一只手把草莓推到他面前，声音调成了娇滴滴的模式——"司徒，吃点嘛。"

她离司徒南特别近，近到司徒南觉得自己整个人被她身上若有若无的香水味包围，听得到她的呼吸声。

他当然不可能再装作她是不存在的，放在鼠标上的手停了下来，微微侧过头看了她一眼。

唐诺的头发有些凌乱地披在肩上，脸上有淡淡的红晕，司徒南原本只是打算匆匆一瞥，谁知那一瞬间，眼神却无法从她的面庞上移开。

唐诺回国以来，他好似从未认真端详过她。

当他看向她的时候，不得不承认，这张面孔，实在是非常迷人。她的眼神清亮，睫毛根根分明，鼻子和嘴角都有着极其好看的轮廓。她衬衫的扣子解到了第三颗，脖子上戴着细细的项链，吊坠是一只精致的蜻蜓，在胸前来来回回地晃动着。

看他转过脸来，唐诺抬起眼睛看了他一眼，目光在司徒南的脸上停留了两三秒钟，然后极其轻微地漾出笑意。

司徒南的心底"咯吱"了一下，似乎有扇门被缓缓地推开，他慌忙把眼睛转过去看向电脑屏幕，用右手点着鼠标。

他转过脸来，却仍旧被那香水味萦绕着。

唐诺出国五年，常用的香水倒是一直没变。

这熟悉的气味让司徒南想起了少女时期的唐诺——同样的少女，同样纤瘦的腰身，同样的一头浓密长发。

他这样沉默着，唐诺也沉默着，房间里极其安静，只有墙壁上的挂钟指针"嘀嗒嘀嗒"走动的声音。

司徒南先开口说话："你用的是什么香水？"

唐诺咧开嘴粲然一笑："好闻吗？"

"很适合你。"司徒南回答道。

"林之妩媚，"唐诺笑笑，"不是大多数人会喜欢的花香果香，是木质的味道，我自己很喜欢。"

司徒南点点头："你一直都和别的女孩子不一样。"

他这句话接得无心自然，然而落在唐诺的耳朵里，"和别的女孩子不一样"等同于"你很特别"，等同于"你在我的心中很特别"，这样一想，心中便起了波澜。

司徒南也察觉到自己的这句话说得有些不合时宜，为了防止唐诺误会，赶紧又板起脸来，认真地对比着各趟航班的时间表，摆出一副拒人千里之外的架势来。

唐诺拿了一颗草莓放进自己嘴里，把脑袋伸过去也跟着去看司徒南的电脑屏幕，瞄了一眼网页页面之后又正好看到了司徒南手边的项目时间安排表，赶紧把草莓吞下去开口问道："你要去东京？"

司徒南点点头。

"我也去。"唐诺两眼放光，立即接话，"我也去，我也去。"

"不行。"司徒南拒绝得干脆。

"怎么不行了？"

"我说不行就不行。"司徒南已经确定好了航班，准备下订单。

唐诺眼睛一转："你去东京谈这个项目，是不是需要去见东大建筑院的千叶教授？"

司徒南来了兴趣："你认识千叶教授？"

唐诺点头，从口袋里摸出手机，又从相册里翻出几张照片递到司徒南面前："喏，你看。"

照片上，正是唐诺和千叶教授的合影，两个人看上去很熟稔，并不是呆板的晚辈和长辈的合影，千叶教授笑得眉毛都挤在了一起，唐诺也是笑得眯起了眼睛，再往后翻，都还有唐诺同千叶教授一家人一起吃饭的照片。

司徒南看向照片中千叶教授的眼神里有崇拜的神色："千叶教授一直是我特别尊敬的一位前辈。"

"嗯，"唐诺也点点头，"他在学校里特别受学生欢迎。"

司徒南回想起往事："我高中的时候就想要成为一名建筑师，当时自己没有电脑，周末的时候就去网吧，搜千叶教授的讲座和论文。后来在东大的网页上，找到了千叶教授的邮箱，当时激动地抄到本子上。后来到大学读了建筑系，二十岁的时候，我给千叶教授发过一封邮件。"

唐诺听得认真，看司徒南停了下来，开口问他："什么邮件？"

司徒南把手机放下，转脸看向电脑，在浏览器中打开了自己的邮箱。

由于加了标记，即使过去数年，那封邮件也不难找。

唐诺伸过头去看了看，嘴角上扬，带着微微的笑意。

"很唐突吧。"司徒南不好意思地笑笑，"当时还是查了好久才知道这句话怎么用日文写。"

很简单的一封邮件——"千叶教授，我一直很敬仰您。今天是我二十岁的生日，请问您可不可以送我一句话？"

"当时发过去之后其实蛮后悔的，觉得自己太唐突了，也根本没有想过会收到他的回复。"

"千叶教授回复你了？"

司徒南点点头，把千叶教授回复的那封邮件调出来："你看。"

几行日文，唐诺看过去，翻译出来："生日快乐。我相信二十岁的你，是这个世界上最富有的一群人之一，拥有时间、梦想和无数种可能性。所以，加油，努力向理想中的人生靠近吧。"

那封邮件的最后，还加了一个小小的笑脸符号。

"好温暖。"唐诺感叹道。

"嗯，"司徒南点点头，脸上带着温柔的笑意，"我到现在还记得在邮箱里看到这封邮件时的心情。不管过去多少年，千叶教授的这句话，我都会一直记得。"

"所以这次东京之行一定要带上我啊，"唐诺赶紧接话，"我来帮你做翻译。"

司徒南叹了口气："还不知道能不能约到千叶教授，听说他身体不是太好，又不喜欢社交，所以我担心……"

"包在我身上。"唐诺站直身体，往自己的胸前拍了拍，这一拍，才意识到衬衫的扣子实在是解得太低了，脸一红，赶紧扣上。

而后她抬起头来，重复了刚才的条件："可说好了，我帮你约到的话，你要带我一起去东京。"

司徒南思忖了片刻，点点头。

"可不准反悔。"唐诺补充道。

"不会的。"司徒南开口道，"你和千叶教授是怎么认识的？"

"我在澳洲留学的时候，千叶教授到我们学校做过一次访学，我是学院里的学生代表，负责接待。老头子脾气怪，吃不惯澳洲的饭菜，一直嚷着要回去。我为了稳住老头子，便邀请他到我的公寓来，做饭给他吃。他来的时候兴高采烈，以为能吃上一顿日料大餐，到了之后看我做了一桌子中国菜，气得吹胡子瞪眼睛的。好不容易我才劝服他尝一尝，谁知他一尝就一发不可收了，喜欢得不得了。后来他回到日本之后，还多次邀请找过去坑，我有年夏天正好去东京参加一个项目，就顺道去他家拜访了他。所以呢，"唐诺甩了个响指，"交给我肯定没问题，老头子还等着吃我做的三杯鸡呢。"

"好。"司徒南点点头。

唐诺冲司徒南笑了笑："订机票住宿这些事情都交给我好了，走，请我吃饭。"

司徒南起身，把外套穿在身上："想吃什么？"

"一说三杯鸡我倒想吃粤菜了。"

"行，那我们去南粤楼。"

"南粤楼？"正推门进来的岳明朗接上了话，"我早就听说南粤楼的蜜汁叉烧肉特正宗，还没尝过，你们要去吃？带上我，带上我。"

唐诺给岳明朗甩眼色，示意他不要当电灯泡，谁料蜜汁叉烧肉的诱惑实在太大，岳明朗完全接收不到唐诺的信号，乐呵呵地跟在两人身后下了楼。

2.

蜜汁叉烧肉实在好吃，三人你一块我一块大快朵颐。

他们吃得正开心的时候，忽然听到隔壁包厢里起了争执。

似乎是一个男人骂骂咧咧的声音，紧接着的是玻璃杯摔到地上的声音，夹杂着些许"叫你老板来，我要投诉你"之类的话语。

"好吵，"唐诺皱眉，"我去看看怎么了。"

她起身打开包厢的门伸出头去看了看，隔壁包厢的门口已经围了几个人，唐诺挤过去看，是几个肥肠大肚的中年男人，都喝得醉醺醺的样子，其中一个正大声呵斥着一个服务员。

唐诺只看得到服务员的背影，肩膀极其瘦削，看起来让人心疼。

她这样瞄了一眼，便在心里知道了大概的情况，无外乎是借着酒劲撒泼，欺负服务人员。

酒店经理已经走了过来，满面赔笑地冲那几位客人道歉，那个客人还在大声嚷嚷："让她陪我喝个酒怎么了啊，给谁甩脸子看……我哪个月在你们家的消费不是五位数，你们这生意是不想做了吧……"

酒店经理忙不迭地道歉："陈先生您别生气了，这是我们新来的服务员，不懂事，您多……"

一旁的唐诺看不过去，声音清朗："哟，我倒真是长见识了，现在做个服务员还要陪酒不成？"

司徒南和岳明朗听到了唐诺的声音，脸色一变，赶紧起身走了出去。

围观的数人纷纷把目光投了过来，司徒南原本想拉住唐诺，可伸手晚了点，她已经走上前去："这位哥哥看上去也是个要面子的人，这样欺负一个小姑娘不好吧……"

她正好站到了服务员和那个男人中间，一侧目看到了服务员那张瘦削的脸。

她整个人顿时愣住了，"白鹿"两个字差点脱口而出。

她下意识地把目光投向岳明朗，接收到唐诺目光的他并不知道她此时的心理状态，还伸出手来向她比画了一个"棒棒的"手势。

唐诺一时间不知如何是好，方才理直气壮的声音也低了下去。

她这边没了气势，对方的气焰立即嚣张起来，冷笑了一声就嚷嚷开了："你是谁啊，轮到你多管闲事，我今天就欺负了怎么着……"

唐诺沉默了下去，又看了看岳明朗。

岳明朗见唐诺战斗力下降，清了清嗓子往前走了两步，也准备加入到战斗的队伍中来。谁料唐诺一个大踏步过去拦住了他，不由分说地拉住他的手臂往外走，连司徒南也不顾了："我们走。"

"怎么了啊？你怎么一副撞到鬼的表情？"

唐诺没有回答他，还是低着头使劲把他往外拉，岳明朗还在喋喋不休："唐诺，我说你这样可不对，俗话说得好，好人做到底，送佛送到西嘛，你中间插上一竿子现在不管了，你让人家那个小姑娘怎么办……"

他说到这儿的时候，忽然回过头去。

这一回头，正好对上缓缓地转过身来的白鹿的眼睛。

周五晚上最火爆的餐厅，周围熙熙攘攘的人群，从这座城市到宇宙洪荒，好似在那一刻都凝固和安静下来。

好似命中注定——也许潜意识里，这些年来，他一直等待着一场与白鹿的重逢。可这重逢又来得如此让人措手不及，好似胸腔里那个叫作心脏的地方，被人迎面一击。

白鹿又何尝不是震惊的，眼睛睁大，整个人愣在了那里。

几秒钟之后她反应过来，赶紧转过身去，不顾此刻包厢里的情况，逃也似的往外走去。

"白鹿。"岳明朗把手臂从唐诺的手中抽出来，喊着她的名字。

醉酒的中年男人还在骂骂咧咧："你们酒店的服务员怎么回事？老子过来消费还不是为了图个高兴……"

岳明朗原本已经从他的面前走过，皱着眉头折回了两步，把一个拳头狠狠地砸在了他的脸上。

那几个中年男人，原本就是靠着投机倒卖暴发起来的市井小混混，岳明朗这一出拳，几个人哪里还坐得住，立即从座位上一跃而起，一个留着大奔头的男人一扬手，掀翻了桌上的桌布。

"老岳。"司徒南和唐诺同时大喊了一声，"我们走。"

那几人却没有给他走的机会，岳明朗已经被围在中间。

"你们干什么！"唐诺还是少女时期天不怕地不怕的性子，没等司徒南拉住已经冲上前去，"还要动手是不是！"

大奔头冷哼了一声："这位妹妹，你刚才可是看到了，是你这位朋友先动的手。"

唐诺脑袋瓜转得快："那你们也不能这么多人欺负一个,有种……"

她"单挑"两个字还没说出来，岳明朗的鼻梁上已经结结实实地挨了一拳。

其他几个人也一窝蜂地冲上去，围观的群众大惊失色，经理劝说不住，眼见着事情要闹大，赶紧打开对讲机喊着保安。场面一片混乱，唐诺想上前帮忙，刚走上前去便不知被谁推了一下，整个人趔趄着往后倒去，正好被司徒南揽在怀里……

保安小跑着过来的时候，场面已经不可收拾。

餐具碎了一地，饭菜到处都是，岳明朗被围在中间，徒劳无力地招架着，唐诺和司徒南被那一行人中的两个拦住，完全帮不上忙。

保安到跟前的前一秒钟，不知是谁借着酒劲发疯一般顺手拿起手边的红酒瓶，对准岳明朗的脑袋，狠狠砸了下去。

红酒瓶砸上脑袋，发出刺耳的破碎的声音。

岳明朗的大脑"轰"的一声，而后便觉得天旋地转。

眼前的一切晃动着，晃动着，晃动着——这熙攘嘈杂的人群，这灯光璀璨的房间。

晃动着，晃动着，晃动着——那一年他看校园剧社的话剧，唐诺参演的那部《泰坦尼克号》，掌声雷动，演出结束之后所有的工作人员上台致谢，他一眼就看到了站在最旁边的那个白衣黑裙的女孩子，话筒传到她的手中，她微微欠身致谢："大家好，我是白鹿。"

晃动着，晃动着，晃动着——同她的第一次约会，他因为堵车晚到了将近二十分钟，满心焦急地跑过去，原以为她会生气，谁料隔着餐厅玻璃看过去，她坐在那里，不摆弄手机，也没有焦急的神色，安静得好似《诗经》里的植物，见他来了，仰起脸来微微一笑。

晃动着，晃动着，晃动着——春日与她去爬山，山顶上有古寺，他同她一起进去，她双手合十，低眉许愿——"愿如雕梁双燕，岁岁得相见。"

晃动着，晃动着，晃动着——那些他看向她的时候，真真切切思量着的未来结婚典礼上他要说出什么样的誓词，他们以后家中房间墙壁的颜色，养的狗的品种和名字，一同去参加孩子的家长会，结婚二十周年要送她的礼物……每一次看向她的时候，他是真真切切地想同她过完一生啊。

种种场景天旋地转，而后如碎冰一样跌落下来，仿佛地动山摇，有温热黏稠的液体顺着额头流了下来，他的意识渐渐变得模糊，周遭的一切也都安静下来，倒地前的那一瞬间，耳边响起来的，是她的声音——"明朗"。

他轰然倒地，紧紧闭上了双眼。

3.

抵达成田机场的时候是傍晚时分，司徒南同唐诺坐上机场巴士慢慢进入东京的时候，这座城市已经入了夜。

巴士上没有太多人，唐诺和司徒南并肩坐在最后一排，她在靠窗的位置，把头倚靠在玻璃上，出神地看着外面耀眼的夜城。

"司徒。"唐诺轻轻喊出了他的名字。

"嗯？"他侧过脸向她看去，"怎么？"

唐诺没有转过脸来，仍旧是出神地看着窗外，好似只是想这样喊一喊他的名字。

酒店是唐诺提前通过邮件联系的，不是那些价格昂贵，装饰豪华的星级酒店，同司徒南还在航班上的时候，唐诺同他解释过为何选择这家。

她去澳洲的第二年，因为学校一个项目过来东京，忘记提前预订酒店，又赶上了平安夜，酒店不好找，以为自己就要流落街头的时候，在一个特别不起眼的地方，她看到了"民宿"的字样。

这民宿是一对上了年纪的老夫妻开的，房间布置简单，但干净温馨，老夫妻俩热情地招待了唐诺住下。

第二天是圣诞节，唐诺因为手头上参与的那个项目在东京图书馆泡了整整一天，回来的时候打不到车，在雪中站了很久，还摔了一跤碰到了额头。后来到了旅馆，推开门的时候，老奶奶正在锅里炖着浓汤，见唐诺回来，慈祥地同她打招呼，招呼她一起过来吃。热气腾腾的奶油浓汤，香气扑鼻的黄油拌饭，唐诺吃下第一口的时候，所有的孤独与寒冷，都得到了慰藉。

数年里，唐诺吃过太多的佳肴，但都未曾忘记东京这家小旅馆里的奶油浓汤。

所以要来东京，她马上便想到了这里。

"东京每年的万圣节一过，整座城市便开始忙忙碌碌地准备点亮城市里所有的灯，所有的温暖和浪漫都是为这个月份准备的，路上到处都是喜气洋洋的幸福的人们，好似路上的圣诞树，热闹的氛围，都在拷问着你，你是孤身一人吗？你爱的人在你身边？你幸福吗？抬起头来，正好看到耸立着的东京塔和天空树，便更觉得孤独。有好几次，我拿出手机来，想给你打个电话，甚至想着还回什么澳洲，就此买一张机票回国。手机拿出来犹豫了一会儿，最后还是没有打。"在飞机上，唐诺开口说道。

老夫妻俩的身体也还硬朗，唐诺提前和他们通过电话，远远地就看到两人在门口迎接。

唐诺的脸上洋溢着笑意，伸出手来冲着两人挥手，而后转过脸来喊司徒南："就在那里，走。"

她一把拉上了司徒南的右手，往前跑去。

司徒南本能地想要收回，然而一抬头，映在眼中的，是闪烁着明亮灯光的东京塔和天空树。

他脑海中倏忽闪过的，是那个在圣诞夜的风雪中独自行走着的少女。

方才听唐诺讲述的时候，他的心中便微微一颤。

他与唐诺相识，掐指头算来，已经有好几年了。在他眼中，她执拗倔强，自信乐观，一个人活得好像一支队伍。

——他却几乎是忘记了，她的人生中，当然也难免会有黑夜的部分，有伤心孤独，只能抬起头仰望东京塔和天空树的时候。

他的右手最终还是没有收回去，用另一只手拉着行李箱，跟在唐诺身后快步跑了起来。

奶油浓汤和黄油拌饭，都还同唐诺记忆中的味道一模一样，又加了烤秋刀鱼和照烧鸡肉，唐诺每吃一口就啧啧称赞，不忘往司徒南面前的碟子里夹上一块。

安排的房间，是相邻的两间，拿到钥匙之后，唐诺和司徒南一前一后地走过去。

他们在各自的门前站定，掏出钥匙来开门，钥匙在锁洞里发出清脆的声响。

唐诺伸手把门推开，而后冲司徒南笑了笑，转身准备进去。

"唐诺。"

她一只脚已经迈了进去，又回过头来看向司徒南，眼睛亮晶晶的："怎么了？"

"噢，"司徒南仍旧是低着头开门，"和千叶教授约的时间是上午九点钟，我们要早起过去，晚上早点睡。"

"好的。"唐诺的声音轻快。

4.

八点五十的时候，司徒南和唐诺站到了千叶教授办公室的门口。

和东京大学建筑院合作的这个项目，是唐诺进来之前就已经规划好的，唐诺对此并没有太多的了解，她担任的是在千叶教授和司徒南之间翻译的工作。

司徒南站在那里准备敲门，把手抬起来之后却又放了下来，看了看腕上的手表，自言自语道："还有七分钟呢。"

他往旁边站了站，把提在手中的公文包打开，将里面装着的各种资料拿出来又翻看了一遍，然后重新放了回去，再一次看看手上的腕表。

一双手从后面搭上了他的肩膀，是唐诺。

她的手腕带着若有若无的清香，从后面将他穿在黑色风衣里面的衬衫的领子整理了一下。

从外面十二月的寒冬走过来，她的指尖触碰到他的颈部的时候，他感觉有微微的凉意。

整理衣领的过程极快，她的手从他的脖子处拿开，而后在他的肩膀上轻轻地拍了一下："司徒，进去吧。"

司徒南这才知道，即便是不露声色，神情中未显示出丝毫，唐诺仍旧是感受到他有微微的紧张。

建筑界也好，围棋界也好，重大场合的致辞发言，业界名流的座谈，他一年也不得不参加几场，然而今日同这个少年时期给予过自己鼓励的人，他的姿态的确是有些笨拙的。

而那只拍在他肩膀上的手，也的确是让他有些慌乱的心平复了下来，让他在那一刻真真切切地明白，当年那个骄傲任性要风得风要雨得雨的少女，也的确在不知不觉间，长成为同他共进退给他勇气与安慰的伙伴。

然而啊，他知世事残酷，他知不能拖累她一生。

却还是有那么一瞬间，他想燃烧起来。

司徒南看向唐诺的眼神，深邃得好似汪洋大海。

他的手缓缓抬起来，然而却并非是敲门，而是靠近了唐诺的面庞。

"嘎吱"一声，是办公室门拉开的声音。

好似冰块注入沸腾的水里，司徒南一下子被拉回了现实世界里。

唐诺转过头去，看向眼前的男人，声音欢快："千叶教授，我们正准备进去呢。"

开门的正是千叶教授，见到唐诺很是高兴，直夸她可爱了不少，扬了扬手中的杯子说是要接杯咖啡，招呼司徒南和唐诺先进去在办公室稍等一会儿。

因为方才失控的情绪，坐在沙发上的司徒南，微微有些紧张，唯恐唐诺会开口问出什么话来。

好在面前的茶几上摆着不少书，司徒南拿起一本在手中，低下头认真地盯着书页上的每一个字。

唐诺也一本正经地坐着，不知是因为房间里暖气的温度高，还是因为司徒南刚才伸过来的那只手。

房间陷入一片沉默，两人别别扭扭地坐着。

唐诺拿眼睛瞄了司徒南一眼，再顺着他的眼神看向他手中捧着的书。

"喂，"她伸过手去，把书从司徒南的手中拿过来，调了个头之后塞回到他手中，"书拿倒了。"

司徒南恨不得当时能从地球上消失几秒钟。

好在千叶教授推门走了进来，用爽朗的笑声打破了房间里奇怪的氛围。

一转换到工作模式，司徒南也立即正常起来，从沙发上起身鞠躬问好。

倒也是一次颇为愉快的讨论，说是带着唐诺这个翻译，但其实司徒南是拿过日语一级水平的证书的，同千叶教授交流起来根本没有任何问题，只是在遇到不是很确定的很专业化的表述时，他才会同身边的唐诺确认一下。

整整三个小时里，唐诺除了起身给千叶教授和司徒南的杯子里添了一点水，其余时间，都安静地坐在那里，听着司徒南和千叶教授的交谈。

有阳光透过窗户照射进来，交织着的光线中，司徒南的侧脸异常好看。

中午时分，千叶教授带两人到东大的餐厅吃饭，正好是放学时分，餐厅里有很多年轻的男孩女孩，司徒南和唐诺站在队伍里排队，相邻的两支队伍，偶尔唐诺听到司徒南身后排队的女孩子小声议论着"好帅"的时候，就毫不客气地翻出一个杀气十足的白眼丢过去。

吃饭的时候，千叶教授同司徒南交代着接下来几天的活动安排，无外乎是和院里的一些负责人见面，参加一下欢迎会之类，司徒南点头认真地听着。

后来电话响了起来，趁着司徒南起身到一旁接电话的时候，千叶教授冲着唐诺比了个大拇指。

"很棒吧？"唐诺眼睛发光，"我几年前就跟你说过，我喜欢的司徒南，是世界上最棒的人。"

千叶教授还没有来得及接话，司徒南已经挂断电话走回来坐下。

千叶教授转向他："你们这趟来东京，有没有什么其他的安排？"

"其他的安排？"司徒南有些不解。

"对啊，过来一趟，也要享受一下这座城市啊，"千叶教授做出一副恍然大悟的样子，"对了，前阵子我儿子给了我两张迪士尼的门票，正好送给你们……"

司徒南的"不用了"还没来得及说出口，身旁的唐诺已经欢呼开来："好！"

千叶教授倒真乐呵呵地打开手边的公文包，从里面拿出一个信封放到桌子上："那说好了，你们可一定要去啊。"

"去去去，"唐诺连声应答，连面前的三文鱼都顾不得吃，转过脸看向司徒南，"司徒，后天你的工作结束，我们大后天去。"

不是征求意见的口气，她完全没有给司徒南说"不"的机会。

司徒南只得埋头吃着他的鳗鱼饭。

一旁的唐诺很是得意，冲千叶教授比画了一个"胜利"的手势，千叶教授用口型比画着"三杯鸡"，提醒唐诺别忘记做三杯鸡来报答他。

两人交头接耳，司徒南觉得有些不对劲，只是一抬起头来，看到的便是一本正经地吃着三文鱼沙拉和叉烧拉面的两人，好像刚才耳边的声音全是幻听一般。

5.

游乐场那种地方，司徒南当然是毫无兴趣的，然而答应了千叶教授"要把那天的烟火表演拍给我看噢"，他也只得同唐诺一起前往。

开出租车的是个热情的大叔，发觉两人会说日语之后便兴致勃勃："你们是来东京度蜜月的吗？我一直在东京，都还没去过迪士尼呢，我家那位老嚷嚷着要我带她去，我想着明年结婚二十周年的时候，带她来玩一趟，游乐场嘛，好地方，应该像进去做了一场梦一样吧……"

他们是午后到的，在迪士尼门口下车之后，唐诺开口问身旁的司徒南："司徒，你去过游乐场吗？"

司徒南摇了摇头。

"小时候也没有去过？"

"没有。"

"我也没有去过。"唐诺低下头说道。

司徒南没有解释原因，唐诺也没有解释。

但他们心中，都有着隐约的感同身受。

他的童年时期啊，因家庭的缘故，孤独、无趣，有太多漫长的无眠的夜。好在上帝给予了他围棋的天分，让他在那样糟糕的境遇中，仍有一个可以逃脱的出口。在少年时期，他获得过几次围棋比赛的大奖，顶着天才少年的头衔，有荣光，更有寂寥。

彼时他母亲已经离开了那个对她动辄打骂的男人，因为他在听闻他参加比赛获得奖金之后，便开始无休止地进行财务上的勒索。十几岁的司徒南，要努力读书，亦要努力下棋，众人所看到的光芒与荣耀的背后，有太多无奈的妥协和牺牲。宇宙星系残留下来的灰烬永远在光之暗面，它们是一种不为人知的存在。

直到二十岁那年，继父因车祸去世。在他的葬礼上，司徒南一声都哭不出来，他站在那里的时候，觉得那一刻，自己才真正获得了自由。然而，仍旧是晚了点，很多时刻缺席了，便是永远地缺席了——温暖的陪伴与情感，少年的冲动与热血，应当像风一般奔驰着呼啸着的少年岁月。

他从没有做过风，风是浪漫的，不羁的，自由的。

他是冬日清晨的树，向凛冽的寒舒展着枝干，沉默、无畏，而又坚韧。

而唐诺呢，她早熟早慧，幼时别的孩童还在看着动画片的时候，她的兴趣已经在纪录片上。大多数十三四岁的女孩为琼瑶或者亦舒小说里的爱情故事黯然伤神的时候，她读的已经是伍尔芙或是波伏娃。她聪慧骄傲，带着点睥睨一切的味道，听班上的同学眉飞色舞地谈论着摩天轮，旋转木马之类的话题的时候，她总会偷偷一撇嘴，在心里默默地念叨一句"真幼稚"。

但不管怎样，少女终究是少女吧，高一的时候去香港参加两岸青少年交流会，从迪士尼门口路过的时候，她的眼神里终究也会闪过对那个世界的向往吧。

即便是天气寒冷，游乐场里仍旧是有着熙熙攘攘的人群。

一进去唐诺就被旁边的米奇店吸引住，她拿起一个大大的米奇发夹戴到头上，转过身对司徒南一笑："司徒，我要这个。"

"好。"司徒南点头。他准备去收银台付钱的时候被唐诺喊住："喂，你也挑一个。"

"我才不要。"司徒南立即拒绝。

"不行，不行，"唐诺从那些卡通头饰中挑了一个蓝色的米奇耳朵，不由分说地走过来踮起脚戴在司徒南的头上，上下打量了一番很是满意，"好棒，就这个了。"

司徒南一脸嫌弃。

往里面走，唐诺发觉这一切，比她想象的要美丽很多。

哪里是少女时期觉得的"好幼稚"——这梦境般的雄伟城堡，有声光电打造出的奇幻世界，围绕身边的数不尽的迪士尼人物，无不让唐诺忍不住捂着嘴惊叹。

他们去坐过山车，每当从上面冲下来的时候她便大声尖叫着，每一次经过隧道的时候，唐诺都会记得司徒南怕黑，条件反射般地伸出手去握住他的手。

他们买了爆米花去百老汇剧场，里面上演着的是安徒生的童话故事《海的女儿》。唐诺的童年时代，阅读的乐园是家中父母的藏书，童话故事压根是没有看过的，但小人鱼的故事，大学时去丹麦实习，是听当地人讲起过的。她瞪大眼睛看着屏幕上的王子和小人鱼，连手中的爆米花都顾不得吃，看到最后一幕小人鱼变成泡沫的时候，眼泪差点流了出来。

她走出剧场就又被旁边"小小世界"的游乐项目吸引，兴高采烈地去排队，在里面又是哈哈大笑起来。

他们身旁有其乐融融的一家三口，有结伴而来的年轻情侣，小孩子就算是跌倒了也不会哭，因为憧憬着下一个充满魔法的地方。

那也是第一次，唐诺在司徒南的身上，看到孩童的一面。

从开始时的别别扭扭，到站到卡通人物身旁喊唐诺给他拍照，花车巡游的时候"灰姑娘"会从上面丢一些圣诞糖果，他跟在一群小孩子身旁抢，抢到之后开心极了，像是得到什么宝贝一样塞到唐诺的手中。

这大抵就是迪士尼世界的奇妙之处吧，是一个让你身处那里，觉得美妙得好像一场梦一样的地方，生活中的烦忧与压抑，矛盾与犹豫，统统都消失不见，即便这梦幻只是片刻，仍旧让人想要不管不顾地去拥抱它。

夜幕降临时，司徒南和唐诺站在人群里，同大家一起等待着烟花表演。

人群中有"5、4、3"倒计时的声音，最后一个"1"字大家一起拉长声音喊出来的时候，天空中立刻升腾起第一朵烟花，周遭是每个人热烈欢呼着的声音，人们拥抱在了一起，唐诺也大声欢呼雀跃着，而后转过身去，很快地在司徒南的左脸上吻了一下。

如果可以的话，唐诺希望时间能永远定格在那一刻——最缤纷的花园游乐过，最美好的公园游乐过，是我跟你。

晚上九点钟的时候，唐诺同司徒南才从迪士尼里面出来。

街灯把人影拉得老长，晃晃悠悠的。

有什么东西落在唐诺的鼻尖，她觉得冰冰凉凉的，伸手摸了一下，而后抬起头来看了看天空，伸出手去："司徒，下雪了。"

司徒南也抬起头，静谧的深蓝色天空中，果然有雪花缓缓飘落。

两人在路边等出租车，唐诺吸了吸鼻子："司徒，我饿了，我们去吃夜宵吧。"

"好。"司徒南点点头。

深夜的街边有几家用绳挂着暖帘的居酒屋，一进门老板就热情地打着招呼，昏黄暖光，陶瓷碗筷，原木吧台，简单朴素的店里格外温馨。唐诺和司徒南在靠窗的一个位置坐下，点了一壶温饮的烧酒，盐烤秋刀鱼，和一份冒着热气的日式煮物。

烧酒的度数并不算高，然而醉人的，从来都不是酒。

唐诺饮下几小杯之后，抬起头来听司徒南讲话，他就坐在她的对面，她的眼睛落在他的鼻子和眼睛上，落在他的嘴巴上，她看着他的嘴巴开合着，却听不清楚他究竟在讲什么，满脑子想的都是"他真好看"。

她的脸上有红晕，眼神也微微迷离起来。

旁边的桌子上，是一对年迈的夫妻，满头白发的爷爷爽朗健谈，大声向对面的老伴推荐着自己面前的烤秋刀鱼。

"一起吃，真的很美味啊。"

他夹了一块到她面前的碗碟里，两人笑得都很开心。

唐诺缓缓地伸出手去，触碰到了司徒南的指尖。

"司徒，"她看向他，几乎没有片刻的犹豫，"我爱你。

"司徒，知道这样的想法很愚蠢，知道一次又一次地碰壁很愚蠢，却还是这样想着。

"想和你一起去游乐场，一起去菜市场，想我们每天吃完晚饭，可以一起去河边散步，春天的时候买草莓回去吃，冬天的时候，吃着烤红薯，笑着，牵着手。

"司徒，今天真开心，我们在一起的话一定会永远都这么开心吧？

"司徒，和我在一起吧。"

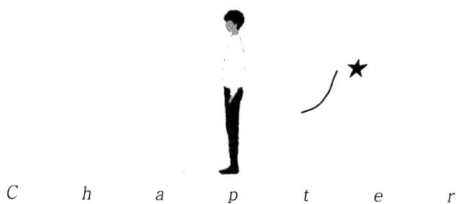

C h a p t e r

8

我情愿我狠心憎你，
可我还在记忆中找你

1.

江川在接机处看到唐诺的时候，已经是黎明时分。

唐诺坐上东京航班的时候，他便已经驱车来到了机场，双手插在外套口袋里，在接机口来回踱步，等待着唐诺。

那趟航班中途耽误，他从星巴克买回的咖啡已经凉了，丢掉之后又去重新买了一杯，买到第三杯的时候，才看到唐诺的身影。

那并不是往日的唐诺——她的头发凌乱，面容憔悴得好似鬼魅一般，双眼浮肿，嘴唇苍白。

她原先一直是低着头走的，好似随时会落下泪来，听到江川喊她的名字时，才恍惚地抬起头来。

同江川四目相对的瞬间，她的眼泪立即落了下来。

江川只觉得心脏被人重重一击，是说不出的难过。

他同唐诺相识这么多年，见到的她莫不是生动鲜活，张扬快乐的，哪里看得下去她这般失魂落魄的样子。

江川大踏步地走过去，在唐诺面前站定，伸出手来，一把把她揽到自己的怀抱里。

把头埋在江川肩膀上的时候，她终于忍不住大声号啕起来。

江川知道，此时所有的安慰都是苍白无力的，他只能把唐诺抱得更紧。

汹涌而来的情绪得到宣泄之后，唐诺暂时平静下来，江川带着她到了地下车库，把车缓缓地开了出来。

天空还是浓重的藏蓝色，只有寥寥几颗星星，唐诺的头靠在副驾驶座的玻璃窗上，那杯咖啡捧在手中，却喝不下去，只是出神地看向窗外。

口袋里的手机响了起来，唐诺拿出来看了看，上面显示的是司徒南的名字。

她的眉头微微蹙起，盯着上面的名字看了几秒钟，按下了手机一侧的静音键，转身把手机往后排的座位上丢去。

手机落在后排的角落里，而后又晃动了一下，掉进了后座同车门的缝隙中。

缝隙中是漆黑的，那屏幕仍旧不住地闪烁着。

唐诺心中悲怆，看着窗外，只觉得这漫漫长夜，好似没有尽头一样。

彼时的司徒南，放下手中的电话，怅然地打量着房间里的一切。

桌子上仍整整齐齐地摆放着一堆护肤品，没有关紧的衣柜里，看得到里面挂着的衣服。榻榻米的旁边，放着她睡前喜欢翻上几页的推理小说集和真丝眼罩，甚至于整个房间里，都还有若有若无地萦绕着她惯常用的香水的味道。

她没有回来过，这异国他乡，司徒南不知道她会去哪里。

昨日的种种场景在他眼前回旋着——迪士尼乐园里，戴着米奇耳朵的她歪着头咧开嘴冲他笑，过山车冲下去的时候她尖叫着一把抓住他的手，城堡里有举办婚礼的恋人，她同他挤在人群里观看，抢到了那簇手捧花，隔着人群蹦跳着扬起来给他看……

还有在居酒屋中，不知是酒精还是灯光的关系，她的面色绯红，眼神却明亮得好似天边的星，她缓缓地伸出手来："司徒，我爱你。"

五个字，好似鼓槌猛击，又好似雷霆万丈，在他的心中震荡回响，发出悠长的回声。

即便是一直以来冷静理智，自重自持，那一刻的司徒南，仍旧觉得汹涌的情感冲开心头的堤坝，攻城略地，让他的整颗心沦陷。

多好啊，这异国他乡，这爱侣同游，谁又不想抓紧这美好机会。

"小诺……"司徒南轻轻地喊出她的名字，几欲伸出手来。

桌边的手机忽然震动起来，发出"嗡嗡"的声响。

屏幕上显示的，是一个"郑"字。

司徒南眼中的光芒黯淡下来。

他轻声说了句"抱歉"，而后拿起手机，起身走了出去。

居酒屋的外面是个宁静的院落，薄雪覆盖了石凳和枝丫，司徒南站在屋檐下接起那个电话。

他不经意地抬起头的时候，却还是能看到唐诺，她同他一窗之隔，她的眼神，仍旧是出神地在他的身上停驻。

司徒南只觉得周遭非常寂静，他听得到自己胸腔中怅惘的叹息声。

冬夜的空气干冷，他深吸了一口气，平复了方才在居酒屋中的情绪。

他把手机放回口袋，重新推开门走了进去，在唐诺面前站定，面无表情地说了句："回去吧。"

唐诺仍旧是固执地坐在那里。

"唐诺，"司徒南又喊了她的名字，"我们回去吧。"

"我不回。"唐诺赌气，端起桌上的酒杯，将里面的清酒一饮而尽。

却还是不尽兴，她又自顾自地倒了一杯，扬起头来喝了个精光。

"唐诺……"司徒南伸出手去，拦住了她还要继续倒下去的胳膊，"回去吧。"

周遭还有食客，唐诺没有再同司徒南争执，她抓起座位上的大衣，提起包便往外走去。

司徒南匆忙从口袋里掏出钱结账，追了上去。

她却只是掀开门上的布帘，冲到了外面的院子里，在院子里回过头去，看向司徒南。那眼神，凌厉又决绝，好似利箭一般。

外面起了风雪，把她的头发吹得凌乱，她的面色极白，嘴唇又极红，风雪中不显狼狈，却显得美艳，好似旧时《聊斋》故事里勾人心魄的女妖精。

她一步步向着司徒南走过去，近到司徒南听得到她的呼吸声。

司徒南无法同那视线相对，微微把脸转向了别处。

"司徒，你看着我。"唐诺开口道。

司徒南缓缓把目光移到她的脸上。

"司徒，"唐诺的声音和呼呼的风声夹杂在一起，"你告诉我，这些年来，你的内心深处，当真对我一点点感觉都没有？"

司徒南沉默着。

当年唐诺同他相识在那个夏日，爷爷家也是这样的院落，清冷的月色，她靠着枝叶浓密的树干站着，歪着头同他讲话，不知说了什么好笑的事情，他咧开嘴发出爽朗的笑声。月光从树枝的缝隙中倾泻下来，和昏黄的灯光一起在他的脸上交映着，她的耳边是绵长的蝉鸣，心尖颤巍巍的，就那样动了一下。

这些年过去了。

这些年啊。

她少时聪颖，早熟早慧，读书期间从来都看不上班里挑灯夜读的书呆子，不信什么"天道酬勤"的说法。

而在这场对司徒南的爱慕里，她有多少次咬咬牙告诉自己"再努力一下"的时刻啊。

静谧深沉的河流，无论投进去细小碎石，还是千斤黑铁，都被毫不犹豫地吞噬，河流波澜不惊地继续流淌着。

她已如填海的精卫一般，投入了太多的孤勇与热忱，而眼前种种，已容不得她再有幻想。

"你告诉我，"唐诺松开咬住下唇的牙齿，嘴边是青色的齿痕，"我想知道答案。"

司徒南只觉得自己的大脑好似天地尚未出现前的一片混沌，而后便有许多声音炸裂开来，是方才的电话里，郑医生沉重的声音——"司徒，你抽空来一趟医院，再做一次全面的检查……""是的，情况可能比我们想象的要糟糕一点……"

再往前，是唐诺回国前，他病情最严重的那段时间，在办公室绘图的时候经常会觉得呼吸急促，压低了声音咳嗽。有一回秘书送材料，忘记敲门直接推门进来，正撞见他捂着嘴巴找纸巾，有殷红的血从指缝中滴落，秘书吓得脸色发白，司徒南面不改色地转过身去，用面巾纸擦拭掉嘴边的血迹之后，才转回身去，将秘书递过来的那沓材料接过来，确认一遍之后抬起头来："喜欢这份工作吗？"

秘书忙不迭地点头："喜欢，喜欢。"

"你入职的时候，应该被告知过进办公室要先敲门吧。"司徒南淡淡地说道。

秘书顿时知道不好，面色有些发白，表情也有些紧张："我……我……"

"这个材料还差一份英文版，"司徒南从中抽出两张递了过去，"打印之后送过来。"

秘书连忙点头："好，好。"

秘书往外退了几步，走到门口的时候却又停下了脚步，转过头看向司徒南，犹豫了一会儿还是缓缓开口："南老师，你，你是不是病了？"

司徒南已经在电脑前坐下，房间里的窗帘是拉上的，他的面容和房间里的阴影一样是静谧而不动声色的，他扬了扬手："你别管了，去打印吧。"

顿了顿，他又抬起头来，声音有些严厉："别到处乱说。"

"不会的，不会的。"她没敢再问，连连挥手保证着。

电脑发出新邮件的提示音，屏幕的右下角有对话框弹出来，是唐诺的名字。

他匆匆扫上一眼之后，便把目光投向别处，打开电脑桌面上的一个文件夹，潜心研究着里面存储的一组建筑照片的构图。

他想用这种方式，来忘记那封邮件的存在，来忘记唐诺的存在。

再往前——是在坦桑尼亚，当地的某个震后山区，他在国家对非的援助计划里，负责某个片区校舍的重建工作。

原本在当地的驻坦办公室画画图纸催催进程便可，可他是事必躬亲的做事风格，再加上当地的地形复杂，很多情况都要考虑到，很多时候工地的工人都已经收工了，司徒南都还要自己去施工现场走几圈看一看。偶尔会被当地光着膀子的孩童拦住，这时他会把包里随身装着的压缩饼干拿出来分给他们，看到有孩童在建筑工地附近转悠，也总会用不标准的当地语言告诉他们这里危险。

然而意外还是在某个傍晚发生了。

校舍不远处，原本有个工厂，但因为已经是废弃多年不用，所以无论是坦方还是中方，都没有人太在意。

但谁料那个傍晚，司徒南独自在建筑工地的四周走动着的时候，耳边忽然响起的，是几乎要把耳膜震裂的爆炸声，而后还未反应过来，整个人便已经被爆炸引起的强烈的空气波动冲击出去，连带着被冲击出去的，是那片刚刚打好地基的建筑。

强烈的爆破声响起之后，灰白色的蘑菇云升起，而后是乱飞的砖石和火星。

司徒南根本连反应的时间和机会都没有，整个人只觉得眼前是世界末日一般的可怖景象，有碎石和带着火星的树木枝干压在身上，而后整个人眼前一黑，便昏迷了过去。

他醒来的时候，已经在医院里，头顶上是明晃晃的有些刺眼的天花板，医生护士在周遭来来回回地走动着。

司徒南动弹不得，发现自己全身上下都缠绕着绷带，想要开口说话，只觉得喉咙带着灼热干燥引起的疼痛感，根本无法开口。

他在医院里紧急抢救了一周的时间，而后辗转回国，在国内的医院继续接受治疗，主治医师是郑医生。

他腿部骨折，背部有大面积烧伤，然而严重的并非这些。

爆炸工厂已经废弃多年，没有人想到在地下的储存室里，还摆放着整整一个房间早已被遗忘的化工原料。

生命是保住了，但司徒南的肺部，因此出现问题。

那晚的东京街头，他们从迪上尼乐园出来之后，唐诺伸出手去，接大边飘落的雪花。

后来那雪越下越大，他们也不躲避，就在雪中走。

司徒南微微侧过头的时候，会看到唐诺的头发上、睫毛上都是一层白色。

那一瞬间，他是有些恍惚的。

好似他同她已经到了耄耋之年，她还是她，他还是他，他们还是他们。

2.

沉默打发不了唐诺，她仍旧是昂着头，等着他的回答。

寒风似刀剑，在司徒南的耳边呼呼作响，地上落着的薄雪，被卷了起来，迷蒙了他的双眼。

司徒南狠下心来："我不爱你。"

"你撒谎。"好似已经被迎面一击的人，却还要做垂死的挣扎。

"唐诺，"司徒南看向她，一字一句，"我不爱你。"

我不爱你。

我不爱你。

我不爱你。

世界万籁俱寂，她耳边轰鸣着的，唯有司徒南的这句话。

好似押尽一切的赌徒终于有勇气掀开了最后一张牌，得到的，仍旧是必输的结局。

唐诺深吸了一口气，缓缓地闭上眼睛，把即将汹涌而来的眼泪都逼了回去。

从前的少女时期，她爱他，觉得只要拼尽全力，定然有个好结果。

但是她错了。

唐诺再睁开眼来，看到司徒南身后的那家居酒屋的窗口，隐约透露着昏黄的灯光。

她觉得有点冷，也有点疲惫。

她给了司徒南一个淡淡的笑，声音也是冷冷淡淡的："我累了，先回去了。"

她裹紧了身上的羊毛大衣，转身的时候高跟鞋的鞋跟歪了下，整个人趔趄了一下，跌倒在地上。

司徒南大步走过来，想要去扶，还未走到唐诺身旁，她已经伸出手臂，做了一个拒绝的姿势。

她缓缓地从地上起身，拍了拍膝盖和肩膀上的落雪。

"你不用跟我一起，我想自己回去。"她绷直了背说出这句话，而后便一步步往前走去。

她感觉双脚好似踩在刀尖上一般，每走一步，都是锥心的疼痛。

这些年来，她是不信司徒南对她半分情意都没有的。

直到刚才，直到他亲口说出"我不爱你"这四个字，她才不得不信了。

唐诺想起在澳洲时，Fred 同自己表白，唐诺感动于他的真挚与深情，但她是直性子，不愿留有暧昧的余地，正欲开口拒绝的时候，Fred 伸出手指来放到她的嘴边，轻轻摇了摇头。

"No."他的眼神里有祈求，"Don't speak out."

她当时不理解，为何有人愿意这样自欺欺人地活着。

她也是此时方才懂得，听到自己深爱之人说出"我不爱你"的时候，耳边伴随着的，是整个世界，整个宇宙洪荒，一起爆炸毁灭的声音。

唐诺跟跟跄跄地走上街道，不想让司徒南跟上来，招手打了一辆出租车。

她并不想回去，出租车拉着她闲逛，窗外是闪烁的万家灯火，抬起头的时候，看得见东京塔和天空树。

它们好似两只眼睛，注视着这人世间心碎的人。

再后来，口袋里的手机铃声大作，唐诺拿出来看，是爸爸打来的，她努力调整了一下情绪，有些疑惑地接通。

那边爸爸的声音，听起来有些不同寻常的沉重。

"小诺。"

"嗯？怎么了，爸？"唐诺努力让自己的声音听起来欢欣一些。

"你现在在哪里？订机票回来一趟吧，或者我让老江去接你……"

唐诺的心头微微一颤，立即有了不好的预感——上一次江叔来接她，还是同司徒南相识的那个假期，她在爷爷家，是因为他们那场闹上法院的离婚官司而接她回去的……

"爸，怎么了？是不是出什么事了？"

那边爸爸轻轻叹息了一声："你爷爷病重，挺想你的，你回来一趟吧……"

唐诺立即觉得大脑"轰"的一声，而后伴随着的，是心头涌上的巨大的愧意与悲伤。

多少情景在眼前上演——幼年时，爷爷不允许她赖床，带她到山上晨跑，跑完五千米之后慢悠悠地下山，一路上给她讲各种故事，讲神话里的各路神仙妖魔，讲行走江湖时的各种路数，讲要好好读书，读书人承天地间的命数，切不可迂腐，那年她才五岁，瞪大眼睛似懂非懂地听着。

父母都在外做生意，小学暑假时她便会被送到乡下，爷爷跟唐诺比着解奥数题目，鸡兔同笼，一笔画，刚开始的时候她不如爷爷算得快，总是输，她噘着嘴巴，爷爷哈哈大笑，伸出手来揉了揉唐诺的头："多努力，多努力。"

爷爷同她聊天时，并不像大多数长辈那样，只把她当作少不更事的孩童，有回唐诺问他奶奶的事情，他便认认真真地同唐诺聊，说到他们是如何认识，如何相爱的，又是如何因为不爱而分开。"小诺以后的一生，也一定要和相爱的人一起度过啊。"

她当年赌气远走澳洲，几年来未曾回国，除了寥寥数次的电话和节日的礼物，竟同爷爷再无更多交集。

回国之后，她亦只是匆匆回去过一次，待了不过半天时间，陪爷爷在院落里吃了顿饭，留下一笔钱，便急着赶了回来。

那个时候，她就应该察觉到，那个一直以来健康硬朗的老人，已经开始变得嗜睡、健忘、瘦削和憔悴了。

然而虽然不常回去，爷爷在她心中，却一直好似一个港口一样。

那是随时可以栖息和停留的地方。

"我，我这就回去。"唐诺连连应声。

挂断电话之后，唐诺整个人仍然是怔怔的，出租车师傅似乎也察觉到了她的情绪，开口问她是不是遇到了什么事情。

唐诺这才反应过来，赶紧转向司机："机场，送我去机场。"

她掏出手机立即订了最近的回国的航班，刚一订好，便接到了江川的电话。

"小诺，你在哪里？我去接你。"

"我在东京，"唐诺的眉头紧锁，"我已经订好了票，黎明时分到上海，你到虹桥机场接我。"

"好。"江川点头，"我现在就开车过去。"

好在出门时背了个包，她翻了翻，证件都在里面，不需要回那个民宿再取东西。

出租车飞快地在高架桥上行驶着，在这夜晚的东京，唐诺蜷缩在座位上，想到前几日自己来东京那日，是如何期冀满满，如何憧憬快活。

飞机缓缓从地面上升起，升到三千米的高空。

唐诺在心中道别——

东京，再见了啊。

司徒，再见了啊。

3.

雪后道路泥泞，江川的车开到北蝉乡的时候，天色已经大亮。

是雪融之后的天气，道路泥泞，车行驶起来很是艰难，唐诺心中焦急，索性推开车门走下去，步行着前往。

江川也赶紧跟了上去。

道路仍旧是泥泞的，她深一脚浅一脚地走着，最后索性脱掉细高跟靴子，穿着棉袜在路上走。

彼时的东京，司徒南已经在那家民宿的厅堂处坐了整整一夜，唐诺的电话一直无人接听，他担忧着她，几乎到恨自己的地步。

天亮时分，他拨通了岳明朗的电话，拜托他找朋友帮自己查一下，唐诺有没有什么返程的记录。

岳明朗的电话很快回过来："夜里十二点四十的航班，成田机场飞虹桥的。怎么回事？司徒，你和唐诺吵架了？"

"没有，"司徒南打断他的话，"这样，你现在帮我订一张返程机票，我现在回去。"

"行，"岳明朗应声道，"你等下注意查收航班信息。"

等信息的时候，司徒南去前台办理退房手续。

旅馆的老夫妇已经做好了早饭，一定要留司徒南吃个饭。

见他是一个人，他们微微有些奇怪："小诺呢？"

司徒南微微低下头去："她先回国了。"

老夫妻察觉到了他情绪的不对劲，对视了一眼之后，男主人夹了一块鱼放在司徒南的碗中："司徒君以后和心爱的女孩度蜜月的时候，可以再来一次东京。"

司徒南不知如何接话，只能低头吃鱼。

飞机那边落地，是岳明朗来接的他。他一边转动着方向盘，一边对司徒南说道："联系上小诺了吗？去哪里？"

司徒南的神色有些黯然："她没有去所里吗？"

"没有，"岳明朗摇摇头，"我清晨的时候给她打了个电话，没有人接。"

昨夜一宿未睡，再加上飞机上的颠簸，司徒南的脸上，是浓重的倦意和疲惫，他轻轻叹息一声："去所里吧，我这走了好几天，所里该有一堆事情要处理了，正好开一个小会，把和东大那边的讨论结果……"

"我送你回家。"岳明朗眉头微蹙，不由分说地打断了司徒南的话，"司徒，你太劳累了。"

"我没事……"

"不行，"岳明朗压低声音拒绝，径直在下一个拐角处把车拐往司徒南家的方向，"所里有我在，暂时没有什么事情，会议的事也不着急这一天，你什么都别管，先回去洗个澡睡一觉。"

停顿了两秒钟，他说道："至于小诺，我会帮你打听的，到时候第一时间告诉你。"

确实是累，司徒南觉得微微有些眩晕，把头微微往座椅的后面仰了仰，没有再坚持。

"对了，"他开口问岳明朗，"你和白鹿……你们怎么样了？"

提及白鹿，岳明朗眼中的神色复杂起来，一时间不知如何开口："白鹿她，一直在回避我……"

"回避你？"

"嗯，"岳明朗点点头，"我不知道这些年来，她的人生中发生了什么，那天在南粤楼之后，我再去找她，她已经从那里辞职了，我便知道，她还是在躲着我。"

"你没有再找她？"司徒南问道。

岳明朗的右手手指在方向盘上敲了敲，沉默了半晌，而后缓缓开口道："司徒，我不敢。"

"不敢？"司徒南有些不解。

"是啊。"岳明朗轻轻叹息了一声。

"我知道有了南粤楼这个线索，我若是找她，一定找得到，可是我真的不敢，"岳明朗轻轻叹了口气，"我怕她过得不好，又怕她过得好。"

司徒把头转向窗外："明朗，你记不记得大学时，我们一起看金庸？"

"嗯。"岳明朗点点头，"你想起了哪一本？"

"《天龙八部》，"司徒南说道，"陈世骧1966年给金庸的书信中，有一句对《天龙八部》的评论。"

"无人不冤，有情皆孽？"岳明朗接话道。

司徒南点点头："你当年苦追白鹿时，有一次醉酒，说起过这句话。"

沉吟了片刻，他放低声音，似乎是在同岳明朗交谈，又似乎是在自言自语："当时的我，并不理解这句话，现在看来，好像是懂了。"

岳明朗轻轻摇摇头，没有再说话。

手中的钥匙插入锁眼，拧动着房门把手的时候，司徒南的心中有隐隐的期待：在他推开房门的瞬间，会响起唐诺"回来啦"的声音。

然而并没有，除了"嘎吱"一声推开房门的声音，周遭一片寂静。

司徒南将外套脱下搭在门旁的衣架上，换上拖鞋之后进了房间。

茶几上的水杯，盥洗池边的牙刷，残留着她惯常使用的香水的味道。

周遭种种，都在提醒着她的存在。

司徒南倒了杯水，在主卧的门前站立良久。

唐诺过来之后，这个房间，他再未进来过。

犹豫了一会儿之后，他终究还是伸手推开了房门。

他一进去就哑然失笑，虽然唐诺智商、情商爆表，但收拾房间方面及格分都拿不到，房间里被子揉成一团，床单皱皱巴巴，价值不菲的衣服，乱七八糟丢得到处都是。

司徒南俯下身去，一件件捡起来，折叠整齐之后，准备放进衣柜里。

叠放的时候，他一扬手，有什么东西从衣柜里掉落下来。

他俯身去捡的时候，看到一本小小的牛皮纸封面的相册。

他翻开第一张，是一棵看起来有些熟悉又有些陌生的大榕树，郁郁葱葱的枝叶，下面摆放着木质的桌椅。

他再翻过去，应当是一家咖啡馆的内部景象，大大的落地窗，傍晚夕阳的余晖在沙发上留下斑驳的光影。

司徒南不明所以，就那样一页页随意地翻着，越往后翻过去，就愈加熟悉。

忽然，他翻到一张实验室的照片，那正是唐诺高三毕业那年，加入他所在的项目组成天泡在那里的那个实验室。

相册里有一家餐厅的照片，唐诺参加的某次建筑设计比赛，方案最终确定的时候他给出了自己的一些意见，拿到奖项之后的她，一定要请他吃大餐，最终他们去的就是那里。

里面还有学校里那条种满银杏的路的画面，可以看出是深秋时候拍下的，地上铺满金黄色，树枝上也满是金黄色的银杏叶。

……

若是再仔细看过去，每张照片的右下角，种种场景下面，都写着拍摄日期。

她同他初见时北蝉乡的大榕树，她同他重逢时的咖啡馆，她同他吃过饭的西餐厅，她同他并肩作战过的实验室，无不勾起他的回忆。

秸秆上经常会有虫子，靠吸收秸秆中的营养活下去。

司徒南不知道，唐诺在澳洲的无数个深夜里，如同虫子一般，靠着回忆生活。

挂起来的外套口袋里的手机铃声大作，司徒南将那本相册放回原处，走出去拿起了电话。

电话是岳明朗打过来的。

"司徒，我联系上小诺了。"

"她还好吧？去了哪里？"司徒南语气急促。

"她回老家了，"岳明朗回答道，"她爷爷病危。"

4.

先前的日常生活中，已经有过些许不适的迹象，但爷爷独居，向来又是不服老，好强的性格，一直也都没有对家中亲人开口，直到这一次，他在和邻居闲聊的过程中忽然陷入了休克状态，被送到医院的时候，已经是重度昏迷。

抢救诊断，脑梗死，已经是晚期。

医院已经下了病危通知，没有再治疗的必要，所有的医学措施，也仅仅是减轻疼痛而已。

尚且在住院的时候，老人便用手语同儿子表达了自己的想法，内心也知道自己时日无多，不想生命最后的时间，在充斥着刺鼻的消毒水气味的医院度过。

唐父接老人回了家，回到北蝉乡的那个小院，从医院里请了两个专业的高护，每天定时定点过来查看情况。

老人意识尚且清楚，但表达出现障碍，脑梗导致偏瘫，终日只能卧床。

唐诺看到爷爷的第一眼，眼泪便在眼眶中打转，爷爷的目光也投了过来，反应已不如以前，愣了好一会儿才缓缓地露出一个笑容。

他嘴里呢喃着的，是"别哭"。

唐诺咬咬牙，把眼泪咽了下去。

午后的阳光极好，她把轮椅推出来，让爷爷能晒晒太阳。

她搬个小板凳坐在他的脚边，觉得他的指甲有些长，便从包里翻出指甲剪来，一边给他修剪指甲一边嗔怪道："你看看，多久没有剪指甲了，就这样还下棋呢，你不是告诉过我，棋手的手要干干净净吗？"

用指甲剪修好之后，她还用锉刀把指甲的边缘打磨光滑，把指甲周围的死皮剪掉。一切都做完之后，她从包里摸出自己茉莉蔻的护手霜，挤到自己的手心，而后涂抹到爷爷的手背上："玫瑰味的，很好闻吧。"

十指修剪整齐之后，唐诺微微起身，伸出手去揪住爷爷的耳朵："来，我看看有没有耳屎。"

她有模有样地端详了一番，眉头蹙起："哎呀，有一块还不小呢，要挖出来。"

没有在自己的包里找出挖耳勺，正好江川端着泡好的茉莉花茶从里面走出来，唐诺赶紧喊住："江川，有没有挖耳勺？"

"有啊，你等下。"江川把瓷茶壶放在庭院的方桌上，从外套的口袋中摸出钥匙，递到唐诺手中。

唐诺双手捧着爷爷的脑袋让他歪一歪，半俯着身子，眼睛也微微眯着，给爷爷掏耳朵。

回来得匆忙，她基本上没有带任何换洗衣物和化妆品。

好在同少女时代相比，她的体型基本上没有发生太大变化，穿的是高中时丢在家里的旧棉服，一张脸不施脂粉，头发随意地挽在脑后，反而更显得娇俏动人。阳光在她的鼻尖上停留，折射出美好的光线，江川看着那张侧脸的时候，觉得特别美好动人。

他连看着她的时候，都觉得能认识这样美好的人何其幸运。

"不要动嘛，"唐诺嘴中轻声呢喃道，"就快挖出来了，别动别动……好……"

她献宝似的将挖耳勺伸到爷爷面前，看到他的脸上有一层淡淡的笑意。

唐诺骄傲极了："你看，我棒不棒，这么大一块……"

话说到这里的时候，她忽然停了下来，认真端详了一下爷爷的脸，这才注意到，他的目光，并非是投在她手中的挖耳勺上的。

唐诺站直了身体，而后缓缓地转过身去。

她同爷爷的目光投向了同一个方向，半开的门前立着一个身影。

唐诺的心微微一颤。

她没想到会在这里看到他，也没想到会在这个时间。

她看向他的那一瞬间，听得到胸腔里心脏剧烈跳动的声音。

东京那个雪夜的种种场景在眼前浮现。

她脸上的表情是寡淡的，甚至没有一丝笑意。

唐诺并未走过去迎接他，目光垂下，自顾自地说道："爷爷，我去给你倒杯茉莉花茶。"

倒是江川，同司徒南有过寥寥的几次照面，看出了事情的端倪，匆匆走过去把那扇门拉开，招呼着司徒南进来。

司徒南的手中提着补品，放下之后走到那辆轮椅前面，蹲下身去：

"爷爷，是我。"

距离唐诺十六岁那年和司徒南的相识，已经过去了很多年，唐诺原本以为，爷爷对司徒南，早应当毫无印象。

孰料他的眼神竟明亮起来，虽然说不出话，但嘴角仍有笑意，费劲地把一只手伸在半空，比画着什么。

唐诺已经端着茉莉花茶走过来，不明所以地看着他的手势。

"他想要下棋。"司徒南起身说道。

他眼神看向唐诺的那一瞬间，却又立即移到别处，看向的，是庭院里那已经落败的冬日的树。

唐诺没有说话，将茶水放在爷爷嘴边，喂他喝下一些，而后起身走进房间，不一会儿，捧着棋盘和棋盒出来。

槐树还是那棵槐树，桌椅也还是那副桌椅，唐诺把棋盘放好，棋盒打开，把轮椅推了过去。

黑先白后，爷爷执黑子，司徒南执白子。

他用颤巍巍的手落下第一枚棋子的时候，唐诺便在心中一惊。

即便是完完全全的围棋外行，应当也知道，围棋落子，是落在棋盘上的点上的。三百六十一个点，落在哪里都可以，但按照棋理，占据角步最为有利，先角后边再中腹。

"棋盘上的四小角，应该先占哪小角呢！"唐诺曾这样问过爷爷。

"黑棋第一步，通常应该走自己的右上角，这是为了把距离对方右手近的左上角让给对方，以示对对方的尊敬。"爷爷当时乐呵呵地讲解道。

而他今日落子，那颗黑子落在棋盘的正中央不说，甚至根本不是在棋盘的纵横交错的点上，而是在方格中间。

唐诺抬头看了看司徒南，他的脸上也有微微错愕的神情。

两人的目光稍一交错，唐诺便在心中证实了自己的猜测。

爷爷的情况，看来已经愈加糟糕，病情恶化甚至超出了医生的预计，先前一直以为他虽说偏瘫，有语言表达障碍，但至少意识是清醒正常的，现在看来，并非如此。

落子之后，那边司徒南半天没有反应，惹得爷爷不满，催着司徒南落子。

司徒南拿起白子，落在了棋盘上。

和他一样，他也没有把棋子放在点上，而是放在了空格中。

那是一局莫名其妙的，看不出规矩，也看不出输赢的棋，爷爷却下得异常开心，唐诺在一旁看着，心中觉得有些苦涩，亦觉得有些安慰。

棋下了一半，爷爷大抵是闷了累了，拿起黑子的时候忽然把它放到唐诺手中，冲她挤了挤眼睛，示意她帮自己继续下。

唐诺咧开嘴一笑，应声："好。"而后瞄了一眼棋盘，继续着爷爷方才乱七八糟的下棋风格，爷爷看得开心，还有模有样地指点。

茉莉花茶放在桌边，隔着那氤氲的白气，江川远远地看过去。

司徒南和唐诺离得很近，头几乎碰到一起，爷爷坐在两人的身边，唐诺犹豫着落子。

那画面祥和，安宁，美好。

C h a p t e r

9

如果痴痴等，某日终于
可等到一生中的最爱

1.

从机场接回司徒南之后，岳明朗的心里久久不能平静。

在办公室看图纸的时候他总觉得不能完全集中精神，索性到楼顶的天台上吹一吹冷风。

他从外套口袋里拿出手机，翻出通讯录，盯着上面"白鹿"两个字犹豫良久，不知道是不是该拨出去。

那日在南粤楼，他昏迷前脑海中的最后一个声音，便是她的那句"明朗"。

他醒来的时候已经身在医院，脑袋上缠着绷带，挣扎着从床上坐起来环顾四周，眼神又黯淡下来：白鹿并不在这里。

好似先前发生的一切，都只是他的一场梦而已。

唐诺和司徒南方才去交医药费，正好推门进来，见到他起来了唐诺慌忙跑过去："快躺下，快躺下，医生说你需要卧床……"

"小诺，"岳明朗打断了她的话，"白鹿呢？"

"什么白鹿啊……我不知道……"唐诺低声呢喃着，瞥了司徒南一眼，试图把这得罪人的苦差事往司徒南的身上推。

司徒南哪有白鹿这般心眼，只得如实交代："白鹿她，她没有过来。"

岳明朗的脸色铁青，一把掀起方才唐诺刚给他盖上的被子便要下床。

"老岳，老岳你干吗？"唐诺赶紧伸出手去扶他。

他一扬手，推开了唐诺伸过来的手，因为生气，嘴唇微微发抖："我要去找她，我要去问她当年为什么不告而别，我要问清楚这一切到底是为什么！"

终因身体还是虚弱，他两脚刚一落地便趔趄了一下，整个人摔倒在地上，却还是不甘心，挣扎着站起身来往房门的方向走去。

"老岳！"

"明朗！"

唐诺和司徒南一同喊出他的名字，往前跨了两步，唐诺伸手拉住了他的胳膊，却被岳明朗挥手甩开。

"岳明朗！"唐诺来了脾气，声音也高了起来，"岳明朗你站住！"

她顺势拿起茶几上的花瓶摔了下去，花瓶跌落在地上成为碎片，发出清脆的声响，把正要进来查房的小护士都吓了一跳。

房间里顿时陷入了一片寂静，岳明朗的脚步定在了那里，没有再往前走。

"岳明朗。"唐诺往上走几步，拦在了他的面前，本想责怪他两句，但看到他那尚苍白着的脸又有些不忍。司徒南也走了过来，低声劝慰他："明朗，你的头部受到了撞击，现在需要休息治疗，你先冷静一下，白鹿的事情，等你出院再说……"

岳明朗沉默了半晌，而后缓缓地点点头，怅然地转过身去，脚步蹒跚着走到床边坐下。

住院的那一周，他无时无刻不处在憧憬中，每一次房门有响动的时候，便觉得心跳加速，期冀着下一次推门而入的，是自己期待的那个人。

但自始至终，白鹿都没有来过。

一周之后出院，他第一件事就是到南粤楼找白鹿。

经理摇头："白鹿已经从我们这里离职了。"

"离职了？"岳明朗眉头皱起，"可那日的事情，明明不是她的责任。"

"这我知道，"经理连连赔笑，"但不管怎么说，我们从事服务业，不能与客人起冲突是最重要的要求。而且，白鹿小姐并不是我们辞退的，是她自己选择提交的辞职书……"

"你有她的联系方式吗？"

"电话登记的有，"经理伸出手招呼来旁边的一个服务员，"白鹿的电话你有吗？给这位先生说一下。"

"有的有的。"那个姑娘翻出手机，报出了白鹿的电话号码。

他按下那一串数字，然而电话那端传来的，是一遍遍冰冷的"对不起，您所拨打的电话已停机。""对不起，您所拨打的电话已停机。"

岳明朗的拳头捶在酒店门口的栏杆上。

他心中怅然，却也明白，同数年前一样，白鹿是有心躲着他。

他不愿就此放弃，通过一些线索，托周遭朋友查一下她如今的联系方式，并不算复杂，那边很快把白鹿的新住址和电话发了过来。

岳明朗将她的电话输入通讯录中，地址被他存在了手机的备忘录里，却仍旧是不敢拨打。

当你真心爱上一个人的时候，那个人便会是你永远的乡愁。你对那个人，从一开始就具有熟悉感，依恋感，仰慕感，即便是遭受难以承受的离弃，即便是永远未完成的情感，那个人都是你的心灵故乡，你从此之后，流离失所，充满深深的乡愁。

但有一天，当你获得了尘世中那张可以返程的车票时，当故乡重新出现在你的眼前时，你却又怀着深深的恐惧。

岭外音书绝，经冬复历春。近乡情更怯，不敢问来人。

她是他久未闻得音信的故乡。

而自己已是故乡的陌生人。

他盯着手机屏幕怔神的时候，手机铃声大作，是所里同事打来的电话，要让他看一个设计稿。

"好，我这就过去。"岳明朗在电话这边应着，往楼下走去。

这是设计所最近参标的一个市政建设的项目，政府的建筑工程，向来是各个设计所竞争的重点，因为资金充沛，开价也大方，拿下这个项目算是他们年前最重要的一项工作，司徒南和岳明朗，都为此耗费了不少心血。

新交上来的图稿同上一版相比稍微好了一些，但细节之处仍然有不够完善的地方，岳明朗拿起桌子上的铅笔在图纸上勾勾画画，标注着需要改进的地方。

忙完之后，外面已经是华灯初上，刚融冰的路面打滑，岳明朗不想开车，索性步行回家。

冬夜让幸福的人更幸福，寂寥的人更寂寥，岳明朗路过一家酒吧的时候，被里面的热闹吸引，推门走了进去。

震耳欲聋的音乐和五彩斑斓的灯光，高浓度的酒精，都让岳明朗有些眩晕，他正端起第二杯酒的时候，身旁沙发的空位上忽然有人依偎过来："Alone？"

带着微微的醉意，岳明朗转过脸看去，是一个金发碧眼的外国女孩，她有着精致的五官和妆容。

舞池里又一首舞曲的前奏响了起来，没等岳明朗反应过来，女孩已经一把将他拉起，跳进舞池中去。

她的身材火辣，有着细腰和长腿，舞也跳得极好，提臀扭胯。岳明朗将手中酒杯的酒一饮而尽，也跟着音乐的节奏蹦跳了起来。

她偶尔会离他很近，整个身体几乎和他贴在一起，音乐很嘈杂，她说话时会把耳朵凑到他的嘴边："You are handsome."

"You are beautiful and sexy."岳明朗亦称赞道。

"You can call me Rita.What's your name?"

"Call me Yue."

红男绿女、纸醉金迷的场合，多的是荷尔蒙驱使下半推半就的游戏，Rita扭动着腰肢拉着岳明朗的手从舞池的正中央移动到了舞池的边缘，那里灯光昏暗，她伸出手去环住了他的腰肢，踮起脚来吻上他的唇。

酒精和灯光让人意乱情迷，岳明朗并未推开那柔软的双唇。

Rita的双手在他的腰间和后背游走，仿佛是一个信号，或是一个暗示。

岳明朗拥吻着她往酒吧门口走去，推开门外面的冷空气钻进来的一瞬间，他混沌的大脑忽然清醒过来，眼前一下子浮现的，是白鹿的脸。

仿似冷水浇上火星，岳明朗一下子冷静下来。

他推开了身旁柔软的身体，轻声说了句"sorry"，抓起外套便大踏步地走了出去。

夜已深，行人寥寥，他弯腰坐进路边的一辆出租车，而后报了地址。

这是一条有些偏僻的深巷，尽头是一栋老式的筒子楼，备忘录上的地址，白鹿住三楼右边倒数第二间。

他抬起头来，那扇窗户紧闭，房间里的灯光是亮着的。

他站在那里犹豫着，在冷风吹散最后一丝勇气之前，走进了那段昏暗的楼梯。

他在302的门前站定，缓缓地抬起手来，敲响了那扇门。

里面传来一声："谁啊？稍等。"紧接着，便是拖鞋趿拉着走近的声音。

岳明朗的手心微微出汗，好似一夕之间，回到了自己的少年时期。

2.

"嘎吱"一声，房门拉开，白鹿抬起头看去。

目光落在岳明朗身上的第一眼，她立即变了脸色，眼神里的情绪极其复杂，有错愕，还有戒备，她整个人挡在门前，没有让岳明朗进去的意思，声音是冰冷的："你来做什么？"

岳明朗只觉得心中酸涩，他曾在脑海中幻想过千万次他们重逢的场景，来的途中亦在脑海中演练过多次见到白鹿时，要对她说的话。

然而她对他，太过冰冷，好似两人之间，那充满浓情蜜意的美好时光，从未存在过一般。

方才酒吧里的酒精仍旧发酵着情绪，岳明朗看向白鹿的双眼，忽然就往前走了一步，一把揽住她的腰肢，俯下身去，欲吻上她的双唇。

白鹿的身体僵硬了一下，而后剧烈地挣扎着，他的双唇触到她的双唇的时候，她忽然狠狠地用牙齿咬了下去。

他感到钻心的疼痛，伴随着的，是腥咸的血液的味道。

岳明朗冷静下来，立即松开白鹿，连声道歉："对不起，白鹿，对不起，我只是想知道……"

白鹿背后的房间里，忽然响起了一声尖锐的孩童的啼哭声。

她顾不得岳明朗，匆忙地转过身去跑进了房间。

岳明朗一时有些错愕，目光顺着白鹿跑开的方向投到了房间里。

这是很小的一室一厅，却也被收拾得温馨干净。

只是……岳明朗的心中一沉……有太多孩童的痕迹。

他抬起头来的时候，看到白鹿从里面跑出来，怀里抱着一个两三岁的小男孩，应当是碰到了脑袋，他的额头上有些红肿。

白鹿在客厅的抽屉里翻找着药水，而后蹲下身来，拿出药用棉球，在小男孩的额头上一边擦拭着一边安慰着他。

岳明朗从来没有想象过这般情形，从来没想过白鹿已经结婚生子，他一时间不知道如何是好，整个人呆呆地站在那里。

白鹿背对着他，倒是那孩子，探过头来，好奇地打量了岳明朗一眼，而后转向白鹿："妈妈，他是谁？"

岳明朗说话有些磕绊："对……对不起，我不打扰你了……对不起……"

他缓缓地转过身去，带上了那扇门。

因为疼痛而哭闹的孩子安静了下来，白鹿给他冲了一瓶奶粉，他捧着奶瓶大口大口地吮吸着，而后又合上双眼沉沉睡去。

白鹿将他抱回到自己的小床上放下，而后走出来，在客厅的沙发上坐下。

她把脸埋在双手中，小声地抽泣起来。

那日从白鹿的住所回去之后，岳明朗做了一个梦。

梦里面的白鹿还是数年前的样子，穿着一袭白纱裙，是新娘的打扮和样子，她挽着新郎的手，在红毯上慢慢地走着，自己在背后追赶着她。

她走得极慢，偶尔还会停下脚步，回过头冲他微微一笑。

可他就是追不上，即使是跑得大汗淋漓，即使是用尽全力伸出手去，也还是追不上她……

岳明朗忽然就从床上坐起来，醒来后有那么一瞬间的茫然，伸出手摸了摸额头，寒冬腊月里，额头上竟是一层细密的汗珠。

他再也睡不着了，从床上起身，到阳台上站了一会儿，深蓝的天空上，有几颗寂寥的星。

外面是呼呼的风声，岳明朗的心底，亦有呼呼的风吹着。

后来是赌气，他翻出自己的钱包，把里面装着的那张同白鹿的合影拿出来，看都不看一眼便将它揉成一团，而后皱着眉头丢进了垃圾桶里。

几秒钟之后，他却又趿拉着拖鞋过去，俯下身来捡起，用手细细地抹平。

3.

唐诺回来后的第五天清晨，早上起床之后，走到院子里的时候愣了愣，有点不相信自己的眼睛。

前几日爷爷成天卧床，意识模糊，什么话都说不出来，然而今日，他好像回到了生病之前一般，虽说还是坐在轮椅上，但正在和司徒南闲聊，给司徒南讲着围棋大师吴清源的"最善一手"，声音洪亮，眼神清澈，竟看不出任何患病的痕迹。

唐诺难以置信，用力地揉了揉眼睛，以确定自己不是在做梦。

爷爷抬起头来，正看到她，扬了扬手："小诺，你起来啦？来，过来。"

唐诺赶紧走过去。

爷爷拉上唐诺的手，对司徒南笑道："这是我孙女，叫唐诺。唐诺，这是你司徒哥哥，来，你们认识一下……"

唐诺的心头一惊，方才因看到爷爷的身体状况而高兴起来的心中飘过一丝阴霾。

她仰起脸看了看司徒南，他目光里的神情证实了她的猜测——这是脑梗引起的记忆混乱的状况。

她开口想要去纠正爷爷，身旁的司徒南已经伸过手来："你好，小诺。"

唐诺微微愣了一下，也伸出手去："司徒哥哥，你好……"

爷爷笑得很开心，伸出手来揉了揉唐诺的头发："小诺，你不是过几个月就要高考了吗？有什么学习上不懂的地方可以问一下你司徒哥哥……"

"爷爷，"唐诺一撇嘴，还是十六七岁时娇俏的模样，"我学习上哪里会有不懂的地方。"

"也是也是，"爷爷笑得皱纹都皱在了一起，"我听你爸说了，你每次都是学校第一名。"

唐诺挑了挑眉。

"对了，你把我的围棋拿来，我要跟司徒下棋。"

那个冬日清晨的阳光格外好，天深蓝，阳光透亮，积雪渐渐融化，发出滴滴答答的声音。

唐诺怕化雪外面温度太低，在房间里摆上了棋盘，推着爷爷的轮椅进去。

爷爷和司徒南下棋，唐诺在一旁剥好了红柚，拿了几个小柑橘和一小碟五香蚕豆放在桌边。炉子上烧着水，发出"咕噜咕噜"的声音，她从茶盒里舀出一勺六安瓜片，用热水冲好，每片茶叶都舒展开来，氤氲着白色气体，整个房间里都是新茶的香气。在这白色气体中一抬头，她便看得到司徒南的侧脸和细长的手指，好似时光倒流，一切都还是他们最初相识的那一天。

唐诺的心中洋溢起温柔的情绪，东京之行里不愉快的记忆都抛在了脑后，她将茶水倒进瓷杯里，走过去放到两人的手边。

司徒南刚刚落子，唐诺的茶杯端过去的时候碰到了他的手，猝不及防地打断了他对下一步落子的思索。司徒南抬起头的时候，脸上方才盈盈的笑意还未收回去，就这样同唐诺四目相对。

唐诺心中一紧张，差点把瓷杯打翻。

她想赶紧走开，爷爷却招手："来来，小诺，坐这里，学着点。"

她只得在一旁坐下。

她还是数年前看过爷爷下棋，当时还会时不时地嘲弄一下他的下棋水平，然而今日的这盘棋，爷爷竟下得极好。

他不急不躁，厚积薄发，隐忍蓄力，雷霆一击，司徒南最后缴械投降。

爷爷"呵呵"一笑："闲看数着烂樵柯，涧草山花一刹那。五百年来棋一局，仙家岁月也无多。痛快！痛快！小诺，中午我们多做几个菜。"

"好啊，"唐诺应声道，"今天不让孙姨做了，我亲自下厨，想吃什么？"

唐诺见没人答话，又问了一声："喂，想吃什么？"

司徒南正低头收拾棋子："啊，我都行的。"

"那爷爷呢？"唐诺背对着两人，端了一杯水喝。

一秒钟，两秒钟，五秒钟，一分钟……

没有任何回答的声音。

唐诺把水杯紧紧地攥在手中，没有转过身去，轻轻又喊了一句"爷爷"，声音里有微微的颤抖。

身后仍旧是沉默。

她转过身看过去的时候，司徒南正蹲下身去，把手伸向爷爷的鼻前。

而后他转过脸看向唐诺，唐诺同他四目相对的那一瞬间，便知道自己心底的想法已经被证实。

"快打 120！"她的声音里有哭腔，胡乱地找着手机，"手机在哪里？手机在哪里？打 120……护理呢？我爸找的护理呢，在哪里，在哪里？"

护理已经听到了这边的嘈杂声响，提着急救箱急匆匆地跑过来，在检验过心脏脉搏和呼吸之后，面色凝重起来："病人已经离世了。"

唐诺只觉得脚下一软，好似全身的力气都被抽空了一般，整个人坐在了地上。

几分钟之后她又挣扎着起来，声嘶力竭："没有！没有！爷爷刚才还好好的，爷爷今天精神特别好，怎么可能就这样离开了，不可能！司徒，司徒，打电话，打 120，现在就打……"

唐诺这样大声叫喊着，脸上已满是泪痕。

司徒南比唐诺年长几岁，经历过生死离别，不似唐诺这般情绪失控，但仍觉心底悲痛，走过去搀扶着唐诺让她在沙发上坐下："好，我现在就打。"

等救护车过来的时间里，唐诺一直远远地坐在沙发上，不愿意走近爷爷半步。

是的，她不愿意，不愿意去看到那已经涣散的瞳孔，不愿意去触碰那慢慢冰凉下去的身体，好似自己就这样远远地坐着，下一秒老人就会坐直身体冲她扬扬手："来，小诺，你也过来陪我下盘棋。"

老人已经没有了生命迹象，即便是送到医院做心脏复苏，仍旧是回天无力。

噩耗传来的那一瞬间，等在走廊上的唐诺拔腿便往外跑去。

原本清朗的天空，此刻又飘起了雪。路上的每一个行人都裹紧外套和帽子，孤独地保护着自己。

唐诺并不知道自己要跑向哪里去，只是觉得只有通过奔跑，才能缓解心中那无可抑制的悲恸。

她只觉得胸腔中有大块的空洞，有呼呼的风声。

她并未注意到拐角处开来的车辆，眼看即将撞上的时候，唐诺只觉得有一股强大的力量，紧紧拽上了自己的手臂，硬生生地把将要冲上去的自己拉了回来。

她转过身的时候一个趔趄，正好撞进了那温暖的怀抱里。

是司徒南。

她抽泣着环上了他的腰，脑袋埋在他的胸前。

人来人往的街头，她小声的抽泣变成大声的号哭，偶尔有路人经过，投去好奇的一瞥。

司徒南想说点什么，却不知道该如何开口，只能用一只手将唐诺揽得更紧，另一只手抚摸着她的后脑勺按在自己的心口处。

有雪花落在他们的发上和肩头。

唐诺的情绪很久才平复下来，她从司徒南的怀抱中起身，抬起头看向他："我们回去吧。"

司徒南伸出手去，将唐诺头上的雪花拂去，而后从脖子上取下来围巾，将还带有体温的围巾围在了唐诺的脖子上。

葬礼是三日后举行的，是在西郊的一块墓地，爷爷生前为人耿直豪爽，自发前来吊唁的人很多。

唐诺一袭黑衣，胸前别着白花，站在父亲身旁，对一个个前来吊唁的人鞠躬致谢。空气清冷，唐诺的脸显得愈加苍白。

从中午到傍晚，反复播放的音乐是莫扎特的安魂曲，司仪致悼词："他是一位伟大的老人，他的离去，是我们每个人莫大的损失……"

江川将白菊放在墓碑前，三鞠躬之后又走上前去，同唐父和唐诺拥抱了一下，小声地在唐诺耳边说道："小诺，坚强些。"

再后来，是司徒南。

他亦同众人一起，鞠躬吊唁，留在爷爷墓碑前的，是一个精致的棋盘。

来人渐渐散去，整个仪式快要结束的时候，有一个人影缓缓地走过来，在墓碑前站定，鞠躬悼念，将手中捧着的花放在墓碑前。

而后她走到唐父面前，伸出双臂，给了他一个深深的拥抱。

唐诺也被他们两人拥在了怀里，三个人紧紧地抱在一起。唐诺的眼泪哗啦啦地流："妈妈，爷爷不在了……"

"没关系，没关系，"妈妈拍打着她的后背，"爷爷去了一个很美好的地方，小诺，你还有爸爸妈妈呢……"

4.

唐诺自葬礼之后，精神不振，一直躲在房间里昏睡，茶饭不思。

司徒南来敲门："小诺。"

里面并无应答之声。

他并不放弃："小诺，来整理一下爷爷的遗物吧。"

躺在床上的唐诺心头一动，缓缓地从床上起身。

先是卧室，而后是书房，她随手拿起一本书，是《中的精神》，围棋大师吴清源的自传，写了他淡泊名利，纯粹追求棋道的一生。

"一百岁后我也要下棋，两百岁后我也要在宇宙中下棋。"

浮名俗利，你争我抢，无论是兴趣还是爱人，一生只一个的纯粹最难得。

唐诺轻轻叹了口气，欲将那本书重新放回书架的时候，忽然有几张照片从里面滑落出来。

她俯下身去捡起，翻过来看照片的时候，整个人微微一怔。

那几张照片上，是司徒南同爷爷的合影，并不是十六岁那年初识司徒南的时候，应当是用拍立得拍的，照片的右下角有日期。

时间应该是唐诺在澳洲的那几年。

照片有的是春天，有的是秋天，有的是两人在钓鱼，有的是两人在下棋。唐诺盯着那几张照片发怔的时候，书房里的门被推开，司徒南走了进来："小诺，你知不知道……"

目光落在唐诺手中的照片上，司徒南停顿了下来。

唐诺的眼中有泪，仰起脸来看向司徒南："司徒，你每年都回来看爷爷？"

司徒南走过去，将那些照片接过来，低头翻看着，沉默了好一会儿，才抬起头来："你去澳洲之后，给我发过一封邮件。邮件里说你做梦梦到爷爷了，说他一个人在老家没有人陪他，不知道他是不是会觉得很孤单，所以那几年，我有空的时候会过来看看他。"

他笑了笑："陪他下下围棋养养花，他也总是很高兴的样子。"

他说得轻描淡写，唐诺站在那里，却觉得心中有海啸袭过。

她转过脸去，看向司徒南："司徒，谢谢你。"

司徒南淡淡一笑，没有说话，走上来几步，帮唐诺一起整理着书架上的书，有的书页已经破旧不堪，应当是经常被翻看，有的上面落着一层薄薄的灰尘。

两人整理了大半个上午，分门别类地放好。

外面的雪越落越大，纷纷扬扬，玻璃窗上结了一层薄薄的水汽。

收拾完那些书之后，司徒南同唐诺随意地聊着天，唐诺问司徒南："你每次过来的时候，爷爷会同你讲什么？你讲给我听好不好？"

"什么都聊，聊得最多的，还是围棋。"

书房里有木质的桌椅，司徒南在那里坐下，唐诺在他身旁的椅子上坐下。

他同唐诺聊天，给唐诺讲围棋史，讲六合之棋，讲什么是中，讲最善一手。

唐诺睁大眼睛听着，听到精彩处，也叫嚷着要同司徒南下上一盘围棋。

炉子上的水烧开了，"咕嘟咕嘟"地翻滚着，唐诺赶紧起身，走过去把水壶提起来，掀开壶盖，房间里都是氤氲的白气。

司徒南的目光看过去，正落在唐诺的侧影上，氤氲的白气中，她的面庞静谧柔和，让人忍不住想要伸出手去触碰。

"喝杯水。"唐诺端着杯子转身，司徒南猝不及防，匆忙把眼睛垂下去。

他接过唐诺手中的水杯，轻轻抿了一口茶。

身旁的唐诺看向他："司徒，好想一辈子就这样过。"

司徒南的心中一颤，手也微微一抖，手中的茶水差点洒了出去。

他盯着杯中舒展的茶叶，努力用一种云淡风轻的语气回应："那就一辈子这样过吧。"

5.

纷纷扬扬的雪下了几天，完全没有停下来的意思。

农村地区本就交通不便，再加上这样的大雪，几乎是与世隔绝。

唐诺了解司徒南，知道他是工作大于天的性子，担心一直待在这里会影响他工作，问他："司徒，你手上是不是还有工作？我找这边的叔叔把你送到市里……"

"没关系，"司徒南回过头来看向唐诺，"工作没关系的。"

他继续低头修剪着那个盆栽，顿了顿说道："我想在这里陪陪你。"

他母亲去世的时候，他正上高二，在那堂盛夏午后的数学课上，阳光灼眼，照得人昏昏欲睡，耳边是烦人的蝉噪。

教室的门被推开，班主任匆匆忙忙地走了进来，在讲台上喊了他的名字，而后挥挥手，示意他同自己出去。

在外面的走廊上，他被告知了母亲去世的消息。

当时正值酷暑，那几天都在发布着高温预警，然而那个消息传到司徒南耳朵里的时候，他当时唯一的感觉便是冰冷，这一天也是他生命里的最冷一天。

从此之后，这世界上再无牵挂他之人，也再无一个人可留于他牵挂之中。

因为这经历，所以对唐诺，他更能多出几分感同身受。

他并不会说太多话，只是陪她整理旧照片旧相框，陪她听爷爷留下的老式留声机里不甚清晰的曲子。天放晴的时候，他会同她一道出去散步，去结了冰的河边，去萧瑟的林间，去山上。

冬天路滑，唐诺平衡能力又差，经常脚下一个趔趄，后来司徒南索性在手中拿着一根粗树枝，让她拉着粗树枝的另一端往前走。

一根树枝，在唐诺和司徒南之间晃晃悠悠。

过了几日，雪渐渐停了下来，是晴朗的天气。

唐诺和司徒南没有出门，唐诺坐在院子里的凳子上晒太阳。

外面传来敲门声，打开门一看，是几个中年人。

唐诺有些不解："你们是？"

"哦，是这样的，"为首的一个中年人笑了笑，"这几年，村里的年轻人都外出打工，只剩下了留守老人和儿童。村里有两栋老房子，就这么被闲置了下来，我们几个领导觉得闲置着也是浪费，就把这两所民居租了下来，想建一个图书馆之类的，丰富一下大家的业余生活……"

唐诺有些不解："那为什么找到我？"

"民居虽然是租了下来，但肯定不能立即投入使用，需要重新对这两栋房子进行设计改造。村里的预算也不是太多，也不可能去建筑所找什么设计师。我记得老唐生前说过，自己的孙女学的是建筑，在设计所，就打听到了设计所的电话，正巧那边告诉我说他们所里的一个很厉害的设计师就在这里……"

他说到这儿的时候，司徒南正好提着大衣从里面走出来，见到这场景愣了愣："小诺？怎么了？"

唐诺赶紧把几人的来意解释了一遍。

司徒南几乎是没有思索，将大衣披在肩膀上，冲他们点点头："行，带我去看看。"

几个人眼中难掩兴奋的神色："您就是司徒先生吧？您人真是太好了，行行，我们现在就带你去看看。"

"我也去。"唐诺抓上毛茸茸的帽子戴在头上，紧紧地跟在司徒南的身后。

那两所民居并不太远，十来分钟的路程。

这是太过老式和破旧的建筑，不大能见到的黄泥夯土墙和木屋架，墙壁上都还有着村民插竹竿晾晒东西的空洞，年久失修，角落里布满尘土和蛛网，空气中也都是烟尘的味道。

司徒南里里外外对房屋的构造做了一个大致的了解，而后向方才的几位干部咨询了一下他们的期望效果，经费预算之类的问题。

"期望效果我们也说不大清楚，您是设计师，交给您就好了，经费上也是尽可能地节省一些吧，我们这个地方，夏天的时候其实也是会有不少游客的，想建成一个供当地村民和外来游客使用的公共阅读空间，鼓励大家多读点书。"

"嗯。"司徒南点点头，"我心里大概有数了，行，如果你们愿意的话，这个项目交给我就好了。"

"好好。"为首的那个干部点头，但几秒钟之后，脸上又有些许为难的神色，"我们当时找到您的设计所的时候，也问了一下，知道您一张设计稿价值不菲，不知道您的收费……"

"钱的事情你们放心，"司徒南挥挥手，而后用眼睛的余光，看了看正站在另一扇墙壁面前观察着墙壁结构的唐诺，"唐爷爷和小诺都是我朋友，你们这里的事情，就同我自己的事情一样。"

傍晚时分，司徒南和唐诺带着一些基本的测量工具，又来到了这两所民居。

对照着建筑平面图，对两所民居的面积进行精准的测量，对房屋目前的朝向、采暖、通风、照明等功能性问题做一个初步的记录。

而后司徒南找一块空地坐着，在手中的平面图纸上勾勾画画，唐诺走过来将自己刚测量的数据告诉他，他抬起头，看向唐诺的时候，忍不住笑了。

司徒南挥挥手，示意唐诺蹲下。

唐诺不明所以，蹲在了司徒南面前。

他的脸离自己很近，近到看得见他面颊上细密的绒毛，司徒南的手伸向唐诺的头顶的时候，唐诺只觉得自己的心脏都要停止跳动了。

他的手抚上了唐诺的长发，顺着她的长发，将什么东西捋了下来。

"跑去哪里了？沾上这么多蜘蛛网。"司徒南淡淡一笑，将手中的东西给她看。

唐诺方才还是一脸陶醉的神情，此刻知道了司徒南竟然只是为了拿下头发上的蜘蛛网，立即板起了脸，"哼"了一声跑开了。

晚饭饭桌上，司徒南同唐诺聊那两所民居改造的问题，问唐诺："你有什么想法？"

"我不建议做大的改造，"唐诺思忖道，"在保留原有的夯土墙面和木屋架的基础上，可以在墙上竖立起钢化玻璃，将屋顶整体抬高，引入光和山景。"

"嗯，"司徒南点头，"我也是打算保留原有的建筑风格，现在的二楼是卧室，层高较低，光线也很弱，确实需要把整个屋顶抬高，大约六十到七十厘米。这样形成的高窗可以让二层的光线更加充足，同时也就可以把户外的山野风景引进来。"

"对啊，"唐诺点头，"现在是冬季，山林萧瑟，如果是夏天的话，郁郁葱葱，很好看的。"

"还有，这两所民居虽然是毗邻的，但没有完全连接在一起，这就造成了稍微有些断层，所以我考虑是不是在两所民居之间设计出来一个走廊。"

"可以啊，"唐诺想了想，"可以和周遭的木质结构相一致，设计一个镂空的木连廊，木连廊的后面可以设计一个设有茶座和棋桌的木平台，这样一年大部分时间也都可以在室外看书下棋……"

"木平台？"司徒南饶有兴趣，"怎么在木连廊的后面设计木平台？"

唐诺从餐桌上起身，拿起一旁桌子上的纸，寥寥几笔就将大致的图纸勾画了出来："喏，就是这样。"

司徒南也顾不得吃饭，细细地打量着那张图纸，微微点头。

"色调呢？司徒，色调你是怎么考虑的？"

“既然要保持原有风格，肯定还是黑、白、灰的基础色调。”

“嗯，赞成。”

“剩下的就是合理分区，小诺，你带电脑了吗？我需要查阅一下近十年的功能性建筑内部分区情况。”

“电脑没有带，”唐诺的眉头蹙起，思忖了片刻，“不过我上次回来的时候，给爷爷带了一个 iPad，应该在他房间里，我找一下看。”

外面已经升起霭霭的夜色，桌前的台灯亮着。

因各项绘图制图工具都不齐全，司徒南和唐诺只得凭借感觉先进行大致的划分和勾勒。

灯火如豆，两人时而轻松地交谈，时而是压低声音的争论，没有人注意到时间的流逝。

直到墙壁上的挂钟敲响午夜十二点的钟声的时候，司徒南才反应过来，一把将唐诺手中的彩铅拿下，将桌子上的图纸也翻过去盖起来：“你这几天都没怎么睡觉，快去睡觉。”

“我不困嘛，”唐诺的嘴巴噘起来，“我正来劲呢。”

“去睡觉。”司徒南是不容拒绝的口气。

“好好好。”唐诺撇了撇嘴，从椅子上站起身来，伸了个懒腰往外走去。

她走到门口的时候忽然停了下来，转个身面向司徒南，轻轻喊出了他的名字：“司徒。”

司徒南已经在埋头翻看那些图纸，“嗯”了一声，抬起头来看向她：“怎么了？”

原本也没有什么非说不可的话，唐诺站在那里，微微笑了笑：“没什么，就是想喊一喊你的名字。”

司徒南垂下头去，继续看手中的图纸。

台灯的灯光并不算亮，在司徒南的侧脸上打出一片昏黄。

“快去睡吧。”他说道。

因忙爷爷的葬礼，确实是有好几个无眠的长夜，太过劳累和疲倦，脑袋一碰到枕头，唐诺便进入了梦乡。

她睡得格外香甜，平日里习惯早起，可那天一睁开眼睛，外面已经是日上三竿。

她贪恋被窝的温暖，却还是不愿意起床，躺在被窝里东想西想，拉开床头柜，把那个装着自己同爷爷合影的相框取出来。

她把它抱在怀中：“爷爷，我好想你。

“爷爷，司徒南最近对我终于不再是冷冰冰的了。

“爷爷，我觉得司徒南好像有一点点喜欢我了。

“是您在保佑我吗，爷爷？”

她在床上大声喊了两下司徒南的名字，没有听到回答，噘着嘴巴从床上爬起来洗漱。

客厅的桌子上放着豆浆油条，是司徒南清晨出门买回来的。

唐诺一边坐在那里吃，一边拨通了司徒南的电话：“司徒，你在哪里呢？”

“我在昨天这两所民居的现场，昨晚看方案觉得有不大合适的地方，需要实地来看一下。”司徒南在那边说道。

“你等等，我这就过去。”唐诺往嘴里又塞了一根油条，边说着边往外走。

在北蝉乡又待了三天，方案基本确定下来，天亦放晴，积雪消融，唐诺和司徒南返程。

办理乘机手续的时候，唐诺的心中有微微的不安。

她有些害怕，怕同司徒南相处的这些时日，只是一场幻梦，怕返回到那熟悉的生活中去时，司徒南待她，又如往日。

"司徒。"唐诺忽然伸出手来拉住了司徒南。

"嗯？"司徒南有些困惑地转过头来。

"我们不回去了好不好？"唐诺的声音很低。

司徒南有些不解。

"不回去了，"唐诺自顾自地说道，"我们住在爷爷的房子里，我们两个人，像前几天那样生活着，不回去了。"

司徒南看向她，没来由地心头一动。

他的嘴角浮现出温柔的笑意，伸出手来把她额前的碎发整理整齐，而后看了看腕表："小诺，时间差不多了，走吧。"

唐诺亦在心中意识到自己刚才的说法太过天真，闷闷地点点头，跟在了司徒南的身后。

C h a p t e r

⑩ 也许我根本就
喜欢被你浪费

1.

腊月二十七即将放春节假期的时候，岳明朗带来了好消息，设计所准备大半年的竞标方案获得认可，成功中标。

努力得到了认可，并且能给设计所创下一笔不小的收益，大家自然是高兴的，但彼此也都心知肚明，方案做好之后接下来就是具体制图，看来注定是个休假无望，不得闲的春节。

"司徒，你可要做好心理准备，估计从初一到十五都要泡在办公室加班了。"岳明朗给司徒南打预防针。

司徒南微微一笑："读书的时候不都是这样熬过来的吗？我读博的时候，有一回有一个投标，腊月十三拿到标书，交标日期是正月初五。当时导师看了一圈，发现只有我不需要跋山涉水回家过年，就交给了我。我大年三十和大年初一都在加班，整栋楼里只有我和当天值班的院长，洗手间里碰到了面面相觑，现在想想，也是蛮有趣的。"

岳明朗爽朗地笑了两声："建筑师都有一肚子辛酸史啊。"

他随手翻了翻司徒南桌子上的文档，目光落在其中的一个上面："民居改造，这是什么项目？"

"私下接的一个项目。"司徒南淡淡地应了声，把文档从岳明朗手中抽走，"不会影响我们这个项目的，你不要管了。"

这个中标的项目，唐诺原本不在其中，是不需要跟着春节加班的，谁料她回家待了两天之后便赶了过来，在每个人或对着自己的电脑屏幕或对着图纸满脸愁云的时候，她推开门大喊了一声"Surprise"，而后冲了进来，手里提着两大袋打包好的外卖和零食。

项目组的所有成员都在一个办公室里办公，唐诺把食物给大家分好之后，径直走到司徒南那边，在他身旁的椅子上坐下，拿起项目策划案和进程书，也认真翻看起来。

她人聪明，天赋高，底子又好，即便是这个项目没有从头开始跟进，但跟上大家的步伐和思路也不是什么太大的问题。

昏天暗地的十几天，司徒南基本上没有从办公室出来过，早八点到晚十一点同大家一起做中标的市政建设的项目，晚上十一点之后大家陆续离开，他把白天的工作进度做一下总结之后，便着手继续做着唐诺家乡的民居改造工程的图纸。

想想唐诺刚进设计所的时候，他并不习惯她总是在自己面前晃悠，觉得工作的时候身边多了一个人，怎么都不对劲。后来竟也慢慢习惯，甚至于画好的方案图，也会拿给唐诺看看，问她细节上有没有什么需要修改的地方。

市政建设的方案图定下来的那天晚上，正好是元宵节。九点多的时候，对方的项目经理发来了"通过"的消息，办公室里的每个人顿时欢呼雀跃，纷纷起立鼓掌。

岳明朗一挥手："走啊，去酒吧庆祝。"

大家纷纷响应，往外走着的时候岳明朗喊正在那里低头整理资料的司徒南："司徒，走啊。"

"我就不去了，"司徒南淡淡一笑，从口袋里掏出一张信用卡递给岳明朗，"你带大家玩得开心点，我请客。"

"那我也不去……"唐诺抬头。

她的话还没有说完，岳明朗已经环上她的肩膀把她拉到门外："走走走，不要跟司徒南学，他活得跟个老头子一样，真没劲，我们年轻人一起去玩，带你喝好酒，司徒的卡可在我这里装着呢……"

唐诺白了他一眼："我什么好酒没喝过！"

司徒南抬起头来，冲唐诺挥挥手："小诺，你去吧，好好放松放松，这些天你也太累了。"

2.

唐诺泡吧最厉害的两年，是在澳洲留学的时候。

学业压力大，再加上远在异乡的孤独和对爱慕之人的思念，酒精成了世上最好的解药，她每晚打车到当地最有名的酒吧，从半夜喝到凌晨，再醉醺醺地打车回家。

酒吧里鱼龙混杂，当然有不少大献殷勤的人，但对唐诺来说，来酒吧就是喝酒，没有任何其他的目的，自然也不会给别人机会，甚至连一个好脸色都没有。

这样自然会得罪人，有一回她喝完酒拿起外套出门，等了好一会儿都没有打到车，想着往前面走一走，走到一个拐角处的时候，忽然被几个男人围住，嘴里嚷嚷的是不怎么好听的话，为首的一个唐诺有点眼熟，是先前要请她喝酒被她拒绝的一个人。

唐诺在心中直呼不好，心底有些恐惧，嘴上却还是不肯露怯，冷冷地看着他们："你们要干什么？"

话音刚落，就觉得有些头晕，她的酒量向来不错，方才在酒吧，也并未喝太多酒，这样一想，便知道刚才的那两杯酒里，应当是被人动过手脚。

那晚若不是恰好有执勤的当地警察经过，唐诺恐将遭遇不测。

呵斥对那几个地头蛇并无太大作用，几人甚至与那个年轻的执勤警察发生了肢体冲突，他一边需要顾及着意识已不大清醒的唐诺，一边应付几人，确实有些力不从心。

好在警察按下了对讲器，有同事及时赶到。

唐诺和那一行人一同被带回了警局，他搀扶着她到休息室里休息，两三个小时之后，见唐诺缓缓睁开眼睛，立即端过来一杯水递给她。

唐诺有些茫然地看着他，见到他胸前的警徽，这才放下心来，说了声"Thank you"，接过那杯水。

他只觉得眼前这个中国女孩，眼睛又黑又亮，受惊的样子好似林中的小鹿，真是好看。

那个警察，便是 Fred。机缘巧合的相识，亦让他成为唐诺在澳洲唯一的好朋友。

因为有了这个朋友，孤独与思念都有人倾诉，在那之后，唐诺在澳洲，极少再去酒吧。

她也渐渐地和司徒南一样，不再习惯喧嚣吵闹的场所。

所以这次和岳明朗他们一起来酒吧，唐诺两杯龙舌兰刚下肚，便甩手："不玩了，不玩了，吵得我脑袋疼，我要回去睡觉。"

她从高脚椅上跳下来，把大衣拿到手中便往外走去，岳明朗在后面喊她："我送你……"

"不用啦，我打车。"唐诺头都不回地拒绝。

因是元宵节，街边挂满了花灯，亮堂堂的，照得一片通明。

她坐在出租车的后排出神地看着窗外，天边已经升腾起了五彩斑斓的烟火。

出租车里开着广播，电台主持人在朗诵一首诗："去年元夜时，花市灯如昼。月上柳梢头，人约黄昏后。"

带着微醺的醉意，唐诺的心头一动，从后排座位上挺直身体，探头看见出租车正要驶下高架，开口道："师傅，不要下高架了，接着走。"

她了解司徒南，知道此时此刻，他应当还在设计所里。

出租车缓缓停下，唐诺从里面出来，到楼下的蛋糕店，挑了一个小小的蛋糕。

因元宵佳节的缘故，整栋写字楼空荡荡的。司徒南的这家设计所在最顶层。

电梯门打开，唐诺提着蛋糕，带着微醺的酒意走过走廊。

走廊尽头的灯还亮着，她的嘴角洋溢着温柔的笑意，觉得脚步也轻巧了起来。

她轻轻地推开门去，司徒南果然还正坐在那里。

"司徒。"唐诺从身后轻轻地喊出他的名字。

司徒南回过头来的时候，天边正好有一朵璀璨的烟花炸开。

那场景极其盛大，又极其温馨。

唐诺扬了扬手中的蛋糕："我买了节日蛋糕，一起吃。"

蛋糕上面插上蜡烛，黑暗中，一簇簇火光闪动着，在唐诺和司徒南的脸上，都投下了光亮。

"许愿，许愿！"唐诺拍手道。

"不是只有吃生日蛋糕才能许愿吗？"司徒南不解。

"哪有啊，"唐诺撇了撇嘴，"都可以许愿的。"

她双手合十，站在摇曳的烛光里。

司徒南转过脸的时候，正看到她的侧脸。

两三根发丝垂在鼻尖上，睫毛垂下，微微颤抖，也不知许了什么愿望，她嘴角忽然就扬起一抹笑意。

而后她忽然睁开眼睛，对着蛋糕上的蜡烛用力一吹，记得司徒南的黑暗恐惧症，在吹熄蜡烛的一瞬间，她伸出手去，打开了房间的灯。

"好啦，吃蛋糕啦。"唐诺笑意盈盈，伸出手去。

她将切好的那块蛋糕递给司徒南，司徒南正伸手去接的时候，她忽然一扬手，将那整块蛋糕都扣在了司徒南的头上。

唐诺平日里虽说我行我素惯了，但在司徒南面前，一向是像见到师父的孙悟空一般，老老实实。今日也不知为何，有这种蹬鼻子上脸的劲头。

蛋糕上的奶油黏糊糊的，沾在司徒南的衣领和发梢上，唐诺吐了吐舌头，调皮地看向司徒南。

司徒南竟也没有恼怒，趁着唐诺还沉浸在自己的恶作剧里的时候，也伸出手去抓起一把奶油，往唐诺的脸上糊去。

"司徒，"唐诺张牙舞爪，"我化着妆呢！"

两人就是这样闹腾开，在司徒南那个偌大的办公室里，唐诺甩开了脚上的高跟鞋，径直从地上跳到沙发上，站在上面蹦蹦跳跳，手中的奶油蛋糕若是正好砸中了他，便哈哈大笑，好像做了一件多么了不起的事情一样。

司徒南抢到了桌子上的另外半块蛋糕，毫不留情地往沙发上的唐诺的身上丢去。

外面的电梯间忽然有开门的声音，紧接着是高跟鞋"噔噔"的声音，司徒南停下来伸出手去，对唐诺做了一个"嘘"的手势。

唐诺也是听到了有人过来，匆忙从沙发上跳下来，捡起地上自己的鞋子，而后在司徒南还没有反应过来的时候，伸手关上了灯，一把拉住了他，钻进了办公桌下面。

落地窗的外面，是爆炸声和焰火，照得办公室里也算亮堂。

办公桌下面的空间不大，两人离得很近，近到听得到彼此的呼吸声。

两人的手仍旧拉在一起，司徒南的手心温热，有一层薄薄的汗珠。

影影绰绰的光线中，唐诺的眼神落在司徒南的侧脸上，而后把整张脸缓缓地凑上前去。

她眼看着就要吻上司徒南的时候，"啪"的一声，是开灯的声音，整个房间里一片亮堂，刚才的温馨氛围全然不存在。

唐诺在心中翻了无数个白眼。

忽然，传来"啊"的一声尖叫。

是司徒南办公室的秘书，她回家之后才发现有一份重要的文件落在办公室里，所以折回来拿，看到办公室这般狼藉，自然是吓了一跳的。

不过职场人士，当然是深谙"多一事不如少一事""看到也当没看到"之道的，秘书飞快地走进去拿起那份文件，而后关上灯匆匆离开了现场。

司徒南和唐诺这才从里面出来，对视了一眼，都没有忍住，"哈哈"大笑起来。

司徒南看向唐诺，眼睛中有晶莹细碎的光芒："节日快乐。"

"你也是，"唐诺的眼中是盈盈的笑意，"节日快乐。"

3.

年后的某天，下班之后，鬼使神差地，岳明朗又开着车到了白鹿居住的那个巷子里。

他把车停在巷口不引人注目的地方，像个小贼一样，躲进车里偷偷摸摸地观望着那户筒子楼的动静，后来看到了白鹿，她穿着深灰色的毛衣，头发随意地挽在脑后，手里牵着的，是那个小男孩。

两人从他的车边走过，没有人看到躲在车里的司徒南。

他断断续续地，偷偷去过几次，她和那个孩子，活得好似一座孤岛一样，只有他们两个，岳明朗未曾在白鹿的生活中见过她的朋友，也未曾见过她的爱人。

三月份的时候，水果摊上摆上了新鲜的草莓，白鹿牵着孩子的手回来的途中，在水果摊前停下脚步，拿起一个塑料袋，挑拣着草莓。

她一时没有注意到身旁的孩子，待挑好草莓付好钱的时候，身后忽然传来了孩童尖厉的哭声和鼎沸的人声。

白鹿这才注意到身旁已经没有了那个小小的身影，当即脸色一白，往那声源处看去。

买好的草莓也顾不得拿，她一边大声喊着他的名字"渺渺"，一边趔趄着跑过去。

她扒开人群冲进去，当即眼泪便"哗啦啦"地往下流，应当是他自己爬台阶玩摔倒，正好撞上了后脑勺，脑袋下面已经是一摊殷红的血迹。

"渺渺，渺渺。"白鹿嘶吼着冲上前去，把他抱在怀中，用手轻轻拍打着他的脸蛋，"你醒醒，醒醒……"

她完全惊慌失措，直到身旁的人提醒"快送医院啊"才反应过来，抱起孩子站起身来。

她茫然又惊慌地看向路边，试图找到一辆出租车的时候，忽然有一辆车在自己面前停下，车窗摇下来，是岳明朗那张脸。

白鹿愣了愣。

"上车。"他开口说道。

事关孩子，白鹿来不及思索，拉开了后车门坐了进去。

正是下班高峰期，市区堵车，岳明朗便拐着弯地从小路绕行，十几分钟就到了儿童医院。

将车停稳之后，他把孩子从白鹿的手臂中接了过来，而后便大步地往前跑去。

送到急救室的时间及时，加上只是因为忽然撞击造成暂时性休克，孩子很快便清醒了过来，医生做了基本的检查和包扎，并无大碍。

拉着孩子从病房出来的时候，白鹿对尚等在那里的岳明朗点点头："谢谢。"

而后便是想要离开的意思。岳明朗伸出手来，拉上了她的手臂："白鹿，你等等。"

她转过身来，面无表情地看向他。

她这样一看他，岳明朗又不知道该如何开口了，生怕无论说什么都会被毫不留情地拒绝，犹豫了片刻，他还是放开了手，讪讪地说道："没什么，太晚了，不好打车，我送你们回去吧。"

小家伙活泼好动，不愿意和白鹿坐在后座，一定要坐在岳明朗身旁的副驾驶座上，在上面左晃晃右晃晃，偶尔还伸出手来，把车里的播放器按开。

岳明朗笑笑，腾出一只手来揉了揉他的头发："叫什么名字？"

"渺渺。"他奶声奶气地回答道。

"几岁了呀？"

"快三岁了。"

"脑袋还疼不疼？"岳明朗有些心疼地看了看他头上绑着的细带，

"疼。"渺渺的嘴巴一撇，眼泪快要掉出来了，一副很委屈的样子。

他从车里的后视镜中，看得到坐在后座的白鹿。她双手环住肩膀，咬着嘴唇看向窗外。

来的时候十几分钟的车程，回的时候，岳明朗却开得极慢。

他甚至希望眼前的这条路没有尽头，他的这辆车，能就这样一直开下去。

只要这上面有她。

在白鹿住的那栋楼下把车停下，岳明朗先下车，把前面和后面的车门都给打开。

下车的时候，白鹿又低头同岳明朗道谢，岳明朗摇头："你不用这么客气的。"

白鹿拉着渺渺转身的时候，渺渺开口道："叔叔，叔叔你上来，我给你看我的变形金刚。"

岳明朗看向白鹿。

白鹿沉默了几秒钟，而后缓缓开口道："上来坐一会儿吧。"

岳明朗刚在沙发上坐定，渺渺便抱着自己的变形金刚，献宝似的给他看。白鹿进厨房去洗了几个苹果，拿出来之后，坐在沙发上低着头，认真地给手里的苹果削皮。她削得很慢，一点一点地削，十来分钟之后才削好递给岳明朗："你吃吧。"

小孩子的兴趣，来得快去得也快，渺渺的变形金刚拿出来没多久便没了兴趣，打了个哈欠跑到自己的小床上睡觉了，客厅里坐着的，只有岳明朗和白鹿两个人。

没有人说话，客厅里一片寂静，只有墙上的挂钟，"嘀嗒嘀嗒"走动着的声音。

白鹿伸出手去，把苹果递到岳明朗面前。

白皙的手腕上，岳明朗看到了她手上的那条手链。

他的心中微微一动。

那是数年前，他们刚在一起的那个春天，他送给她的。

周末的时候两人去爬山，路过山顶的寺庙，有慈眉善目的老奶奶冲着他们笑："买对同心结吧，保佑有情人的。"

红绳编织，五块钱一条。她竟然还戴在手上。

岳明朗伸手接过那个苹果，放到嘴边的时候开口问她："白鹿，你是一个人吗？"

白鹿削着手中的另外一个苹果，没有抬头，淡淡地"嗯"了一声。

"那我以后可以来看看你吗？"

"不可以……"白鹿话到嘴边的时候抬起头来，正巧撞上了岳明朗的眼睛。

曾深爱之人的眼睛，无论时隔多年看进去，都仍旧会沉溺。

她不忍心把话说得决绝，将手中的苹果放在茶几上，站起身来："岳先生，时间不早了，我送你到门口吧。"

4.

彼时，司徒南正坐在办公室里，绘制施工图。

他目不转睛地盯着电脑屏幕，一动不动地坐了许久，觉得有些疲倦，揉了揉眼睛，想要起身冲杯咖啡。

他刚一起身，便觉得天旋地转，胸腔处和背部都是尖锐的疼痛感，忍不住咳嗽起来。他赶紧从桌子上抽出纸巾捂在嘴边，吐出来的痰中，夹杂着殷红的血丝。

眼前一阵阵发黑，唯恐下一秒钟就会昏倒，司徒南赶紧用手抓住了椅背，又压低声音咳嗽了几声，才缓缓地平复下来。

他去卫生间里洗了把脸，镜子里的自己，面色苍白得如鬼魅一般。

他口袋里的手机适时响起，是唐诺打来的。

她的声音轻快："司徒，我跟朋友吃过饭了，你还在所里吗？我去接你。"

司徒南的"不用了"还没说出口，那边已经挂断了电话。

十几分钟之后，唐诺便到了设计所的楼下。

说是司徒南加班辛苦，她一定要带他去吃夜宵。驱车前往夜市的路上，她叽叽喳喳地同他说话："是我在澳洲最好的一个朋友，叫Fred，他妹要来中国留学，他这次是过来送她的。见到他真开心，我在澳洲的时候，他可是帮了我不少忙……"

见司徒南没有回应，唐诺噘起嘴巴转过脸去，这一看，她的脸色微微变了变："司徒，你的脸色怎么这么差？"

司徒南想开口说"没事"，可实在是疲惫得很，只是缓缓地摇摇头。

"不行，"唐诺一脚踩下刹车，转动着方向盘准备调头，"我带你去医院。"

司徒南脸色一变，强撑着坐直身体，声音也高了一些："不用！"

唐诺微微一愣，觉得他的反应未免过激了一些，板起脸来："不行，一定要去，你记不记得有一年，对，就是我高考后的那个暑假，你都直接昏倒在家里了……"

"不用，"司徒南强撑着对唐诺说道，"太晚了，我不想去医院，小诺，回家吧，我太累了，睡一觉就好了。"

唐诺有些疑惑，但看司徒南态度坚决，想了想说道："那我们明天去。"

司徒南点点头，假意做出答应的样子，而后便又靠在椅背上，闭上了眼睛。

唐诺偶尔转过头去，看到他瘦削的侧脸，会觉得微微心酸。

她想起年前因病去世的爷爷，心头更是涌上了一层担忧。

司徒南靠在那里，发出均匀的呼吸声，唐诺以为他已经睡着。

她似是在自言自语，又似在对他说："一定要好好照顾身体，和我一起活到一百岁。"

司徒南假意熟睡，微微将身体转动一下，把脸转向另一面。

他心中涌现出的，是无穷无尽的惆怅与叹息。

岳明朗的车缓缓地行驶在这样的夜色里。

唐诺的车亦缓缓地行驶在这样的夜色里。

那天的月亮皎洁又明亮，悲悯地注视着，这人间所有心碎的人。

5.

隔日正好是周末，唐诺坚决不允许司徒南再去设计所加班。

"你要是坚决不跟我去医院的话，那就休息一天，"唐诺说道，"反正不能去所里。"

司徒南没办法，只得答应休息，刚走进书房拿出图纸，又被唐诺一把抢了去："不准看。"他拿出棋盘想自己研究一盘棋，也被唐诺收了过去，"下棋更耗费心力，不准下。"

司徒南无奈："唐诺，你是打算让我在客厅里打坐一天吗？"

唐诺眼睛一转："陪我逛街！"

司徒南立即换上一副生无可恋的神情。

唐诺却是来了兴致，跑到自己房间里三下五除二就换好了衣服，而后便把司徒南往外拉扯，司徒南拗不过她，只得在心里叹息，还不如在客厅安静打坐。

周末的商场倒也热闹，很多商家店面都在做着促销，唐诺和司徒南从一家钻戒店门前经过的时候，导购小姐笑吟吟地往两人手中塞上一枝玫瑰："先生，小姐，需要看一下钻戒吗？"司徒南一本正经地摇头，唐诺却是在心里偷着乐。

路过 Burberry（巴宝莉）专卖店的时候，唐诺一眼就被橱窗里模特身上的一套衣服吸引住，浅灰色的薄羊毛针织衫，裁剪立体的休闲裤，她当即拉着司徒南进去："司徒，你试试这套。"

司徒南连连摇头，"不"字还没说出来，她已经招手唤来了导购小姐，找好了同款合适的号递到司徒南的手中。

司徒南无奈，只得去试衣间。

他将身上的外套脱下，而后一颗颗解着里面衬衫的扣子，正欲将衬衫从身上脱下的时候，身后试衣间的门却被忽然拉开，唐诺的声音响起来，有狡黠的意味："换好了吗？我看……"

她的话却没有说完，整个人都怔在了那里。

司徒南的衬衫褪到一半，他正背对着她。

映在唐诺眼里的，除了他宽厚的双肩和挺拔的腰背，还有那背部，蜿蜒着的，令人触目惊心的疤痕。

唐诺的大脑飞速转动着：她去澳洲之前，夏天的时候，经常会去学校的游泳馆游泳，有一次正潜在水底的时候，偶遇了也正在水下的司徒南。他从她的身旁游过，是舒展修长的身姿，是光洁挺拔的后背。

这边司徒南也已经反应过来，试图把方才褪到一半的衬衫穿上。

唐诺却阻止了他。

她径直走上前去，在司徒南的身后站定，用手覆盖上了司徒南的那双手，而后抬起另一只手，缓缓地抚摸上了那有些可怖的疤痕。

她的指尖有微微的凉意，从司徒南的皮肤上经过的时候，有奇妙的触感。

"司徒，"她的眉头微微蹙起，落在那些伤疤上的眼神里满是心疼，"这些伤疤……这些伤疤，是怎么来的？"

司徒南没有说话，也没有转过身去。

唐诺的双手从后面，缓缓地环住了他的腰肢。

而后整个人，从后面紧紧地贴在他的身上。

她的面颊贴在司徒南的后背上，声音低沉忧郁："天啊，司徒，你到底经历了什么？"

后来直到导购小姐敲门，问有没有试好的时候，唐诺才缓缓地松开双手，而后转过身去，站到了司徒南的面前。

她把他褪到一半的衬衫缓缓脱下，而后拿起那件针织衫，举起来，示意司徒南穿上。

她又指了指那条裤子："也试试吧，我在外面等你。"

唐诺在外面的等候区坐下，导购小姐过来给她端上一杯柠檬水，脸上是盈盈笑意："你们真般配，郎才女貌。"

唐诺轻轻道了声谢。

几分钟之后，司徒南从试衣间走出来。

他虽然瘦，身材骨架的比例却极好，Burberry 的男装裁剪又修身，他穿在身上，更显宽肩窄腰，一双长腿。

唐诺托着下巴看他："司徒，你真好看。"

埋单之后从店里走出来，司徒南问唐诺还想去哪里逛逛的时候，唐诺摇摇头："我们回去吧。"

一路上唐诺都在沉默地开着车，一言不发，车厢里的气氛让司徒南如坐针毡，他努力想说点什么调节气氛，开口道："哎？小诺，我给你讲个笑话吧。"

侧过头看到唐诺也并没有要理他的意思，司徒南只得怏怏地闭上了嘴。

进车库，停车，下车，上电梯，在房间门口站定，司徒南从口袋里摸出钥匙开门。

房门打开之后，唐诺走在前面进去，将手中的包丢在沙发上，又将司徒南手中的购物袋拿到手中丢在沙发上。

她不由分说地拉着司徒南进了卧室，反手关上房门，司徒南还未反应过来,她已经上前一步,把手伸向他的胸前,去解他衬衫上的扣子。

司徒南本能地往后退了一步。

"别动。"她板着脸,冷冷地说道,不由分说地解开了他胸前的那颗。

她俯下身去,将司徒南衬衫上的扣子,一颗一颗解开,而后绕到他的身后,缓缓地将那件衬衫褪下。

卧室里的窗帘是半掩着的,此时已是午后,有斑驳的影影绰绰的光线,打在司徒南的后背上。

半晌,唐诺轻轻开口:"是烧伤?"

司徒南的脸隐没在光线的暗处,轻轻地"嗯"了一声。

"什么时候的事?"

"四年前。"他淡淡地答道。

唐诺的心头一痛,咬住嘴唇:"是火灾?"

"爆炸。"司徒南回答道。

爆炸……唐诺只觉得好似又有什么尖锐的东西扎进心脏。

司徒南轻轻地叹了口气,而后往旁边走了两步,把唐诺丢在床上的衬衫拿起来,往身上穿的时候,侧过脸正好看到镜子里的唐诺,她的肩膀微微地颤抖着,有眼泪"吧嗒吧嗒"地往下掉。

司徒南的手停在那里,转过身来,想要开口安慰她:"小诺……"

她忽然冲上前来,一把环住了他的脖子,而后便不由分说地,把自己的唇覆盖到司徒南的唇上。

司徒南整个人僵在了那里。

她的嘴唇柔软,带着炙热的温度,仿似席卷的海风一般热烈,不给司徒南任何思考的机会,也不给他任何拒绝的机会。

司徒南仅存的理智一遍遍地告诉自己应该推开她,应该停下来。

然而理智，并非在任何时候都会占据上风。他的心如洪水冲开了堤坝，缓缓地潮湿，淹没。

试问这世间，谁愿意理智。

谁不想天真赤诚地爱，认真热情地爱。

唐诺缓缓地张开嘴巴，用舌头轻推着他的嘴唇。

他缓缓张开嘴来，舌头同她交缠在一起，一只手落在唐诺的腰间，另一只手放在她的脑后。

他半拥着唐诺往前走了几步，让她整个人靠在了墙壁上，右手仍旧是护住了她的后脑勺，唯恐墙壁坚硬，会有磕碰。

唐诺的双眼微微合上，双手从司徒南的脖子上移到腰间，只觉得心中洋溢着无尽的柔情与爱意，夹杂着方才因看到那些伤痕而引起的巨大的怜惜和心碎。

她好似沉入了最寂静无垠的深海里，觉得这大千世界、宇宙洪荒，都好似不存在一般，觉得这世间，只有她和他。

唐诺的手再顺势滑下去，触摸到了他腰带上冰冷的金属扣。

她在意乱情迷之中，伸出手去试图解开那腰带。

司徒南微微一怔，脑海中好似要炸裂一样，觉得整个人都处在进退两难的境地中。

"司徒。"她的发丝凌乱，面色绯红，好似勾人心魄的女妖精。

她的嘴巴移到他的耳边："司徒，我真的真的好喜欢你。"

司徒南的心中微微一颤，而后似乎自己听到了胸腔中一声沉重的叹息。

他缓缓地冷却了下来，环着唐诺的后背的手垂了下来，而后轻轻地握住了唐诺那只放在自己腰间的手，没有让她再继续下去。

好似一下子从刚才热烈的情绪中抽离，司徒南松开唐诺，往后退了几步，低声说了句"对不起"，而后便转过身去，拉开卧室的房门走了出去。

他径直走到客厅，打开饮水机，用玻璃杯接了一杯水，大口大口地灌下，之后坐在沙发上，微微发了一会儿怔，抬起头看了看那扇卧室门，是他走出来的时候拉上的，仍旧是紧闭着。

不知道该如何面对可能随时会走出来的唐诺，司徒南索性走到自己卧室，取出一件外套随意披在身上，而后拉开门走了出去。

已经是傍晚时分，街头人来人往。

路过家居城，他缓缓地停下脚步，面前是各式各样的家具和样板房，有挽臂同游的爱侣，有携家带口的家庭。

妈妈在婴儿房中放下宝宝，情侣商讨着沙发的颜色，年迈的夫妻大抵是为儿女张罗着，也是满目憧憬的样子。

人生场景，紧锣密鼓地进行，满是甜蜜与安稳。

司徒南轻轻地叹了口气。

他口袋里的手机铃声大作，是岳明朗打来的。

他那边喧嚣，周遭都是鼎沸的人声，扯着嗓子大声同司徒南讲话："司徒，在哪儿？过来喝酒。"

司徒南一向怕吵，若是往日，早已坚决拒绝。

此时他却点点头："你在哪儿？我过去找你。"

C h a p t e r

11

就期待三十年后交汇十指可越来越
紧，七十年后绮梦浮生比青春还狠

1.

司徒南走出家门很久，唐诺都还在发呆。

她拉上了房间里的窗帘，光线昏沉。她的头歪在床头，没什么情绪地盯着前方。

她想起自己在澳洲读书的时候，有几个追求者，每天晚上开着跑车在学校门口等她，白玫瑰每天一束地送到楼下，为了能约到她吃饭，他们想尽一切办法。

她对他们理都不理，说话也不好听，一副冷冰冰的样子。

有个年轻的男孩气急败坏、咬牙切齿："唐诺，你是不是没有心？"

唐诺翻了个白眼："我只是对你没有心。"

气急败坏、咬牙切齿之后，那人却还是一心一意地对唐诺好。

然而唐诺自幼便是如此，对待所爱之人和不爱之人，从来都是天壤之别。

但人生又并非是求仁得仁，即便她骄横，任性，冷漠，仍旧有人愿意如珍如宝地待她。

而无论她如何坚持主动热情，司徒南仍旧只当她是敝帚。

唐诺叹了口气，只觉得越想越生气，越想越丢脸，索性抱起被子把自己的脑袋埋进去。

被子外面的手机响起来，她把胳膊伸到外面去摸，摸到之后放在耳边："哪位？"

Fred 的声音响起来的时候，唐诺才想起来昨天和他说好的晚上带他出去玩。

"Fred，"唐诺在这边做无精打采状，"我心情好差，不想出去。"

"怎么了？"Fred 问道，"心情不好不要闷在家里了，出来喝一杯吧。"

唐诺思忖了片刻，点点头："好。"

Fred 有着澳洲人简单直爽的性子，在酒吧门口等到唐诺之后，立即伸出手臂来，给了她一个大大的拥抱。

唐诺勉强挤出来一个笑容给他。

两杯高度酒下肚，唐诺被 Fred 拉着进了舞池。在澳洲留学的时候，每逢学校里举办什么非去不可的舞会，为了避免舞会上被没兴趣的男生纠缠，唐诺总是会带上 Fred，他人长得帅，舞又跳得好，总能在舞会上引起一阵阵尖叫。

"诺，"Fred 拉起她的手，示意她跟着节奏一起跳舞，"来，和我一起。"

她的情绪很快也高涨起来，跟着音乐的节拍扭动着身体，原先低落的情绪也被暂时抛在了脑后。

不远处，端着酒杯的岳明朗正向这边看来，本来目光只是轻飘飘地从唐诺的身上扫过去，觉得有些眼熟，再定睛一看，真是唐诺。

他捅了捅身边司徒南的手臂，嘴角带着笑意示意司徒南看过去："小诺在那边。"

舞池里的灯光璀璨，司徒南看过去的时候，正好有一束彩色的灯光倾泻下来，打到唐诺的身上，她周遭的一切都黯淡下来，只有她是明亮的。

她穿的是大红色的修身无袖针织衫和一条牛仔的包臀短裙，摆臀、扭胯、耸肩、旋转，所有动作一气呵成，是青春又性感的样子。

而后到了舞曲最高潮的时候，Fred 一把拉住唐诺，跳上了舞池最中央的高出来一米左右的平台。

俊男靓女的搭配，舞又跳得极好，自然是赢得阵阵掌声和欢呼声的，最后几个动作，唐诺的手搭在 Fred 的腰间，他将她托起来，跳跃旋转着。

岳明朗微微一笑，把头转向司徒南："司徒，你看那个外国小伙子，那眼神就差黏在小诺的身上了，你看小诺还是挺抢手的嘛，漂亮又聪明，我就想不通了，这些年来，你是怎么做到岿然不动的？"

司徒南不知如何开口，只得低下头去，把手中的那杯威士忌喝完。

一曲终了，唐诺正欲从舞台上跳下来的时候，眼睛也不知为何忽然向这边瞥了过来，这一看，便看到了岳明朗和司徒南。

岳明朗冲着唐诺和 Fred 意味深长地笑了笑，还举了举手中的酒杯，司徒南倒是选择了间歇性失明，装作看不见的样子。

唐诺气急，索性也不从那凸出来的平台上下来了，一只手环上 Fred 的脖子，另一只手搭在他的腰间，而后身体前倾，整个人都快贴在了他的身上。

她鼻尖几乎和 Fred 的鼻尖贴在一起，而后微微侧脸，把嘴移到他的耳边："Fred，抱住我。"

Fred 哪里见过唐诺对他这般亲密，有些不明所以。

"抱着我，跳舞，"唐诺继续耳语道，压低声音解释，"司徒南在旁边呢。"

"司徒南？就是那个你跟我说喜欢了……"

"对，没错，"唐诺咬牙切齿，"他明明就是喜欢我的，非要装作不喜欢……别看，别转头，抱紧我，来，跳舞……"

音乐适时响了起来，唐诺往前一进，Fred往后一退，两人轻车熟路地跳起了探戈。

是性感又热烈的舞步，唐诺的手在Fred的背后游走着，蜷缩、打开，伸直手臂再收回，双手压在Fred的胸前，扭动着紧闭的双膝一点点往下蹲坐移动着身体……

Fred同她配合得极好，眼神炽热，充满情谊，极具感染力的舞蹈，引起了周遭无数的掌声与欢呼。

跳到高潮的时候，唐诺放缓了动作，拿眼睛往方才司徒南的方向瞟了瞟。

这一瞟不打紧，只有岳明朗坐在那里，司徒南的位置上，已经是空荡荡的。

好似你卯足了劲准备出一记重拳，结果对方晃一下身就走了，完全不接招，唐诺的心里别提有多郁闷了。

她也没心思再跳舞，松开了Fred的手，从上面跳了下来，而后拨开面前的人群，径直走到岳明朗面前，气势汹汹地把他手中的酒杯夺下来："老岳！司徒南呢？"

"回家了啊。"岳明朗做无辜状，见唐诺气急败坏的样子实在好笑，忍不住逗她，"就知道你是故意气司徒南的，你看你看，司徒南没气到，反而把自己……"

岳明朗说到这里的时候，忽然停了下来。

因为眼前的唐诺，眼泪忽然就流了下来。

她举起岳明朗的那杯酒，仰起头来一饮而尽。

是刺鼻辛辣的味道，灌进喉咙，更让她觉得喉咙酸涩。

而后推开了身后想要扶住她的Fred的手，也没有理会岳明朗的呼喊，她径直转过身去，用力拉开酒吧的门，大步地跑出去。

来时还是清朗的天空，此刻正飘摇着一场夜雨。唐诺拦不到车，就裹紧外套，踩着水花独自在雨中奔跑着。

高跟鞋崴了一下，她整个人跌倒在地上的泥泞中，膝盖被擦伤，有瘀青和血痕，小腿上也满是泥污。

她无声地抽泣了一会儿，又从地上爬起来，踉踉跄跄地往前跑去。

她没有带钥匙，在房门口伸出手来，用力地拍打着门。

十几秒钟之后，房门从里面拉开，司徒南站在那里。

见到眼前这个样子的唐诺，司徒南愣了愣，刚想开口问她，唐诺已经侧身进来。

2.

没等司徒南开口，唐诺已经径直走进自己的房间。

几秒钟之后出来，手中拖着的，是来时提着的那个偌大的行李箱。

将行李箱平放在地上打开，而后走进去打开衣柜，将衣柜里挂着的大大小小的衣服都抱在怀中，一股脑地丢进行李箱中。

而后是鞋子，一双双装进鞋盒。

最后冲进卫生间，盥洗池的台子上放着的洗漱用品，小柜子里摆放着的护肤品，也都一股脑地丢进化妆包里。

还有照片，被司徒南三令五申禁止随处摆放的照片，她仍旧在一些角落里贴上：盥洗台的镜子上，书房的书柜上，餐桌的花瓶前方……都一张一张撕下来，毫不留情地丢进垃圾桶。

"小诺……"司徒南跟在她身后，在她把手伸向冰箱外面贴着的那张两人合影的时候，伸出手来挡在她的面前试图阻止她。

那阻止却并没有什么作用，唐诺异常坚持，仍旧是伸出手去撕。

胶带粘得太紧，这一下子只撕掉了其中的一角。

照片中的两人，就那样被分成了两部分。

唐诺微微一怔，却仍是咬紧嘴唇，将剩下的那部分撕了下来。

从冲进房门到收拾好自己所有的行李，不过半个小时的时间。

唐诺的头发仍旧是湿漉漉的，脚上高跟鞋的鞋跟歪掉，走起路来歪歪扭扭。

她将阳台上最后一件衣服取下来丢进行李箱，而后蹲下身去，准备锁上行李箱的时候，司徒南从背后拉住了她的手臂。

他想拉她起来，她却不愿意，两人就那样僵持着。

唐诺开口："司徒，放开我。"

"我不放。"

"放开我。"她的声音提高了几个分贝，而后用力地甩动着胳膊。司徒南唯恐弄疼了她，不敢太用劲，只得把手松开。

锁上行李箱，唐诺将茶几上的车钥匙拿在手中："剩下的东西，我今天拿不完，明天过来拿。"

"小诺，"司徒南的眉头皱起来，快步往前走了几步，反手锁上了客厅的门，"你去哪里？"

"你不用管，"她的声音清冷，脸上一点表情都没有，"从我住进来的第一天起，你不就希望我走吗？现在如你所愿了。"

"我……"司徒南只觉得心中有隐隐的疼痛，却又不知道该如何解释，沉默了一会儿之后摇摇头，声音低沉，"我没有。"

因为泪水与雨水，唐诺的脸上，是一片狼藉的妆容。

她只觉得心中疲惫，脸上浮现出一丝苦笑，而后往前走了两步，伸出手去拉门。

司徒南的手伸在了她前面，覆盖住了门把手："外面在下雨，你不能走。"

唐诺亦是态度坚决，一定要伸出手去开门。

两人僵持了一两分钟，唐诺完全占不到上风，一点办法都没有，只得拿眼睛恶狠狠地盯着司徒南看。

司徒南却还是不愿意放手。

她就那样盯着眼前的这张脸，盯着面前这个人的双眸，不知是酒精还是错觉，唐诺依稀觉得，自己在这双眼睛里，竟看得到无尽的悲伤与忧愁。

她的心微微一颤，觉得方才自己心中充斥着愤恨，苦涩，嫉妒种种情绪的气球，好似被扎了一个小小的洞。

她眼睛里不再是方才恶狠狠的情绪，换上的，是心碎与哀求。

"司徒，"唐诺的眼泪掉了下来，"我求求你了，司徒，你不爱我的话，就放我走吧。"

她闭上眼睛，任由泪水滑落："我太累了。"

趁着司徒南整个人怔在那里的时候，她一把拧开房门，大步地走进电梯。

电梯门即将缓缓合上的时候，司徒南才反应过来，慌忙跟出去，伸出手去一遍遍按着电梯按钮。

可还是晚了点，电梯门在他面前缓缓地关闭，唐诺的脸在他面前缓缓地消失。

司徒南转过脸去，看向身后写着"紧急出口"四个字的楼梯。

没有任何思索，他立即转身往楼梯跑去。

司徒南的右手扶着楼梯的扶手，几乎是小跑着冲下一层层的台阶的。

他也顾不得去看自己在哪一层，心中焦急，只觉得那楼梯旋转着，好似没有尽头一般。

那楼梯有几层，感应灯出了问题，司徒南是在完全漆黑的情况下跑下去的。他竟完全忘记了自己的"黑暗恐惧症"这回事，满脑子唯一的念头，就是追上唐诺。

他心中焦灼，一层层台阶跑下去，感觉好像没有尽头一般。

踩上最后一层的时候，他整个人已是微微的眩晕，身上的衬衫早已是汗淋淋。

他调整了一下呼吸，而后便推开楼梯门跑了出去。

外面的雨越下越大，没有要停下来的意思。司徒南原本想往地下车库的方向跑去，可一想唐诺方才在酒吧，回来的时候身上还有浓重的酒精的味道，应当是不会开车，便往小区门口一路跑去。

风雨飘摇，遮盖了司徒南呼喊唐诺名字的声音。

他往前跑了许久，都没有看到唐诺，只觉得心中焦急万分，几乎到了恨自己的地步。

先前脑海中乱糟糟的念头都不见了，他担忧着唐诺的情绪，亦担忧着唐诺的安危，只想着下一秒她能出现在自己面前，什么他都不想再去考虑，什么他都不想再去犹豫。

他只想把她抱在怀中。

从小区出去，他沿着那条路又往前跑了一小段。

走过一处转角的时候，影影绰绰地，他看到街灯下面，坐着一个身影。

街道上空无一人，街灯在她的脸上照出一片昏黄，偌大的行李箱倒在一边，更显寂寥与孤独。

司徒南闭起眼睛哽咽了一下，而后大步地跑上前去，在她面前站定。

唐诺坐在那一片泥泞里，抬起头来可怜兮兮地看向他，声音里满是委屈："司徒。"

3.

司徒南蹲下身去，紧紧地把她抱在怀中，仿佛抱着失而复得的珍宝。

"司徒，"唐诺把头埋在他的胸前，"我生气了，我刚才真的生气了，可是我走到一半，又舍不得走……我就坐在这里，看你会不会来找我……想着如果你来了，我就跟你回去……"

"如果我不来呢？"

"如果你不来，"唐诺抽泣了两下，"如果你不来，我就自己回去……"

这么多年啊，等了这么多年。

她爱上他的时候，他的身边有相处多年的女友，有不容辜负的人。

她爱上他的时候，他答应过她的父亲，同她保持距离，不去参与改写她的人生。

她爱上他的时候，他自知身体中存在定时炸弹一般的隐患，不愿拖累爱人一生。

可此时此刻，在这个与唐诺拥吻着的春日雨夜，他什么都不愿意再考虑。

他不想临终之时，回想这一生，全是错过与遗憾。

他想做一次执长枪披盔甲的勇士，做一次她的盖世英雄。

那晚司徒南带唐诺回去，怕她感冒，让她赶紧冲个热水澡，自己去厨房，熬上一锅姜茶。

唐诺吹干头发出来，姜茶也已经端到客厅，房间里氤氲着白气，弥漫着姜香。

隔着那氤氲的白气，唐诺看向坐在自己对面的司徒南："司徒，我爱你。"

司徒南抬头看着她的眼睛："唐诺。"

"嗯？"

"我的身世你已经知道，父母皆无，孑然一身，孤苦无依。"

"我不在意。"

"我同姚玫在一起数年，她父母至今仍将她的离世迁怒于我，我有这样的曾经，你亦需要宽容。"

"我不在意。"

"我四年前遭遇爆炸事故，后背大面积烧伤，肺部感染，再加上这几年超负荷劳作，身体随时可能崩溃。"

"我不在意。"

"唐诺，"司徒南缓缓闭上眼睛，轻轻叹息一声，"我自此，已将内心所有隐痛全盘托出，你仍愿意？"

"我愿意。"

他睁开眼来，同唐诺目光交错。

就这样凝视了她片刻，司徒南站起身来到卧室，两分钟后出来，手中拿一个文件袋。

他将那文件袋打开，取出里面的东西，摆放在唐诺面前。

"这是我半生以来的积蓄，存折，股票，房产证，还有一些投资……明天你找个时间，我带你办理一下过户和交接的手续……"

唐诺心中感动，嘴巴一撇："我还没成为你媳妇儿呢。"

司徒南的神情认真："小诺，我说过我活着的时候，会护你周全。但如果我先离开了你，也一定要把你下半生的生活安顿好……"

唐诺伸出食指，放在司徒南的唇上，没有让他再说下去。

她摇头："司徒，不会的，我不会让你先离开我的。"

外面是瓢泼大雨，偶尔夹杂着的，是电闪雷鸣。

唐诺将脑袋枕在司徒南的双腿上，身上盖着毛毯，随手抓起手边的书。她双手环住司徒南的脖子："司徒，我给你读诗吧。"

我想和你虚度时光，比如低头看鱼

比如把茶杯留在桌子上，离开

浪费它们好看的阴影

我还想连落日一起浪费，比如散步

一直消磨到星光满天

我还要浪费风起的时候

坐在走廊发呆，直到你眼中乌云

全部被吹到窗外

唐诺抬起头来，看了看司徒南。

她的脸微微红了红，又低下头去读。

我已经虚度了世界，它经过我

疲倦，又像从未被爱过

但是明天我还要这样，虚度

满目的花草，生活应该像它们一样美好

一样无意义，像被虚度的电影

那些绝望的爱和赴死

为我们带来短暂的沉默

我想和你互相浪费

一起虚度短的沉默，长的无意义

一起消磨精致而苍老的宇宙

比如靠在栏杆上，低头看水的镜子

直到所有被虚度的事物

在我们身后，长出薄薄的翅膀

我想和你虚度时光。

我想和你互相浪费。

唐诺放下手中的书，转过身来坐在司徒南的腿上，而后伸出双臂环住他的脖子，猝不及防地，吻上了司徒南的唇。

外面风雨交加。

那吻轻柔，绵长，旖旎。

4.

隔日清晨，唐诺睡眼惺忪地从床上爬起来的时候，一打开卧室门，便闻到了一股刺鼻的煤气的味道。

她被吓了一跳，大脑一下子清醒过来，满脑子都是"我才刚和司徒南在一起，不会就要煤气中毒挂掉吧"，小跑着冲到厨房，果然从厨房移门的缝隙中，看到浓密的烟尘往外冒。

"司徒。"她本能地折回身去，大声喊着司徒南的名字，往他的房间冲去。

还没伸手推开门，背后的厨房移门拉开，是司徒南的声音："小诺。"

唐诺这才放下心来，转过身去，视线落到司徒南的身上，眼睛瞪得老大，而后忍俊不禁："司徒，你干什么呢？"

眼前的司徒南，头发乱七八糟，一手抓着锅铲，一手抓着勺子，衬衫上溅了不少油渍不说，连脸上都是黑乎乎的。

唐诺抬腿往厨房走，想看一看厨房是什么样子，司徒南赶紧快步走过去拦在了她前面："走，我带你去吃早餐。"

他不让唐诺进去，唐诺便踮着脚从缝隙中往里面看，厨房里真是一片狼藉，东西东倒西歪不说，平底锅里还正冒着黑烟，里面躺着两团黑乎乎的，看不出材料和形状的东西。

唐诺的眼中都是笑意："你在做饭？"

司徒南见瞒不住，只好从门前移开身体，快步走进去，收拾着厨房。

锅里的白米粥大概是放少了水，早已经糊成一团，黑乎乎的东西是煎蛋，大概是火开得太大。

他低着头收拾，有些懊恼："我看你还没有起来，想给你做个早饭，没想到这么难。"

面包机发出"叮"的一声，两片吐司从里面跳了出来，司徒南赶紧拿到盘子里，献宝似的给唐诺看："看，吐司还是可以吃的。"

他回过头来，唐诺已经把台面收拾得整洁有序，平底锅里放上油，正准备打鸡蛋进去。

她侧过脸去看向司徒南，脸上是盈盈的笑意："为什么想给我做早饭？"

司徒南正在往吐司上面抹果酱，听到唐诺的问话，手中的动作停了下来，抬起头看看她："想照顾你。"

早饭后，司徒南因为早先与一家房地产公司的项目负责人有约，没有和唐诺一起去设计院，唐诺自己过去。等电梯的时候，岳明朗从身后拍了拍她的肩膀："喂，电梯来了都不知道进，在那儿傻笑什么呢？"

唐诺转过脸来，看到岳明朗之后"啊"了一声，而后双手拉住他的手臂，声音里都是莫名的兴奋："老岳，我跟你说，我觉得自己是世界上最幸福的人。"

　　"哎哟，"岳明朗声笑道，"你这是怎么了？"

　　"司徒跟我在一起了！"唐诺被岳明朗拉进了电梯，她整个人倚在电梯壁上，没等岳明朗答话，自顾自地说着，"你知道吗？我今天来上班的路上，觉得天上的云在羡慕我，街边的树在嫉妒我，司徒和我在一起了，好像我之前遇到的所有困难都是为了换取这个时候……"

　　她的眼睛亮晶晶的，让岳明朗都忍不住被打动，他伸出手去拍了拍她的脑袋："真替你开心。"

　　他却忍不住想到了自己，又轻轻叹息了一声，想了想开口道："小诺，中午午休的时候，陪我去趟商场买点东西。"

　　岳明朗和唐诺去的，是商场四楼的儿童专区。

　　驱车到商场的途中，岳明朗已经同唐诺倾诉了自从那日重逢之后，和白鹿的种种情况。

　　唐诺当时眉头微蹙："白鹿已经有了孩子？那她现在是离婚了吗？"

　　"我不知道，"岳明朗摇摇头，"我只知道她现在的确是一个人生活，究竟是不是结婚了，有没有离婚，我都不知道。"

　　"我来帮你查查吧，"唐诺开口道，顿了顿又抬头问岳明朗，"那你是怎么打算的？"

　　"我……"岳明朗转动着方向盘，"我没什么打算，就是看她一个人带着孩子，过得挺辛苦的，想尽可能地去帮帮她。"

　　"你还喜欢白鹿是吗？"唐诺心直口快。

岳明朗沉默了半晌，而后轻轻叹了口气："小诺，你知道吗？当年她不告而别，我真是恨极了她。甚至这些年来，我都以为自己恨极了她。

"但当她终于再出现在我面前的时候，当我知道自己的人生有可能再次和她的人生发生哪怕一点点交集的时候，我发觉，我为了这哪怕一点点的可能性，都涌现出无尽的希望……

"是的，"岳明朗缓缓地把车停进停车位，"我爱她，像你爱司徒一样。这些年来，我从未停止过爱她。"

唐诺微微有些动容，拍了拍胸脯："老岳，我一定会帮你的。"

儿童专区里，唐诺陪着岳明朗，给渺渺挑了两件玩具，又挑了两套衣服。

岳明朗在那边结账的时候，唐诺的手机响了起来，她拿出来一看，脸上就忍不住洋溢着笑意。

"喂，司徒，怎么了？"

"小诺，你这周周末有安排吗？"司徒南在电话那端说道，"我刚才接到了邀请函，周末学校的校庆，你要不要和我一起参加？"

"好啊。"唐诺一口应承，几秒钟后又板起脸来，"我怎么没有邀请函！我当年在学校，那可也是风云人物……"

司徒南笑了笑："你不是中途退学了吗？你要是不退学，哪有我们的事，对吧？对了，你还在所里吗？也跟明朗说一下，他的邀请函也发到了我这里。"

"好。"唐诺点头。

周末唐诺原本是安排了活动的，Fred这次过来，是自己的一个表妹要来中国读研究生,陪她来参加研究生的面试的。唐诺原本已经答应了 Fred 周末带他和他表妹四处逛逛,吃正宗的中国菜,但在心里稍作盘算,哪里有什么事比得上司徒南重要呢,于是给江川打电话:"江川,周末有没有事?"

江川正在同几个国外的投资者洽谈,做了抱歉的手势之后拿着手机边往外走边开口道:"周末我有时间。"

"太好了,"唐诺在那边乐不可支,而后摆出一副可怜兮兮的语调,"帮我个忙。"

"你说。"

"我在澳洲的一个朋友,我本来说周末陪他们玩的,但临时有事没法陪他们了,你能不能帮我招待一下?"

江川想了想,还是答应了下来:"行,我来招待,你去忙你的好了。"

唐诺很是感激:"那等下周我请你吃饭。"

快要挂电话的时候,她又忍不住和江川分享:"对了江川,告诉你一个好消息!"

"嗯?"江川听到唐诺语气欢快,自己的眼角也忍不住浮现出笑意,"什么好消息?"

唐诺"嘿嘿"地笑了两声:"我和司徒南在一起了。"

手机这端的江川愣了愣,而后很快地调整好情绪,嘴角带着微笑:"真的啊?那下周可要请我吃大餐。"

"那当然!"唐诺做保证,"你说吃什么就吃什么!随便挑!"

挂了电话之后,江川没有立即进去,而是在外面的走廊上,呆呆地站了好一会儿。

坦白来说,他心中涌现的,只是微微的酸涩之感。

他并不觉得难过。

他对唐诺的爱意里，没有嫉妒和占有，打从少年时期，她在他的眼中，便是明月一般的存在。

他只希望她过得好，其他的无所谓，希望她永远物质富足，心境开阔，希望她爱的人也爱她。

5.

H 大的这场建校一百周年的校庆，已经持续了半月有余，邀请司徒南和岳明朗过来的这个周末，是知名校友的交流会。

司徒南一向不大习惯这种热闹的场合，但邀请函是他在建筑院最敬重的一位导师发过来的，所以也是不敢怠慢，提前便到了会场。

导师的年事已高，精神倒还矍铄，见到司徒南很是高兴，问了他很多工作上和学术上的问题，知道他还在做着相关研究很是高兴："你们这一届比较不错的几个孩子，也只有你和明朗还在建筑设计圈了，其他几个都投身房地产了，钱是没少挣，可我还是觉得可惜啊，建筑业是龙头产业，可不能后继无人啊……"

微微一侧头，导师看到了司徒南身后的唐诺，还没来得及开口，唐诺先甜甜一笑，喊了句："周老师。"

他恍然大悟，脸上满是笑意："唐诺是吧？读书的时候就不好好读书，天天跟在你司徒学长身后，怎么现在还跟着呢？"

唐诺一撇嘴："周老师，你这样说可不对，我哪里不好好读书了，建筑学院哪一学期的国家奖学金不是我得的！"

"至于司徒学长嘛，"她狡黠一笑，伸出两只手来拉上了他的胳膊，"我可是一辈子都要跟着我司徒学长的。"

交流会的确是无聊得很，唐诺坐了一会儿便觉得意兴阑珊，冲司徒南挤了挤眼睛，便偷偷从后面溜走，准备在学校里逛逛。

校庆期间的校园热热闹闹的，周遭都是年轻鲜活的面庞，经过图书馆门前广场的时候，唐诺看到一对年轻的男女，十八九岁的年纪，男孩抱着厚厚的一摞书一本正经地走在前面，女孩一步不离地跟在后面，男孩实在受不了，停下脚步回过头来："宋朗意！我都说过不会和你一起吃饭了！你能不能不要跟着我了！"

女孩眼睛一转："卢航，我哪里有在跟着你！明明是你偏偏走在我前面！"

唐诺觉得有趣，好似看到了自己数年前的样子。

卢航无奈，转过身去加快脚步，一副避之不及的样子。

宋朗意侧头的时候看到了站在那里注视着自己的唐诺，冲她吐了吐舌头，而后抱紧自己的书包，往那边喊了句："卢航你等等我嘛！"而后又一路小跑着跟上去。

唐诺的嘴角洋溢着笑意，目送着两人远去的身影的时候，忽然看到了一个陌生又熟悉的身影。

她匆忙往前跑了几步，拦在了那人前面："白鹿姐，你也来了。"

白鹿的手中，牵着渺渺，她原本只是趁着今日，来学校补办一下早先弄丢了的学位证的，没想到会在这里碰到唐诺。

唐诺是第一次见渺渺，蹲下身去逗他玩，想着自己的挎包里还有巧克力，便从里面拿出来递给他。

"谢谢姐姐。"他有礼貌地说道。

"什么姐姐啊？"唐诺笑着伸出手来，在他的鼻尖上刮了一下，"是阿姨。"

估摸着司徒南那边的交流会还要好一会儿才能结束，她硬拉着白鹿去了学校里面的那家咖啡馆。

"白鹿，"唐诺笑笑，"你还记得不？我们在学校时，你要赶论文或者改话剧稿的时候，就会拉我来这里。"

"是啊，"白鹿轻轻地点点头，环顾了一下四周，而后沉吟道，"都好像上辈子的事情一样了。"

前几日已经答应过岳明朗，要搞清楚白鹿的情况，而实际上，唐诺也的确知道了一些情况。

根据她托朋友调查得来的消息看，白鹿的确是有过一段婚史。

登记的结婚时间，是那年毕业典礼的两周之后。

但她那段婚姻持续的时间并不长，不到一年的时间，之后便办理了离婚。

这是唐诺托朋友查到的信息，既然婚史持续不到一年的时间，那么渺渺，应当不是白鹿同前夫生养的孩子。

据唐诺拜托的那位朋友说，白鹿这些年，过得相当辛苦。

为生计所迫，她辗转做着各种不同的工作，中文系就业原本就不容乐观，因为还要照顾孩子，自然是难以做需要耗费心力的文字工作，多半是做一些长长短短的兼职，酒店里的服务员，便利店的夜班收银之类。最辛苦的时候，她同时做着三个不同时间段的兼职。

见到岳明朗时，唐诺却是没有开口同他提及这些的。

这可是白鹿，当年写出让人惊叹的《泰坦尼克号》话剧的白鹿，中文系高岭之花一般的才女白鹿。

唐诺都不忍心看到她因为生活所迫而受苦，更何况是岳明朗。

可即便是唐诺知道这些情况，也还是不知道该如何同白鹿开口，该如何同她聊起在彼此人生里都空白着的数年。

她便只有问以后的打算，白鹿伸出手来，在渺渺的脑袋上揉了揉："我打算带渺渺换个地方生活。"

"换个地方？"唐诺微微一愣，"你们要去哪里？"

白鹿笑笑："大城市生活节奏快，压力也大，这些年我也存下来一些钱，打算带渺渺去一个小地方生活，正好我也在那里看到一份还挺感兴趣的工作，今天回学校来，就是补办一个学位证准备投简历用的……"

墙上的挂钟响了起来，是整点报时，白鹿拉起渺渺的手起身："小诺，我先走了。"

"白鹿姐，"唐诺开口喊住她，想了想开口道，"我以后能喊你一起出来玩吗？你，司徒，还有……老岳。"

咖啡馆里的光线影影绰绰，唐诺看不到白鹿脸上的表情，她沉默了几秒钟之后开口："小诺，还是算了吧，我们已经不是同一个世界的人了。"

言罢，她拉着渺渺的手走了出去。

唐诺的心中有隐隐的痛楚。

再回到学校礼堂的时候，交流会已经结束，她问了一下旁边的人，说是各个学院的毕业生在各自学院里面参加座谈会。

唐诺便去了建筑学院。

怕司徒南在忙，她没有打他的电话，径直上了楼，每个房间随意地张望着，从三楼的院长室经过时，她从门缝里看到了坐在沙发上的司徒南，便又折返了回来，听他们在聊些什么。

院长室里坐着的除了院长和司徒南，还有周老师。

他正在极力劝说着司徒南："……我们还是希望你可以考虑一下的，你看，我年纪大了，今年就要退休，你的学历、资历各方面都非常符合条件，院里现在人才紧缺，也特别希望你能接受学院的聘请，回到我们院系来任教……"

司徒南的脸上有隐隐的犹豫："周老师，谢谢您的器重，我会认真考虑的。"

"那好，"周老师点头，"考虑清楚之后，随时跟我联系。"

后来推开门出来，一抬头，他便看到站在走廊那端的唐诺。

她扬起嘴角冲他笑了笑，大步地跑过去，好似六年前，在实验室门口等他结束实验一般。

她挽上司徒南的手臂，声音娇俏："司徒，我饿了。"

司徒南看了看手表："等下安排的有午宴……"

"不想去吃午宴，"唐诺的嘴巴噘起来，"我想去食堂二楼吃葱油拌面。"

"好。"司徒南微微地笑了笑，伸出手来将她耳边有些凌乱的发丝整理了一下，"我们现在就去。"

电梯门缓缓打开，岳明朗从里面走了出来，见司徒南和唐诺正要进去，开口问道："你们去哪里？等下的午宴我开车带你们过去吧。"

"我们才不去，"唐诺撇了撇嘴，"我和司徒要去吃二楼的葱油拌面。"

"那家葱油拌面？"岳明朗两眼发光，"走走走，带我一起。"

唐诺翻了个白眼："老岳你真烦！"

正是用餐高峰时段，餐厅里熙熙攘攘，司徒南和岳明朗找到靠窗的桌子坐下，唐诺主动承担了在葱油拌面的窗口排队的任务。

岳明朗问司徒南："司徒，我听周老师说学校想挖你到院里讲课？"

司徒南点点头。

"我们读研那会儿，我记得你就说过想留在大学教书，怎么没有答应周老师？"

司徒南抬起头来的时候，正看到唐诺，已经排到了她，她正伸着脑袋点餐。

他开口道:"是的,我是一直想在高校任教,不像是在设计所,有太多不得已的应酬和周旋。但明朗,我一直没有告诉过你,这些年来,我的身体情况一直不太好……若是现在到了院里,哪天身体里的顽疾发作,恐怕会给学院带来更大损失……

"而且,如今我已经不是一个人。我有了小诺。

"设计所你也知道,这几年收益极好,发展得也很快。明朗,我随时有可能因为身体的缘故离她而去,即便是我知道她家境优渥,我知道她有立足这个社会的能力,可还是放心不下,想在所里更努力一些,万一离开的时候,至少能在物质上,保证她即便什么都不做,也可以衣食无忧地过下半生……"

司徒南的话云淡风轻,却在岳明朗的心中引起极大的震动。

他目光凝重,看向司徒南:"司徒,你身体的真实情况到底是怎么样的?有多么糟糕?"

司徒南没有说话,岳明朗的脸色也更加沉重。

那边唐诺正在把三份葱油拌面摆上托盘,小心翼翼地往这边走来。

"和你想的差不多吧。"司徒南对岳明朗轻轻说了这么一句,而后起身走到唐诺面前,把她手中的托盘接到自己的手中。

"快闻闻,香不香?"唐诺的嘴角扬着笑。

岳明朗已经挑了一筷头在嘴里:"不错不错,还是过去那个味。"

彼时,江川的车上正坐着 Fred 的那个来留学的表妹。

她是中澳混血,母亲是中国人,倒也说得一口流利的中文。

她依据自己的英文名 Ruby,给自己起的中文名叫如冰,用的是母亲的姓氏,何。

她是和自己的名字完全不搭的性子，叽叽喳喳，特别闹腾，光是为了午饭吃烤鸭还是吃火锅，都能同江川争辩半个小时。

少时唐诺爱和江川争吵，他是温和的性子，哪里会吵得起来？只是这何如冰，倒是有一身惹人生气的好本领，几句话把江川气得差点把她从副驾驶座上赶下去。

她倒是蛮不讲理："我不管，反正我在这里读书的三年，你要随叫随到。"

"凭什么！"

"唐诺姐姐昨天跟我说了，今天就是你来照顾我！你要是照顾不周，我要告诉唐诺姐姐！"

"下车！"江川板起脸。

"就不下！"何如冰吐了吐舌头，把精致漂亮的小脸拧成皱巴巴一团。

6.

六月份的时候，司徒南要跟着省里的电视台去一趟南亚。

还是年初的时候，电视台通过周老师找到的司徒南，要做一档古建筑古文化的考察纪录节目，需要专业人员做相关的指导，司徒南无论是从专业性上，还是为了收视率着想从外在形象上，都是最佳选择。

出发的前夕，唐诺给他收拾行李：衬衫一件件折叠整齐，洗漱用品的旅行装放在专门的袋子里，消炎药、感冒药、退烧药、防蚊虫叮咬、创可贴……备齐了各种常用的药品。

快要合上箱盖的时候，唐诺又伸出手来，把冰箱上方摆放的，她同司徒南的合影拿下来，塞进箱子里。

做这一切的时候，她一直低着头，微微哭丧着脸，一副郁郁寡欢的神情。

司徒南伸手拍了拍她的脑袋："好了小诺，两周就回来了。"

她还是闷闷的，一边拉着行李箱一边说道："好想把自己变小，装进行李箱里。"

司徒南的眼中满是笑意。

还要收拾一些相关的证件和资料，司徒南走进了书房，正整理着的时候，忽然听到客厅里发出清脆的声音，是玻璃杯落到了地板上。

他急忙走出去看，果不其然，地板上是摔成碎片的玻璃杯，里面装的应该是开水，地板上还冒着热气。

唐诺正俯下身子准备去捡，司徒南忙往前走上几步，把手伸到了她的前面："小心弄到手，我来。"

司徒南拿起扫帚，将那些玻璃碎片清扫到垃圾桶里，再走过来的时候，唐诺忽然一把从后面拉住了他的胳膊："司徒，你别去了好不好？"

"嗯？"司徒南有些不解，"怎么了？"

唐诺用力地咬了咬嘴唇："我不知道，就觉得心里很不安……"

司徒南放下手中的东西，转过身来，将唐诺揽在怀里。

他虽然瘦，但并不单薄，胸膛宽厚，她听得到他心脏"怦怦"的跳动声。

"现在安心了吗？"将唐诺的脑袋放在自己的胸膛上，他抚摸着她的头发轻轻问道。

唐诺没有说话。

他低下头来，在她的额头上浅浅一吻："现在呢？安心了吗？"

唐诺还是不说话。

司徒南捧起她的脸，而后俯下身去，轻轻地吻上了她的嘴巴："现在呢？"

见唐诺的脸上终于有了笑意，司徒南才缓缓地松开她："小诺，别胡思乱想，我很快就回来了。等我回来的时候，想送给你一样东西……"

"什么都不想要，"唐诺又把脑袋埋进司徒南的怀里，"只想你能平平安安回来就好。"

十二点多，司徒南躺在床上的时候，外面响起了敲门声。

"司徒，"是唐诺的声音，"你睡了吗？"

"没有呢。"司徒南应了声，伸出手来把床边的灯打开。

他趿拉着拖鞋，走到门边去开门，刚一打开房门，唐诺便好似一只小猴子一样跳起来挂到他的身上，而后便开始撒娇撒泼一起进行："司徒，我睡不着，我要和你睡。"

司徒南往后趔趄了两步，而后整个人便跌到了床上。

"小诺，"司徒南被她压倒，"你一个女孩子家，这么不知羞……"

唐诺嘻嘻哈哈地笑着，同司徒南四目相对的时候，又微微红了脸。

"司徒，"她轻轻说道，"都认识你快十年了呢。"

她微微有些羞涩，把目光投向别处："可是每次看到你的时候，心都还会跳得好快。"

她拿起司徒南的手，放在自己的胸口："你听。"

司徒南的呼吸微微急促，他缓缓地伸出手去，抚上了唐诺的面颊。

"小诺，"他轻轻喊她的名字，"你好美。"

而后他一个翻身，将唐诺压到自己的身下。

唐诺觉得整个人，好似躺在云层中一般，像羽毛一样轻。

她觉得自己变得很小很小，像是在白茫茫的宇宙中央飘浮。

她紧紧地抱住司徒南，好似他是浩渺无垠的海面上，唯一的一块甲板。

两人那一晚，都没有入睡，司徒南靠在床背上，唐诺把头放在他的胸前，伸出手环住他。

她仰起脸来看看司徒南，脸上是抑制不住的笑意："司徒。"

"嗯？"

"我觉得自己好幸福。"

司徒南伸出手来，把她揽得更紧。

她随手把电视打开，里面是咿咿呀呀的唱腔，粤剧第一大班"仙凤鸣"的绝唱，《帝女花》。

长平公主与周世显，伉俪情深，一生一世一双人。

"仙凤鸣"是香港粤剧名家任剑辉与白雪仙所组，两人1937年在澳门相遇，1956年共组"仙凤鸣"，初期生意惨淡，两人苦撑，终成粤剧第一大班。此前此后五十余年，任、白台上台下，出则一对，入则一双。

如歌所唱，"就期待三十年后交汇十指可越来越紧，愿七十年后绮梦浮生比青春还狠"。

7.

白鹿收到录用电话，是在接渺渺从幼儿园回来的路上。

电话那边的负责人上了年纪，说起话来客客气气："你能过来我们也是很开心，你知道的，很多大学生都不愿意到农村来，其实我们这边条件也还不错……提供住宿的，幼儿园、小学也都有，你放心好了，可以解决你孩子的上学问题……"

她需要在如今打工的地方办理一下离职手续，好在也正好赶上了渺渺暑假，下学年直接到新学校即可，此外便是需要将行李收拾一下，同那边约好的到职时间，是两周以后。

除了隐隐向唐诺透露过要离开的消息，除此之外，白鹿没有同任何人讲过。

她在这人世间，孑然一身，无从停留和依靠。

打包行李的那日，一伸出手，她便看到自己手腕上的那条红绳。

同心结啊同心结。她的脸上，是苦涩的神情。

她伸出手来，将那条红绳取下。

或许这就是她的命运，是她同岳明朗最终的结局。

同心而离居，忧伤以终老。

她搭乘的是夜间火车，那晚下了很大的雨，在候车室等车的时候，白鹿把手机卡从里面取出来，对折之后，丢进了身旁的垃圾桶里。

身旁的渺渺，似有了困意，打了一个哈欠。她伸出手，把他抱起来，放到自己的膝盖上。

火车晚点了半个小时，渺渺很快便入睡，白鹿低下头去，看着他皎洁宁静的面庞。

无论她过往的人生里，经历过多少龃龉和丑恶，无论渺渺的生父生母，给她的人生里带来了多少负担和累赘，但孩童永远是纯洁无邪的，渺渺对她有着最原始最本能的依赖和爱。

她对他，又何尝不是如此。

按照血缘，渺渺应当喊她一声姑姑，他是她哥哥的孩子。

白鹿出生成长的地方，落后，闭塞，愚昧，遇到岳明朗之前，她并未在这人世间体会到多少温情。

她同岳明朗在一起的时候，的确是快乐的，觉得他好似暗夜中的光，将她那原本荒凉的，孤寂的人生照亮。

但是这快乐之中，却还有隐隐的不安，她从未向岳明朗倾诉过自己家庭的情况：父亲早年过世，母亲体弱多病，有一个不成器的哥哥，即便是她自己读再多书，走得再远，恐怕都难以完全摆脱家庭的影响。

在那个让她落荒而逃的毕业典礼之前，她接到了家中的电话，是母亲打来的，电话里提出的要求，让白鹿恼羞成怒。

母亲说有人给哥哥介绍了一门亲事，对方要的彩礼自家拿不出来，父亲生前有一个赵姓老朋友，正好家中房屋要拆迁，提出可以让白鹿同自己的儿子赵烨假结婚，房子拆迁补偿下来之后，可以给白家五万块钱。

白鹿一开始，自然是死命拒绝的，但母亲的电话三天两头打过来，从苦苦哀求到声泪俱下，白鹿一时心软，只得应承下来。

某个瞬间，她也想要把自己的困境全部脱口而出的，然而因骨子里的自持和要强，面对岳明朗的时候，她总是觉得说不出口。

直到毕业典礼上，她猝不及防地，面对岳明朗的求婚。

她一向自诩聪慧，然而在那一刻，除了落荒而逃，她竟找不出别的办法。

两周之后，她同那个仅见过一面的男人去民政局领了结婚证。

对方倒也诚信，没等拆迁款下来，便将五万块钱交到了白鹿母亲的手上。然而事后的离婚，却没有她想象的那般简单。

赵家想要弄假成真，赵烨亦不同意离婚。

甚至连白鹿的母亲都反对白鹿离婚，指着她的鼻子骂："赵家哪里不好？你一个离了婚的女人，谁还会娶你……"

母亲这般指责着她，俨然已完全忘记，正是她把白鹿推向了这般境地。

那场离婚官司，耗费了白鹿大量的精力，鸡飞狗跳，狼狈不堪。

判决离婚有效的那日，白鹿从法院走出来的时候，只觉得自己好似老了十岁。

她哪里还能回头？岳明朗的前半生，好似超市保鲜柜里摆放着的进口水果，光鲜美丽，没有半点瑕疵。

而她白鹿，从此只有眼前路，没有身后路，回头无岸。

哥哥用那五万块钱，再加上白鹿读书时兼职存下的一些积蓄，娶妻安家。

白鹿原本也以为自己的人生可以重新开始，可以靠自己的双手，给自己撑起一片天空。

她甚至隐隐地希望，有朝一日，命运的齿轮能再度契合，将岳明朗再度带到自己的身边。

两年后，哥哥的孩子出生，家里给白鹿打电话报喜，说是她读的书多，让她给孩子起个名字。

白鹿当时正翻着屈原的《九歌》，低下头看到这一句"目渺渺兮愁予"，开口道："叫渺渺吧。"

天有不测风云，渺渺满月那日，哥哥开着小货车去县城送货，返程的时候喝了酒，天黑路滑，货车翻进路边的水塘，被救上来的时候，已经没有任何生命迹象。

嫂子同他，并没有多深厚的感情，办完葬礼之后，便离开了这个家，留下渺渺，从此音信全无。

白鹿回来操办一切，母亲白发人送黑发人，因着这场打击，身体状况雪上加霜。

她刚一踏进家门，耳边充斥着的，便是母亲呼天抢地的叫嚷声和孩子的啼哭。

铁血世界里单枪匹马地奋战久了，白鹿原本觉得自己的心早已变得粗粝坚硬，她先前从未见过渺渺，也从未觉得自己对这个孩子有什么情意可言。

直到她走到他的床畔，俯下身子来看他的时候，不禁喜欢上了这个可爱的孩子。

那个小小的婴孩，倒是异常漂亮。他忽然就咧开嘴来，粲然地冲她一笑，而后颤巍巍地，把自己小小的拳头伸上前去。

白鹿的心头一热，涌动着的，是从未有过的温柔情感。

她伸出手来抱起了他，他在她的怀中"咯咯"地笑出声来。

那笑声有着神奇的力量，好似驱走了她过往人生里的一切阴霾。

那一刻她就知道，她这一生，都无法和这个孩童没有关系。她这一生，都必须要对他负责到底。

哪怕为此将付出自己的青春，自己的爱情，她也甘愿。

C h a p t e r

12

我想确定每日挽
住同样的手臂

1.

七月。

岳明朗将手中的资料处理完毕，起身准备下班的时候，所里的电话响了起来。

他拿起来接听，电话那端是一个浑厚的声音："您好，请问司徒南先生在吗？"

"司徒南……"岳明朗的眉头微微蹙起，沉吟了片刻开口道，"司徒南现在不在，我是他的同事，有什么事情吗？"

"噢，是这样的，"那人在电话那边说道，"去年年底的时候，我们拜托司徒南先生和唐诺小姐给我们村里的两所废弃的民居做了改造的设计，他们非常热心，设计得也特别好，现在我们的图书馆按照设计方案已经基本上落成了，想邀请司徒南先生和唐诺小姐过来参加一个简单的仪式。"

他这么一说，岳明朗的脑海中也依稀想起来先前曾听唐诺提起过，说是自己家乡的一个项目，设计图纸也有拿给岳明朗看过。

岳明朗点点头："好，你把具体时间告诉我，我会转告他们的。"

挂断电话之后，岳明朗拿出手机，拨通了唐诺的电话。

那边好一会儿才有人接听。"老岳。"唐诺的声音，听起来疲惫而无力。

岳明朗有些心疼："小诺，司徒现在情况怎么样了？"

那边的唐诺，转过头去看了看躺在病床上的司徒南，声音低沉："他还没有醒。"

安慰的话到了嘴边，却觉得苍白无力，又咽了下去，岳明朗努力让自己的声音听起来欢快一些："对了小诺，告诉你一个好消息。"

"嗯？"

"还记得你和司徒南年前在北蝉乡设计的那个图书馆吗？已经落成了，负责人刚才给我打来电话，想邀请你们参加两周后的一个正式开放的仪式。"

"落成了啊？"提起那个图书馆，唐诺脑海中随之浮现的，是她和司徒南为了那张设计图纸实地测量，查阅文献，争执辩论的样子。她的脸上浮现出淡淡的笑意，似在同岳明朗说，又似在自言自语，"当时司徒就说，等落成之后，我们一起回去坐坐……"

"图书馆的名字叫一诺，"岳明朗说道，"司徒南当时把设计图发过去的时候，负责人问他能不能帮忙起个名字，司徒南就起了这个名字……"

唐诺的鼻子一酸，只觉得有眼泪差点夺眶而出，她强忍住心底涌动着的波涛海浪，咬住嘴唇："我不知道司徒两周后的情况会是怎么样的，老岳，如果我和司徒不能过去，能不能拜托你代我们过去一趟？在里面的茶楼里坐一坐，代我和司徒，喝上一杯茶。"

"好，我答应你。"岳明朗应允下来。

电话快要挂断的时候，唐诺想起了白鹿，开口问他："你有白鹿的消息了吗？"

岳明朗的眼神黯淡了下去，他摇摇头："没有，我不知道她去了哪里。"

唐诺亦在心中觉得惋惜和遗憾，忍不住轻轻地叹了口气。

那日岳明朗发觉白鹿的住所已经人去楼空，毫无痕迹。深夜的时候，他给唐诺打了一个电话，问她能不能出来聊聊天。

唐诺原本担心岳明朗还会像硕士毕业时那样，靠酗酒麻醉自己，匆匆忙忙地赶了过去。

或许是时间带来的成长与沉淀，岳明朗只是坐在海边的长椅上，神色很平静。

海边的风很大，唐诺裹紧外套，走过去在他身旁坐下。

他侧过脸来看看她："小诺，你来了。"

往日里乐观爽朗的男人，在那般幽深的夜色里，絮絮叨叨地对着这涌动不息的海水，倾诉着自己的思念和爱意。

"我本觉得自己像是长满劲草的山野，然而她如此狠心，不肯施以惠泽，逼得我干枯衰败，寸草不生。"

"老岳，既然如此，为何还要执迷不悟？"

岳明朗惨淡一笑："小诺，这世上谁都可以问我这个问题，唯独你不能。这些年，你对司徒南，又何尝不是执迷不悟？没办法，爱就是这样，赶上了，遇到了，就是了。"

唐诺轻轻地叹了口气，目光里隐有忧愁："我已经有三天联系不上司徒了。再联系不上他，我的电话恐怕就要打到大使馆了。"

沙滩上的沙子很柔软，唐诺仕后一躺，仰面看着头顶上的星空。"我不管，等司徒回来，我要向司徒求婚。"

岳明朗哑然失笑："你求婚？"

"对啊，"唐诺粲然一笑，"威逼利诱也好，巧取豪夺也好，绑也要把他绑到民政局，反正我这一生，都要定他了。"

岳明朗也微微笑了起来："我帮你。"

深夜回去，刚一到家，她便接到了陌生的电话。

是一个中年女性冷静克制的声音："您好，请问是唐诺小姐吗？是这样的，我们有个不幸的消息要通知您……"

唐诺的脑中"轰隆"一声滚过。

她的声音微微颤抖："地址……我要地址，把地址给我……对，我现在就过去……"

她把证件塞进包里，而后顾不得收拾任何东西，便出门打车去了机场。

在候机厅候机的时候，她觉得时间漫长得可怕，分分秒秒都如同一个世纪一般。

电话里并未能很清楚地让唐诺了解到司徒南现在究竟是什么状况，只知道他在抵达斯里兰卡一周之后，忽然开始咳嗽高烧，而后便断断续续地陷入昏迷。

因着还在昏迷之中，无法立即安排回国，于是他被送到了当地的医院医治。

航班上在播放着斯里兰卡的视频介绍，唐诺昏昏沉沉地把脑袋靠在椅背上，偶有几句会传进耳朵里："……斯里兰卡旧称锡兰，接近赤道，终年如夏，是个热带岛国。因为形如水滴，被称作'上帝的眼泪'……"

唐诺到达杜丹斯医院的时候，已经是隔日的黄昏时分。

夕阳把整个天空都染成玫瑰色，草木繁密，空气里浮动着热浪。

有豆大的汗珠从唐诺的额头上滑下，她来不及擦拭，几乎是跌跌撞撞小跑着进了医院。

和司徒南同行的人接待了她，带她到了司徒南的病房。

他的手上是输液瓶，透明的液体经过细细的针管缓缓地注入体内，他面庞宁静，好像只是熟睡了一般。

十几分钟之后，唐诺被带进了主治医生的办公室。

他是当地的医生，同唐诺解释着司徒南如今的身体状况，将拍出来的片子拿给唐诺看，说是体内肿瘤已经发生转移，为了避免吞噬全身的健康细胞，建议立即手术。

"什么手术？"唐诺的眉头微微蹙起。

"右腿截肢手术。"他的面色凝重。

唐诺的心头"咯噔"一声，沉默了半晌，她抬起头来："这是唯一的选择吗？"

主治医生打开面前的文件夹，拿出几张纸来放到唐诺面前："手术是我们的建议，只要进行手术，情况便不会进一步恶化。如果不进行手术的话，也是有别的治疗方案的，但是别的治疗方案，都无法根除疾病，只能是拖延时间而已，或者是三年五年，也说不准会有多久……"

"手术。"唐诺抬起头来看向主治医生，"安排手术。"

"我们本想等着病人清醒过来，咨询一下病人的意见……"

唐诺摇头："我了解司徒，他若是清醒过来，是绝对不可能同意手术的。"

"可我不行……"她缓缓地低下头去，"我不要提心吊胆的三年五载，我要司徒南好好地活着……"

察觉到有泪水从自己的面颊流下，唐诺赶紧伸出手来擦拭掉，而后不好意思地笑笑："没关系的，手术之后可以装假肢，现在的医学这么发达，假肢都做得很好的，而且再说了，我可以做司徒的腿，以后他想去哪里，我都会带他去，他还有我呢，没什么可担心的……"

从医生办公室走出来的时候，唐诺被身后的一个护士喊住。

护士把她带到病房的储物柜前，从口袋里掏出钥匙打开，从里面拿出来的，除了一个钱包和手机，还有一个小小的精致的盒子。

"是病人送过来时，身上带着的。"护士解释道。

唐诺伸出手去，将那个小盒子拿在手中。

盒子很简单，唐诺缓缓地打开，里面是一枚戒指。

戒指上镶嵌的不是常见的钻石，是祖母绿。

那颜色太美，仿佛初春时节清冽的雨水过后，芳草地上绿草新叶所独有的清新明艳，连站在一旁的小护士的目光都被吸引过去，忍不住轻叹"好美"。

她向唐诺介绍："祖母绿被称为世界上最美的绿色，是能让人百看不厌的宝石，象征着忠贞不渝的爱情。"

唐诺的脑海中，浮现出司徒南出发的前一晚，他告诉她："等我回来的时候，想送给你一样东西……"

护士告诉唐诺，戒指是从他衬衫胸前的口袋里掉下来的。

他原本是打算这次回国之后，便向她求婚的。

唐诺凝视着那戒指良久，而后连同司徒南的钱包和手机，一同放到自己的包中。

2.

司徒南醒来那日，是一个清晨。

没有人会不喜欢清晨，空气清新，带着憧憬与期望。

他微微睁开眼睛的时候，便看到头趴在床边熟睡着的唐诺。

应当是太疲惫了，她的面容微微苍白，梦中不知道出现了什么，忽然粲然一笑，脑袋微微动了动，嘴里呢喃了一句："司徒，我好喜欢你啊。"

司徒南缓缓地移动着自己的右手,轻轻触碰到唐诺的指尖:"小诺,我也好喜欢好喜欢你啊。"

他的病房在二楼，窗外有几枝树木的枝丫伸了进来，光影温柔，片刻都好似永恒。

唐诺缓缓地睁开眼来，同司徒南四目相对的时候，粲然一笑："司徒，你醒了。"

她说得云淡风轻，好似彼此不过是饭后小憩了一会儿，好似司徒南深度昏迷和手术中的这惨烈五天，都从未存在过一般。

司徒南意欲起身，动了动身体的时候，脸色忽然发白，愣了整整两分钟之后，伸手掀开了身上搭着的毛毯。

他的嘴唇发白，声音也有些变调。

"小诺……"他艰难地开口，"怎么回事？"

唐诺站起身来，一字一句地把主治医生的话原封不动地讲给司徒南听。

"司徒，"她最后补充道，面色冷静，"只是一条腿而已，假肢这两天就会装上，对正常生活基本上没有太大影响。你什么都不要想，我只要你活着。"

知道他需要自我消化和疗伤的空间，唐诺说完，便起身走出了病房。

她靠着病房走廊的墙壁，缓缓地蹲下身去抱住双膝，想要为司徒南终于醒过来了放声大笑，但一旦回想起方才他面容上的神情，又忍不住觉得心痛心碎。

隔着病房那一面薄薄的墙，唐诺听得到里面司徒南带着绝望和痛苦的低声吼叫。

唐诺只觉得自己的五脏六腑都搅在了一起，恨不得此时此刻，躺在病床上的那个人，是她。

醒来之后的司徒南，瘦削了很多，也消沉了许久。

护士来照顾他的时候，他总是一语不发，好似对周遭的一切都不感兴趣，端来的饭也不肯吃，偶尔脾气上来，还会伸出手去，烦躁地把餐盘打翻。

唐诺见状，主动请缨来负责司徒南这几日的起居，她倒不像小护士那般小心翼翼地伺候着，而是直接把盘子放在司徒南面前，他不吃的话也不搭理他，自己盘腿坐在沙发上，吃得津津有味。

这样几次以后，司徒南终于忍不住，看着唐诺啃着鸡腿的时候转过头来，咬牙切齿："那是我的饭。"

"你又不吃。"唐诺耸了耸肩。

"谁说我不吃！"

"那分你几口咯。"唐诺撇撇嘴，从沙发上跳下来，拿起一只鸡腿递到司徒南面前。

后来她走出去给岳明朗打电话，声音里满是欣喜："老岳，太好了，司徒总算愿意吃饭了，你的方法奏效了。"

没错，司徒南手术刚做完的时候，在打给岳明朗的电话中，唐诺泣不成声。

这么多年了，他们的感情好不容易走到柳暗花明的这一步，她唯恐司徒南因为这件事情，再一次要把她推到门外。

"小诺，"岳明朗在那边叹了口气，"只要司徒还能活着，这比什么都好。你要做的，就是千万不要刻意去做什么。"

"不要刻意去做什么？"唐诺不解。

"对，"岳明朗点头，"不要把他当作一个病人，不要把他当作一个残疾人，像以往一样对待他，这才是他最需要的。"

唐诺聪慧，沉吟了片刻之后点头："我懂了。"

岳明朗在那边叹了口气："这些年来，司徒一直刻意和你保持距离，大抵就是和他的身体情况有关，上次学校的校庆上，院里原本是给司徒南下了聘书的，他其实蛮适合讲台，蛮适合在大学里把他的建筑理念和技巧传递给更多的人，但因为自身的身体，因为想多留给你一些物质，他还是选择了继续留在所里……"

唐诺的眼眶一下子红了。

"关心则乱。"岳明朗轻轻说道，"这些年来，司徒南对你的感情，不比你对他的少。"

截肢手术不难，假肢安装也不难，难的是术后的心理调适与身体适应。

出院以后，唐诺没有急着带司徒南回国。

她在斯里兰卡的海边，租了一栋别墅。

刚出院的那段时间，司徒南的情绪的确遭受了巨大的打击。

他不再是以往温和平静的模样，他敏感，易怒，暴躁，甚至开始酗酒。

有好几个唐诺到外面超市买一些日用品回来的午后，一推开门，她眼前出现的，便是从轮椅上摔倒在地的司徒南，身上都是浓重的酒精味道，身后是东倒西歪的几个空酒瓶。

唐诺心酸，脸上却是摆出一副生气的样子"司徒南！不准喝酒！"

司徒南醉醺醺的，迷迷糊糊之中，把唐诺伸过来的手推开："唐诺，你走吧。"

"偏不走！"唐诺噘起嘴巴来。

再后来，也稍稍好了一点。

别墅里的空间足够大，即便是装着假肢走路时会摔倒在地，也不必担心会磕碰到，唐诺有一次回来的时候，正看到司徒南练习着行走，他想走到客厅另一端的阳台上，趔趔趄趄摇摇摆摆，中途摔倒了一下，发出沉闷的声响。

唐诺的心中"咯噔"一下，强忍住自己冲过去扶起他的冲动。

司徒南整个人倒在地上，艰难而缓慢地往前爬行了几步，爬到桌前，用双手抓住桌沿，再缓缓起身。

即便是走得缓慢，但终于还是走到了阳台上。

多练习几次之后，他行动也渐渐自如起来，不似先前那般满脸阴霾，但还是有些自闭，不愿意出门。

有天傍晚，吃晚饭的时候，唐诺开口问他："司徒，等会儿陪我去海边转转吧。"

司徒南的"我不想去"还没有说出口，唐诺已经做出一副委屈的样子，把手中的筷子放下，两只手放在自己的小腹上："医生说了，孕妇要保持好的心情，要多散步。"

司徒南拿着筷子的手剧烈地抖动了一下，愣了好半天，才抬起头来看向唐诺。

唐诺也注视着他，嘴角洋溢着温柔的笑意。

3.

"一诺"图书馆揭幕仪式那日，岳明朗到了之后，负责人带他参观了整个图书馆。

这是他所喜欢的样子和设计，和唐诺给他看的图纸相差无几，主体建筑包括图书馆、茶馆，以及一个设有咖啡座、茶座的木质平台，四周青山环绕，环境非常幽静。

负责人中途需要接一个电话，冲岳明朗比画了一个"抱歉"的手势，岳明朗挥手："没事没事，你去忙，我自己逛逛。"

两所民居改造出来的图书馆，近两百平方米。据唐诺说，她把爷爷的藏书全部捐了进去，倒也有不少岳明朗感兴趣的书，他随手抽出来那本《文学回忆录》，准备拿到外面的平台上翻翻。

　　他往外走的时候，忽然听到了一个女声，而后整个身体微微一颤。

　　"渺渺，你读一下这本书。"

　　岳明朗只觉得心跳好似停止了一般，他深吸了一口气，缓缓地转过身去，往那声音传来的方向看过去。在图书馆的书籍登记处，影影绰绰的光线中，他看到了那熟悉的，在梦中出现过无数次的侧脸，她正微微歪着头，把手中的一本画册，递到坐在身旁的渺渺手中。

　　岳明朗一动不动地站在那里，唯恐自己眼前的这一切，都是幻境。

　　倒是那孩子，不知怎么就抬起头来，往岳明朗的方向看了一眼，而后咧开嘴甜甜一笑，喊了声："岳叔叔。"

　　白鹿微微有些错愕，抬起头来看向前方。

　　她的眼睛圆睁，是难以置信的神情。

　　岳明朗微微一笑，拿着那本《文学回忆录》走过去："你好，我想借一下这本书。"

　　白鹿伸手接过去，趴在桌子上登记书号，将书递给岳明朗的时候，抬头问他："你也喜欢木心？"

　　"嗯。"岳明朗点点头，将手中的那本书打开，"你看，这句写得多好。"

　　"凡永恒伟大的爱，都要绝望一次，消失一次，一度死，才会重获爱，重新知道生命的价值。"

——番外《浮生记》

1.

从斯里兰卡回国之后，某天清晨，司徒南醒来的时候，床边的床头柜上，放了一个大的牛皮纸信封。

他打开来看，是 H 大的聘书。

这原本应当是压在书柜的最下层的，想不到唐诺竟找了出来。

还有一封短信。

唐诺是百般优秀，就是字写得丑，还不许别人说，谁说了她字丑，她可是要翻脸的。

歪歪扭扭的字迹写着："司徒，喜欢什么就去做吧，随便闯祸吧，反正有我了，反正是我们了。我会保护你的，我会偏袒你的，一切都交给我吧。"

2.

司徒南在 H 大开了《当代建筑美学史》的选修课，刚一开通选课系统便崩溃，有女生选不上，哭哭啼啼了好久，每节课教室里都坐满人，最后一排甚至都站满了旁听的学生。

唐诺有回来学校找司徒南，他还没有下课，她就站在教室后门口，踮着脚往里面看。

她正听到最后排两个女生在窃窃私语。

"司徒老师好帅啊，有没有女朋友？"

"不知道哎，你想干吗？"

"好喜欢他，想追！"

"他看起来好难追的样子……"

唐诺翻了个白眼，伸出手来在那个女生头上敲了一下。

女生差点从座位上跳起来，眉头一横："你干什么！"

"上课好好听课，"唐诺板起脸来，"我是新来的教导主任。"

隔日，晚上的时候，司徒南在活动中心有一场讲座。

快要结束的时候，活动中心的门被推开，进来一个穿着工作服的年轻男孩。

他手中捧着的白玫瑰多得不像话，头上戴着扩音器，见上面司徒南的发言一结束，便开口喊道："哪位是司徒先生，麻烦签收一下你太太送的花。"

司徒南正低头喝茶，一口水差点喷出来。

下面议论纷纷，有男生吹口哨起哄，多少少女心碎。

他晚上回去见唐诺，她倒是一副事不关己的样子，坐在沙发上看书，见司徒南回来，从沙发上起身："我饿啦。"

"带你去吃烤肉？"司徒南提议。

"不想吃，"唐诺撇嘴，"陪我去超市买菜。"

他们去逛生鲜区，买了一条鱼和两斤排骨，在蔬菜区又买了土豆和莲藕。

司徒南主动请缨，要在厨房帮忙，被唐诺嫌弃，赶他去客厅里看杂志。

唐诺最近疏于厨艺，技术退步了不少，一边烧菜一边自言自语。

"啊，盐放多了，怎么办怎么办，浇点醋。"

"天！火开太大了，汤撒出来了！"

"惨了惨了，我好像放了两遍味精！"

司徒南放下手中的杂志，慢慢起身走过去，拉开厨房的移门。

"喂！"

"等下等下，"唐诺也不回头，"等我把火关了……"

"喂！"

"勺子呢？勺子被我放哪儿去了？"唐诺在台面上乱翻，"啊，在这里。"

她拿起勺子舀了一块排骨出来放到盘子里，转过身去夹起来放到司徒南嘴边："怎么啦？什么事？"

"嫁给我吧……"

"啊？"唐诺的手一抖，排骨从筷子中间滑落。

司徒南有些紧张："你不愿……"

"等下！"唐诺大喊了一声，两三步跑到书房，在里面翻箱倒柜了一番，拿出一支录音笔出来冲到司徒南面前。

她把那支录音笔打开放到他嘴边："再说一遍！"

司徒南静静地看着她，伸出手去，把那支录音笔接了过来。

他放在嘴边神情庄重地说："唐诺，嫁给我吧。"

"啊！"满房间都是唐诺的尖叫，她伸出手臂环住司徒南的脖子，"我愿意！我愿意！我愿意！"

她冲到房间的阳台上，对着天上的星星尖叫了两声，回过头隔着客厅看向司徒南，眼睛亮晶晶的。

"司徒，我觉得自己是世界上最幸福的人。"

"你不是。"司徒南带着盈盈的笑意看着她，"我才是世界上最幸福的人。"

3.

唐诺躺在沙发上刷微博，司徒南探过头去看，是什么"全中国最好吃的甜品店合集"。

他去上海参加一个学术交流会，为期三天，下午结束之后，打车从普陀区到了黄浦区的 LE REVE，买了栗子蛋糕和松露黑巧克力。

他上高铁的时候小心翼翼，一手捧着一个。好在只有三个小时的车程，唐诺吃到嘴里的时候还算新鲜。

4.

海边婚礼，小型的，参加人除了唐诺的父母，便是一些亲密的朋友。

江川是司仪，白鹿和岳明朗是伴娘伴郎，渺渺是花童。

Ruby 也跟了过来，眼神一直黏着江川，黑白分明的眼睛转来转去。

唐诺不喜欢烦琐，化妆和头发都是自己动手，穿的是母亲当年结婚时的那件婚纱，Dior 的经典款，简约典雅。

她换好婚纱走出来的时候，先看到了江川，冲他扬起眉毛一笑，明艳极了。

江川亦对她微笑，心底宁静而温柔。

唐诺不知道，她在澳洲的时候，有一年冬天，江川下班回家的路上，遭遇车祸。

那是一个天降大雪的傍晚，生死之间，有猛烈的撞击声，他的眼睛沉沉合上的时候，脑海中浮现的念头是："不知道小诺此刻在做什么。"

他喜欢她啊，无所求地喜欢她啊。

无所求的人是不怕拒绝的，也不怕失去的。

此时相望不相闻，愿逐月华流照君。

没有千篇一律的恶俗司仪，没有吵到头痛的喇叭音响，没有官腔官调的证婚人发言。

　　话筒从每一个出席的宾客手中传过，说着和这对新人共同经历的趣事，说着对这对新人感情的感受和看法，说着自己心中最真挚最认真的祝福。

　　没有眼泪，也没有煽情。

　　和那天的阳光一样，一切都是安详的，宁静的。

　　再后来是唐诺接过话筒，深深鞠躬认认真真地表达对大家的感谢，回应他们每一个人提到的事情。

　　她认认真真地回顾她同司徒南，是如何一步步地走向彼此的心中，走向这幸福此刻的。

　　而司徒南，亦认认真真地感谢唐诺这些年来，所付出的所有等待和爱。

　　他认认真真地告诉唐诺："感谢你愿意这样爱我，而我也刚好同样地爱你。"

　　他们认认真真地拥抱彼此。

　　而后大家坐在一起，开开心心地吃了个饭。

　　司徒南仍旧是没有驾照，唐诺甩下高跟鞋，踩着油门带他回家。

　　她觉得没有吃饱，去厨房里又煮了一碗青菜鸡蛋面，和司徒南嘻嘻哈哈，你一口我一口地吃完。

　　新房里早先被岳明朗他们布置了一番，卧室里堆满了白玫瑰。

　　他熟睡的时候，却做了一个梦中梦。

　　梦里面的他忽然醒来，在伸手不见五指的黑暗里，身边没有唐诺，没有任何人。他"啊"的一声惊醒，几欲从床上坐起来。

　　他觉得手臂发麻，歪过头去，看到唐诺正枕在自己的手臂上熟睡，面色绯红，发丝凌乱。

已经是清晨，外面有初升的日头，阳光照进来，洒在那雪白的玫瑰上。

唐诺迷迷糊糊地睁开眼，司徒南俯身，吻上她的额头。

"困。"唐诺呢喃道。

"再睡一会儿。"司徒南伸出手来，将被角整理了一下。

"抱着我睡。"唐诺看向他的眼睛。

是俗世生活，再无震荡，再无颠簸，唯有眼神流转中的探视与关切。

司徒南将唐诺环在怀中，紧紧地抱住她，同她一同又昏昏沉沉地睡去，嘴角却忍不住微微上扬。

十年一诺，三生有幸。

5.

新年。

唐诺父母原本已经破裂的感情似乎有了转机，他们约好了一起去普吉岛旅行。

唐诺和司徒南原本也打算出去玩，正做着计划的时候，岳明朗打来电话："司徒，我新年去陪白鹿和渺渺，你和小诺也一起吧，我们开一辆车，热闹！"

唐诺在电话旁边听着，满脸欢喜："好啊，好啊，去爷爷的老房子里过年。"

怕临近新年乡下不好买菜，岳明朗的车上放了一个车载冰箱，去超市里买了好多食材塞得满满的。

当然，少不了给渺渺准备的新年礼物。

赶到那里的时候，是傍晚时分，已经此起彼伏地响起了鞭炮声。

司徒南和岳明朗负责切肉洗菜，白鹿在厨房里做饭，唐诺仗着自己是孕妇，和渺渺坐在客厅里看动画片。

众人拾柴火焰高，再加上白鹿原先已经准备好了一些年货，年夜饭很快就端上了桌：八宝鸭子，油焖大虾，排骨莲藕汤，麻辣鸡丝，蒸螃蟹，清蒸鱼。——六个荤菜，四个素菜。

他们开了两瓶红酒，五个人撑得七倒八歪。

桌子上的菜吃得差不多，唐诺起身说要去煮饺子。

"哪里还吃得下，不用煮饺子了。"岳明朗摆手。

"不行，哪有过年不吃饺子的，"唐诺撇嘴，"我在澳洲那几年，可是想死饺子了。"

渺渺已经吃饱，开始在客厅里乱跑，喊着岳明朗让他陪自己一起组装变形金刚。

"好，好，"岳明朗起身，"陪你，陪你。"

渺渺盘腿坐在地上，他也和渺渺一样，盘腿坐在地上。

两人组装得认真，偶尔还像模像样地讨论一番。

组装到一半的时候，渺渺忽然放下手中的模型，转过脸来看向岳明朗。

岳明朗还未反应过来的时候，他的脑袋已经伸了过来，猝不及防地，在岳明朗的面颊上亲了一下，而后又继续低着头，摆弄手里的模型，完全不理会忽然红了脸的岳明朗。

这一幕正落在白鹿的眼里，她的心头一动，汹涌着的，是温柔绵长的感情。

她前半生所遭受的所有困顿苦难，仿佛都是为了换取这一刻。

司徒南抬起头来，看唐诺一个人在厨房里，便也起身，微微有些趔趄地走过去。

外面的天色已经暗了下去，厨房里的灯光昏黄。

唐诺穿着浅灰色的毛衣，头发随意地搭在脑后，偶尔有一两根发丝垂下来，搭在鼻梁上，让人心动。

司徒南走上前去，从背后轻轻环住了她。

他把头放在她的肩膀上："小诺，你别嫌弃我，我可就这样一年年数着和你过下去了。"

锅里的水沸腾起来，唐诺伸手掀开锅盖，白气冒出来，玻璃上立即结了一层水汽，水饺在沸水里翻滚着。她回过头去冲司徒南笑了笑，漫不经心地用手指在玻璃上写下新年的年份：2015。

"那就一年年数着过下去呗。"她的脸上是掩盖不住的笑意，低下头轻轻说道。

"是生是死，我都只会爱你。
这一生，不会再爱上别人。"
她一腔孤勇与热忱，换他满
怀赤诚与热爱。

毫无保留地去爱，是天赐的
福祉。